Francis Durbridge

Mitten ins Herz
(Right in the Heart)

gefolgt von

Der Mann, der das Quiz gewann
(The Man Who Beat the Panel)

und

Paul Temple
und die vorsichtige Miss Helvin
(The Elusive Miss Helvin)

mit einem Vor- und Nachwort von
Dr. Georg Pagitz

– Williams & Whiting –

Coverdesign: Timo Schröder

ISBN 9781912582877

Williams & Whiting (Publishers)
15 Chestnut Grove, Hurstpierpoint,
West Sussex, BN6 9SS, England

INHALT

VORWORT
von Dr. Georg Pagitz

In diesem Buch befinden sich drei verschiedene Werke von Francis Durbridge, die eigentlich ein und dieselbe Grundstory erzählen, aber zu unterschiedlichen Zeiten für unterschiedliche Medien geschrieben wurden und daher allerlei Änderungen hinsichtlich Handlung, Storyline und Figurennamen unterworfen sind.

Vorliegendes Exemplar ist ein Musterbeispiel für die Arbeitsweise des britischen Schriftstellers (1912-1998), dessen Perfektionismus ihn stets dazu antrieb, nie mit einer Geschichte abzuschließen, sie stets zu erweitern und zu verbessern und sie gleichzeitig auch für andere Medien auszuwerten.

Francis Durbridge war Mitte der 1950er-Jahre einer der beschäftigtsten britischen Kriminalautoren, dem damals von Presse und Kritik nachgesagt wurde, er spiele in einer Liga mit Arthur Conan Doyle, Agatha Christie und Edgar Wallace. Mit seiner Detektivfigur Paul Temple hatte es der Autor zu großer Bekanntheit gebracht. Geschäftstüchtig wie Durbridge war, versteifte er sich jedoch niemals auf ein Medium. So hatte er bis 1955, das jenes Jahr war, in dem die erste Version der hier abgedruckten Geschichten erschien, bereits Erfahrungen mit den Medien Radio, Fernsehen und Film gesammelt, unzählige Kurzgeschichten und Bücher verfasst und sich bereits als Theaterautor versucht. Seine Paul-Temple-Comics erschienen zwischen 1950 und 1971 über 21

7

Jahre hinweg in insgesamt 6282 Folgen.

Durbridge war Garant für Einschaltquoten und Publikumserfolge. Da war es nur klar, dass jedes Medium versuchte, ein Stückchen vom Kuchen abzubekommen.

So geschah es, dass Francis Durbridge für mehrere Zeitschriften ab 1952 Fortsetzungsromane verfasste, die die Auflagen in die Höhe treiben sollten.

Los ging es im November 1952 mit *The Nylon Murders* für den *Sunday Dispatch*, ein Krimi in zwölf Teilen, dessen letzte Folge im Februar 1953 erschien und der 1965 auch in der BRD als Buch auf den Markt kam, zunächst unter dem Titel *Kommt Zeit, kommt Mord* und später als *Die Nylonmorde.*

The Yellow Windmill (Januar bis März 1954) erschien ebenfalls im *Sunday Dispatch* als Elfteiler und 1965/66 in der deutschen TV-Zeitschrift *Bild und Funk* als *Die gelbe Windmühle* (sowie 2022 in der vorliegenden Reihe von Williams & Whiting als Volume 5 erstmals in Buchform). Hier unterscheidet sich die englische von der deutschen Version bereits, denn Durbridge hat für den BRD-Markt leichte Veränderungen an Handlung und Namen vorgenommen.

Im *TV Mirror* erschien zwischen dem 16. April und dem 21. Mai 1955 schließlich *The Man Who Beat the Panel.* Ein Sechsteiler, der Durbridge im Nachhinein nicht besonders zufrieden gestellt haben muss. Dies lag wohl auch daran, dass er für jede Episode nur eine bestimmte Wortanzahl verwenden durfte, obwohl die Handlung recht komplex war. So werden hier Szenen und Ereignisse in wenigen Sätzen zusammengefasst, für die es in einem echten Roman mehrere Seiten gebraucht hätte. Als die deutsche TV-Zeitschrift *Bild und Funk* im

Winter 1962/63 schließlich nach dem großen Erfolg der Durbridge'schen Fortsetzungsgeschichte *Schöne Grüße von Mister Brix* (in dieser Buchreihe bereits als Volume 4 erschienen) und im Vorfeld des neuen TV-Straßenfegers *Tim Frazer*, der im Januar 1963 über die Bildschirme flimmern sollte, einen neuen gedruckten Durbridge suchte, sah der Autor die Gelegenheit, die Geschichte zu überarbeiten. Der Perfektionist Durbridge machte aus einem Sechs- einen Neunteiler, änderte Figurennamen, führte neue Charaktere und Handlungsstränge ein und präsentierte einen neuen Haupttäter. Die Geschichte hieß nun auch anders: *Mitten ins Herz*. Sie eröffnet dieses Buch, da sie wohl die ausgefeilteste aller drei Varianten der Story ist. Ihr folgt schließlich meine Erstübersetzung von *The Man Who Beat the Panel,* der ich den deutschen Titel *Der Mann, der das Quiz gewann* gegeben habe. Diese unterscheidet sich in einigen Punkten (und in der Auflösung) beträchtlich von *Mitten ins Herz* und zeigt der geneigten Leserschaft, wie der Autor an seinen Geschichten feilte und sie verbesserte. Als Beispiel dazu sei die Szene genannt, in der der Protagonist das Fernsehquiz verfolgt. Im Original ist diese recht kurz, in der erweiterten deutschen Fassung sehr umfangreich und anschaulich geschildert.

Den Abschluss zu dieser Ausgabe macht schließlich ein Szenarium für eine geplante TV-Episode der Serie *Paul Temple,* die Durbridge Ende 1967 an die BBC lizenziert hatte. In der Anfangsphase war auch noch geplant, dass er für die erste Staffel etwa die Hälfte der Drehbücher selbst beisteuern sollte. Insgesamt finden sich in seinem Nachlass fünf Manuskripte für die Serie, von denen lediglich eines nach starker Bearbeitung durch einen anderen Autor verfilmt wurde.

Bei zwei der Geschichten griff Durbridge auf ältere Storys für Fortsetzungsromane zurück. Eine davon war *The Man Who Beat the Panel*. Daraus machte Durbridge die Temple-Episode *The Elusive Miss Helvin*. Das Manuskript kam über das Szenarium (also die Beschreibung dessen, was in jener Szene passiert ohne Ausarbeitung der Dialoge) nicht hinaus. Als *Paul Temple und die vorsichtige Miss Helvin* finden Sie dieses seltene und verschollen geglaubte Durbridge-Werk zum Abschluss. Es zeigt einmal mehr, wie raffiniert Durbridge seine Stoffe immer wieder verwertete. Abschließend sei hier noch bemerkt, dass dies nicht der einzige Versuch war, die Geschichte zu verfilmen, denn bereits 1962 stand im Raum, *The Man Who Beat the Panel* auf die große Leinwand zu bringen. Ein solches Treatment wurde dem Gloria Filmverleih München nämlich vorgelegt.

Im Nachwort zu diesem Buch erläutere ich unter dem Titel *Nomen est omen: Namen, Titel und Orte bei Francis Durbridge*, welche Bedeutung die Figurennamen und Titel hatten, wie sie zustande kamen und weshalb sie so oft geändert wurden.

Nun aber spannende Unterhaltung bei einer weiteren verschollenen Durbridge-Rarität! – Was heißt hier bei einer? Bei drei!

Francis Durbridge
MITTEN INS HERZ

Die handelnden Personen:

Michael Collins   Filmreporter beim *Evening Comet*
Karin Lund   junge schwedische Schauspielerin
Tom Parker   Detektivinspektor bei Scotland Yard
Ben Dickens   Polizeireporter beim *Evening Comet*
Victor Vorse   Tanzschulbesitzer
Connie Halliday   Tanzschulassistentin
Antonio Argento   Restaurantbesitzer
Birgit Lund   Stewardess, Karins Schwester
Bert Howard   Hausmeister
Arthur Ford   Lokalredakteur beim *Evening Comet*
Inspektor Philips   Kriminalbeamter
Gary Mason   Englands berühmtester Filmstar
Eric Schroeman   holländischer Appartementbesitzer

Der Roman spielt in London im Jahr 1962.

»Mein Bestreben ist es immer gewesen, von der Bru-
talität, wie sie besonders in amerikanischen Reißern
gezeigt wird, wegzukommen. Meine Stoffe sind für
die Familie gedacht. Ich schildere niemals Grausamkeit um ihrer selbst willen, sondern da, wo es für den
logischen Handlungsablauf unbedingt wichtig ist.
Grausamkeit ist für mich ein rotes Tuch!«

Francis Durbridge
(1962, im Interview zu *Mitten ins Herz*)

1

Jemand schoss dreimal.

Das Geräusch war kurz. Hässlich. Trocken. Ein
Querschläger zischte an Michaels Kopf vorbei. Klatschte
in den Gips der Kulissenwand.

Sie hatten das Auto nicht kommen hören. Jetzt heulte der Motor auf. Der Wagen raste davon.

»Mein Gott, was war das?«, keuchte der Pressemanager. Als es knallte, hatte er sich geduckt und die Hand
vor die Augen gerissen.

»Schüsse«, sagte Michael. »Was dachten Sie? Fehlzündungen?« Er riss sich von dem anderen los und
sprang zu Karin Lund.

Sie schwankte. Ihre Augen waren aufgerissen, ihr
Mund weit geöffnet wie zu einem Schrei. Sie zitterte.

Michael packte sie bei den Schultern.

»Sind Sie verletzt?«

Sie schüttelte den Kopf.

»Beruhigen Sie sich«, sagte er und ärgerte sich über

die Heiserkeit, die plötzlich in ihrer Stimme war. »Es ist ja gut gegangen.«

Sie nickte stumm.

»Sie kennen sich noch nicht«, murmelte der Pressemanger. »Das ist Michael Collins, Filmreporter beim *Evening Comet.*«

»Schon gut«, Michael unterbrach ihn. »Wir wollen uns hier nicht mit Vorstellungen aufhalten. Laufen Sie lieber zum nächsten Telefon und rufen Sie die Polizei. Ich bleibe inzwischen hier.«

»Nein«, sagte sie. »Bitte nicht...«

Michael sah, dass sie dem Pressemanager schnell einen Blick zuwarf. Der andere zögerte.

»Was – nicht?« fragte Michael.

»Nicht die Polizei«, sagte sie langsam. »Es ist doch nichts passiert...«

Forschend sah Michael sie an. Sie war mittelgroß, schlank und blond, und soweit er sehen konnte, saß alles, was sie hatte, an der richtigen Stelle. Sie hatte ihm vom ersten Augenblick an gefallen. Aber das war ihm schon mit vielen Filmstars so gegangen, und es hatte sich geändert, wenn er sie näher kennenlernte.

Ihre graugrünen Augen waren unergründlich.

Er riss seinen Blick von ihr los und drehte den Kopf zu dem Pressemanager.

»Hören Sie zu«, sagte er. »War das vielleicht bloß ein Trick von Ihnen? Eine neue Art, einen ausländischen Filmstar in England bekanntzumachen? Verdammt originell...«

Zwischen seinen Brauen stand eine steile Falte.

Der andere hob die Arme und rückte nervös an seiner Brille.

»Wie kommen Sie denn darauf?«, stieß er hervor. »Die Kugeln waren echt. Das haben Sie doch genauso gut gemerkt, wie ich.«

»Hm«, sagte Michael. »Da haben Sie recht.« Er wandte sich wieder an Karin Lund. »Und warum wollen Sie nicht, dass die Polizei...«

»Ich sagte Ihnen doch schon – es ist ja nichts passiert.«

»Nein?«, fragte er. »Nichts passiert? Sie sind kaum ein paar Tage in London, und es wird auf Sie geschossen. Und da sagen Sie, es ist nichts passiert? Wie nennen Sie denn so etwas in Schweden?«

Er sah, dass sich ihr Gesicht bei seinen Worten verdüsterte. Trotzdem fuhr er den Pressemanager an: »Nun machen Sie schon – alarmieren Sie die Polizei! Sonst können Sie morgen im *Comet* lesen, dass Sie bei Mordversuchen auf dem Gelände Ihrer Gesellschaft keinen Finger rühren. Wissen Sie, was das ist, Mann? Beihilfe. Beihilfe zu einem Verbrechen.«

Der Pressemanager warf ihm einen unsicheren Blick zu, wandte sich ab und setzte sich in Trab.

»Sie sind unhöflich«, sagte Karin Lund. Sie hatte den Schrecken überwunden. Ihre Stimme klang kühl.

»Ich verstehe Sie nicht«, sagte Michael. »Vielleicht sollte ich das auch gar nicht erst versuchen. Wer weiß, was dahintersteckt.« Er merkte, dass seine Schroffheit sie verletzte, und sagte ruhiger: »Verstehen Sie mich doch, Miss Lund. Der Kerl hätte Sie treffen können, und dann...«

»Sie las die Besorgnis in seinen Augen, und ein winziges Lächeln huschte über ihre Mundwinkel.

»Ich möchte kein Aufsehen«, sagte sie. »Ich habe meine Gründe dafür, glauben Sie mir.«

Michael fasste sie am Arm. »Seien Sie doch vernünftig, Miss Lund. Ich frage nicht aus Neugier. Ich möchte Ihnen helfen. – Haben diese Gründe etwas mit dem Mordanschlag auf Sie zu tun?«

Sie wich seinem Blick aus. »Ich weiß ja nicht einmal, wer auf mich geschossen...«

Sie fuhr herum.

Jemand schrie.

Ein Schrei des Entsetzens...

Fünfzehn Meter von ihnen entfernt, vor der Eisentür zur Atelierhalle, stand der Pressemanager. Er winkte. Sein Gesicht war verzerrt.

Mit ein paar Sätzen war Michael bei ihm. Karin Lund rannte ihm nach.

»Was ist?«, rief Michael. »Reden Sie schon! Was ist?«

Der Pressemanager zeigte auf die offene Tür. Schweißtropfen standen auf seiner Stirn.

»Da drin...«, würgte er. »Da drin – Mason!«

Michael stürzte an ihm vorbei. Hinein in den Gang, der zum Atelier führte.

Da sah er ihn.

Er lag auf dem nackten Zementboden. Ein Bündel Mensch in einem blauen Maßanzug. Die Hand auf der Brust. Dort, wo das Herz war.

Der Kopf lag auf der Seite. Auf dem schwarzen Haar waren kalkige Spuren. Er musste im Fallen die Wand gestreift haben, ehe er aufschlug. Und seine Augen standen offen, und in ihnen war das Grauen...

Michael löste sich aus seiner Erstarrung und kniete nieder. Er fasste die Hand an, die auf der Brust lag, hob sie und ließ sie fallen...

Er hätte es nicht zu tun brauchen. Er hatte es schon beim ersten Blick gewusst.

Gary Mason, Englands berühmtester Filmstar, war tot.

Michael warf einen Blick über die Schulter. In dem Gesicht des Pressemanagers zuckte es.

»Worauf warten Sie noch?«, fuhr Michael ihn an.

»Machen Sie, dass Sie ans Telefon kommen. Rufen Sie die Polizei! Sagen Sie dem Produzenten Bescheid, dass niemand hier hereinkommt. Los, machen Sie schon!«

Der andere rannte davon, den Korridor entlang, verschwand durch eine Tür in die Atelierhalle.

Michael stand auf und klopfte sich den Staub von den Hosen.

Karin Lund lehnte an der Wand.

Ihr Gesicht war weiß. Sie biss sich auf die Lippen.

Er sah sie bedeutungsvoll an. »Hören Sie, Miss Lund«, sagte er mit einer Stimme, die ihm selbst fremd war. »In ein paar Minuten sind die Leute von Scotland Yard da. Sie werden Ihnen eine Menge Fragen stellen. Und sie sind nicht so leicht abzuspeisen wie ich. Was haben Sie mit der Sache zu tun? Die Schüsse galten doch Ihnen. Oder etwa nicht?«

Ihr Gesicht verhärtete sich. »Woher wollen Sie das wissen? Er ist tot. Nicht ich...«

Er warf ihr einen scharfen Blick zu. »Reden Sie keinen Unsinn«, sagte er. »Sie wissen genau, worauf ich hinaus will. Haben Sie vergessen, was Sie vorhin gesagt haben?«

Statt zu antworten, fingerte sie eine Packung Zigaretten aus ihrer Wild-Lederjacke. Sie hielt das Päckchen in der Hand, warf einen scheuen Blick auf die Leiche vor ihr und wandte sich ab. Sie zögerte.

Er sah, dass ihre Hand zitterte, nahm das Päckchen, zog eine Zigarette heraus und steckte sie ihr zwischen die Lippen.

»Rauchen Sie nur«, sagte er tonlos. »Wenn es Sie beruhigt...«

Er gab ihr Feuer und blickte ihr über die Flamme hinweg in die Augen.

»Wenn ich Sie wäre, würde ich reden«, sagte er. Er musste sich bemühen, seine Worte nicht hart klingen zu lassen.

Sie nahm einen tiefen Zug aus der Zigarette. »Danke«, sagte sie ausweichend.

»Na schön«, sagte Michael. »Sie wollen also nicht. Sie wollen so tun als ob Sie mit der ganzen Sache nichts zu tun hätten...Vielleicht soll Ihr Schweigen bedeuten, dass ich kein Recht habe, mich in Ihre Angelegenheiten zu mischen. Und vielleicht ist das richtig. Aber der Mann, der da liegt, ist nicht irgendwer. Das wissen Sie genauso gut wie ich. Die Polizei hat allen Grund, sich in dem Fall besonders anzustrengen. Und früher oder später kommt sie doch dahinter, was hier wirklich gespielt wird.«

Er sah die Verzweiflung, die in Karins Augen stand: Und plötzlich tat sie ihm leid.

Er nahm sie beim Arm. »Kommen Sie«, sagte er. »Gehen wir vor die Tür. Die frische Luft wird Ihnen gut tun.«

Sie sah ihn dankbar an und ließ sich von ihm hinausführen. Sie warf keinen Blick zurück auf die Leiche. Draußen sog Karin tief die Luft ein und lehnte sich an ihn. Er legte seinen Arm um sie und klopfte ihr sanft, beruhigend auf die Schulter. Es war wie ein stummes Versprechen, sie nicht zu verraten.

Michael kam es vor, als seien nur ein paar Minuten vergangen, bis auf der Straße zwischen den Häuserkulissen zwei große dunkle Wagen auftauchten. Die Autos hielten, ein paar Männer stiegen aus. Einer der beiden, die den ersten Wagen verlassen hatten, kam auf Michael zu. Er zog eine Braue hoch. »Hallo«, sagte er. Seine Stimme war tief. »Was machst du denn hier?«

Michael schüttelte die ausgestreckte Hand. Er deutete mit dem Kopf zu der Eisentür. »Da drin...«, sagte er, ohne auf die Frage zu antworten.

Der andere deutete eine Verbeugung vor Karin an. »Mein Name ist Parker«, sagte er. »Ich bin Detektiv-Inspektor bei Scotland Yard.« Er musterte sie mit einem scharfen Blick und wandte sich zur Tür.

»Warten Sie hier«, sagt er, ehe er den anderen Männern ein Zeichen gab, ihm zu folgen.

Sie verschwanden im Eingang der Halle.

Michael sah Karin Lund von der Seite an. Sie rauchte schweigend, in tiefen Zügen und starrte ausdruckslos auf die Wand der Halle gegenüber. Er wagte nicht, sie aus ihrem Schwelgen zu reißen.

Ein paar Minuten später erschien Parker wieder in der Tür. »Wie ist es passiert?«, fragte er kurz. Michael erzählte es ihm. »Wir standen da drüben«, begann er.

Inspektor Parker hörte zu. Hin und wieder glitten seine Blicke zu Karin Lund.

»Und keiner hat sich das Kennzeichen des Wagens gemerkt oder den Mann erkannt?«

»Nein. Und das Schild war verschmiert«, sagte Michael. »Wahrscheinlich absichtlich.«

Parker nickte. »Kannst du mir wenigstens sagen, was für ein Wagentyp...«

»Wahrscheinlich ein alter Austin, aber ganz sicher bin ich nicht.«

Parker brummte etwas. Hinter ihnen trugen zwei Männer auf einer Bahre die Leiche heraus zu einem Krankenwagen, der inzwischen eingetroffen war.

Parker drehte sich zu Karin Lund. »Sie waren Gary Masons Partnerin. Ist Ihnen in letzter Zeit irgendetwas aufgefallen? Ich meine, war er über irgendetwas beunruhigt? Steckte er in irgendwelchen Schwierigkeiten? Wissen Sie irgendetwas?«

»Ich weiß nichts«, antwortete sie.

»Etwas zu schnell«, dachte Michael. Er schwieg und beobachtete Karin und den Inspektor aufmerksam. Es entging ihm nicht, dass Parker einen Moment die Augen zusammenkniff.

»Wenn ich die Situation richtig geschildert bekommen habe, standen Sie also hier, als die Schüsse fielen«, sagte Parker. »Der Wagen fuhr dort vorbei.« Er deutete mit der Hand in die Richtung.

»Mason muss in diesem Augenblick dort in der Tür gestanden haben. Also praktisch hinter Ihnen.«

Karin Lund nickte.

»Wir wussten gar nicht, dass er überhaupt da war«, sagte sie tonlos.

Inspektor Parker ließ sie nicht aus den Augen. »Verstehen Sie mich recht, Miss Lund«, sagte er. »Ich versuche nur, die ganze Sache zu rekonstruieren. Und ich muss an jede Möglichkeit denken. Könnte es sein, dass die Schüsse vielleicht Sie treffen sollten?«

Karin Lund sah ihn erstaunt an. »Wie kommen Sie denn darauf Inspektor?«, fragte sie ruhig.

Michael hatte noch keinen ihrer Filme gesehen. Aber er beschloss, sie für eine gute Schauspielerin zu halten.

»Ich will nicht behaupten, dass es so war«, sagte Parker. »Aber wie ich Ihnen schon sagte – ich muss ganz sichergehen und alle Möglichkeiten in Betracht ziehen.«

Karin schüttelte energisch den Kopf. »Na schön«, sagte Parker. »Das wäre zunächst mal alles. Wenn Sie wollen, können Sie wieder ins Atelier gehen oder in Ihre Garderobe. Ich glaube kaum, dass heute noch weitergedreht wird.«

Gedankenvoll sah er Karin Lund nach, als sie davon ging.

Michael folgte seinem Blick. Er zuckte zusammen, als Parker plötzlich fragte: »Glaubst du, dass sie die Wahrheit gesagt hat?«

»Warum fragst du mich das?« Michael senkte den

Blick.

»Ich weiß es selbst nicht. Aber irgendetwas stimmt hier nicht. Ich habe da so eine Ahnung...«, sagte Parker.

»Ach«, stieß Michael hervor. »Du und deine Ahnungen...«

Parker umfasste ihn mit seinem festen Blick. »Ich habe Erfahrung, mein Lieber. Und langsam entwickelt man einen sechsten Sinn, wenn man lange genug in unserem Beruf ist.«

»Das Opfer heißt Gary Mason«, sagte Michael.

Parker brummte etwas, das Michael nicht verstand. »Und trotzdem«, fuhr er dann fort. »Nachdem ich mit diesem Mädchen gesprochen habe, werde ich das Gefühl nicht los...«

Er verstummte.

Michael wusste, dass Parker schon viele Fälle dadurch geklärt hatte, dass er nicht von vornherein an die einfachste Lösung glaubte. Er hatte stets auch die unwahrscheinlichsten Möglichkeiten berücksichtigt. Vielleicht besaß er wirklich so etwas wie einen sechsten Sinn, ohne dass er von sich behauptet hätte, ein Superdetektiv zu sein, wie sie in Kriminalromanen auftreten.

»Ich möchte wirklich wissen, ob sie die Wahrheit gesagt hat«, sagte Parker noch einmal. Er sah Michael fragend an.

Michael überlegte blitzschnell.

Auf der Universität in Oxford waren er und Tom Parker gute Freunde gewesen. Nebenher hatten sie sich mit Kriminalistik beschäftigt. Später hatte Parker aus dem Hobby einen Beruf gemacht und war bei Scotland Yard gelandet. Michael hatte eigentlich Polizeireporter werden wollen. Aber diesen Job hatte beim *Comet* seit fünfundzwanzig Jahren Ben Dickens. Und der war jung genug, noch zwanzig Jahre weiterzumachen.

»Weißt du«, sagte er zögernd. »Wenn du mit Leuten vom Film zu tun hast – was heißt da schon Wahrheit? Es ist eine Scheinwelt. Nicht mal die Lebensläufe sind echt, die sie den Lesern servieren...«

»Aber du schreibst doch seit Jahren über Film«, sagte Parker. Ich dachte immer, es macht dir Spaß. Du hast doch Erfolg...«

»Das schon«, sagte Michael, »aber ich liebe diesen Job nicht besonders.«

»Und warum machst du es dann immer noch?«

Michael druckste herum. »Na ja. Es gibt ja in jedem Beruf irgendwas, das einem nicht schmeckt. Aber ich komme mit meinem Chef gut aus. Ich habe ein paar gute Freunde unter meinen Kollegen. Und anständig bezahlt werde ich auch.« Er zuckte die Schultern. »Kann ich mehr verlangen?«

»Eigentlich nicht«, sagte Parker. Er sah Michael prüfend an. »Aber du hast noch nicht auf meine Frage geantwortet. Hast du den Eindruck, dass diese Miss Lund die Wahrheit gesagt hat?«

»Was soll ich darauf antworten? Ich versuche doch gerade, dir klar zu machen, wie schwer das ist, bei diesen Filmleuten herauszufinden, was Schein ist und was Wirklichkeit.«

»Diese Miss Lund scheint mir aber durchaus wirklich zu sein«, brummte Parker. »Und wenn ich richtig gesehen habe, dann hast du das sehr wohl zur Kenntnis genommen.«

Michaels Gesicht verdüsterte sich. »Und was schließt du daraus?«

Parker heftete seinen scharfen Blick auf ihn. »Nichts – natürlich...«, sagte er. »Und jetzt werde ich mir mal diesen Pressemanager vorknöpfen.«

Er ließ Michael stehen, ohne ihm zum Abschied die Hand zu geben und stapfte auf den Eingang der Halle zu.

Michael sah ihm nach, bis er hinter der Tür versehwunden war.

Der große Raum mit den vielen Schreibtischen und Schreibmaschinen kochte vor Betriebsamkeit. Michael hängte seinen Hut auf einen Haken und ging zum Tisch des Lokalchefs. Arthur Ford lutschte Pfefferminzbonbons und sah so verzweifelt aus wie immer um diese Tageszeit.

»Dreispalter für morgen, vielleicht sogar Aufmacher für Seite eins«, rief Michael ihm zu.

»Filmstudio abgebrannt?«, fragte Ford.

»Mord an Gary Mason!«

Ford blickte überrascht auf. »Was? Englands schönster Mann ist tot?«

»Genau.«

»Augenzeugen?«

»Ich selbst – gewissermaßen...«

Ford sah ihn an. »Mensch«, sagte er, »das ist doch die Sensation! Und du machst ein Gesicht, als ob du einen toten Hund in der Tasche hättest.«

Michael warf einen Umschlag auf den Tisch

»Hier sind Fotos von ihm«, sagte er, ohne auf Fords Worte einzugehen. »Zum Aussuchen.«

»Dann fang gleich an zu schreiben. Und sag Ben Bescheid. Schließlich, ist es sein Fach.«

Als Michael dem Polizeireporter Ben Dickens in Stichworten von seinem Erlebnis berichtet hatte, nickte der kleine Mann nur. Es sah aus, als ob er auf diese Nachricht gewartet hätte. Aber das war natürlich Unsinn.

Michael wollte zu seinem Tisch. Ben hielt ihn mit einer Handbewegung zurück. »Hast du in der nächsten Zeit viel zu tun?«

Michael schüttelte den Kopf. »Nein. Warum?«

»Willst du mich ab morgen für zwei Wochen vertreten? Ich muss verreisen. Eine Familiensache...«

Am nächsten Morgen fand Michael seinen Bericht auf der ersten Seite des *Comet*. Er las ihn während des Frühstücks noch einmal durch und war beinahe mit sich zufrieden. Das Telefon klingelte. Er legte die Zeitung weg und hob ab. »Hier ist Karin Lund«, sagte eine dunkle Stimme am anderen Ende der Leitung. »Ich möchte mich bedanken.«

»Wofür?«

»Ich habe Ihren Bericht gelesen. Und Sie haben nichts geschrieben über unser – unser Gespräch...«

»Das hätte nicht gut ausgesehen.«

»Ja, für mich. Deshalb bedanke ich mich.«

»Ach, sprechen wir nicht mehr davon. Rufen Sie vom Studio aus an?«

»Nein, ich bin bis Dienstag drehfrei.«

»Fein. Treffen wir uns zum Mittagessen?«

»Heute?«

»Warum nicht? Um ein Uhr in Pinellios Restaurant?«

Sie zögerte einen Augenblick. Dann nahm sie seine Einladung an.

Sein erstes Rendezvous mit Karin Lund wurde für Michael kein reines Vergnügen. Er musste sich eingestehen, dass das an ihm lag.

Er hatte zu viel erwartet. Er hatte gehofft, sie würde sich ihm anvertrauen. Er traute sich nicht, sie direkt zu fragen. Als er vorsichtig versuchte, das Gespräch auf den Mord zu lenken, hatte er keinen Erfolg. Soviel Köder er auch auslegte, sie biss einfach nicht an. Sie tat, als ob sie seine Anspielungen überhörte. Es lag sicherlich nicht an der Qualität der Speisen im ›Pinellio‹-Restaurant, dass ihm das Essen nicht schmeckte. Karin aß mit großem

Appetit. Er bewunderte, wie sie mit ruhiger Hand die Spaghetti um die Gabel wickelte und zum Mund führte. Sie verhielt sich, als sei Essen das Wichtigste auf der Welt.

Sie tranken zusammen eine Flasche Chianti leer, plauderten und lächelten sich an. Äußerlich unterschied sich dieses Rendezvous nicht von den Zusammentreffen, die Michael privat oder beruflich mit anderen Mädchen vom Film gehabt hatte. Er goss den Wein in sich hinein, ohne zu schmecken, was er trank. Es war das erste Mal, dass er mit einer Frau zusammen war, die ein Mann zu ermorden versucht hatte. Denn dass der Mörder es auf sie und nicht auf Gary Mason abgesehen hatte, stand für Michael fest. Und sie tat, als sei Mord die alltäglichste Sache der Welt. Nicht bemerkenswerter als die Masern.

Sie erzählte ihm nur, dass sie für sechs Monate eine kleine Wohnung in Notting Hill Gate gemietet hätte. Mit weiteren Filmplänen sei es vorläufig nichts.

»Lieber möchte ich hier in London beim Fernsehen unterkommen. Aber wer weiß, ob sie mich haben wollen.«

Er stieß mit ihr auf ihre Zukunft an. Und musste dabei immer daran denken, dass sie diese Zukunft vielleicht nie erleben würde. Es war wie in einem bösen Traum.

Beim Abschied versprach sie, ihn einmal anzurufen.

Die beiden nächsten Tage vergingen, ohne dass Michael von Karin Lund hörte. Auch sonst geschah nichts. Weder in seinem noch in Ben Dickens' Arbeitsbereich.

Michael rief ein paar Mal Inspektor Parker an. Aber der Mann von Scotland Yard musste zugeben, dass er immer noch keine Spur entdeckt hatte.

»Es ist zum Verrücktwerden!«, schnaubte Parker am Telefon. »Wenn ich es recht bedenke, wissen wir nicht mehr, als dass jemand geschossen hat und Gary Mason getroffen wurde...«

Am dritten Tag rief Michael Karin Lund an, um sie zur Premiere eines Musicals einzuladen. Es meldete sich niemand.

Widerwillig ging er am Abend allein ins Theater. Schon nach einer halben Stunde bereute er es. Die Musik war fad, die Handlung dünn, die Darsteller waren mittelmäßig.

Die Langeweile trieb ihn während der Pause in die Theaterbar. Um ihn herum schwatzte das übliche Premierenpublikum. Große Abendkleider, Brillanten, echte und falsche Eleganz nebeneinander – es war wie immer an solchen Abenden.

Michael hockte sich an die Bar und schlurfte missmutig einen Gin mit Tonic.

Da sah er sie. Und sie war nicht allein. Sie stand am anderen Ende des Raumes. Er erkannte sie zuerst an ihrem langen blonden Haar. Es fiel locker auf ihren Rücken und glitzerte im Schein der Lampen. Sie trug ein dunkelblaues Abendkleid. Der Mann, mit dem sie sprach, trug einen Smoking mit Schalkragen und Samtmanschetten. Er gefiel Michael nicht. Er war mittelgroß, dunkel und das schmale Bärtchen über seiner Oberlippe wirkte wie mit Tusche gezogen. Wahrscheinlich ein Ausländer, dachte Michael. Er ertappte sich dabei, dass er den Mann anstarrte. Und er brauchte ein paar Minuten, bis er begriff, dass er eifersüchtig war.

Er wehrte sich gegen das Gefühl. Er hatte Karin Lund zweimal gesehen, und nichts gab ihm das Recht, eifersüchtig zu sein. Was wusste er schon von ihr, außer dass sie schön war, ihm gefiel und in irgendeine dunkle Angelegenheit verstrickt war?

Vielleicht war der Mann ihr Agent. Oder der Vertreter einer ausländischen Filmgesellschaft.

Michael überlegte, ob er hingehen und sie ansprechen sollte. Da schrillte die Klingel. Die Pause war zu Ende.

Die beiden standen auf und kamen auf ihn zu. Jetzt musste Karin ihn sehen. Sie hatte ihren Kopf zur Seite geneigt und lauschte den Worten ihres Begleiters.

Als sie auf gleicher Höhe mit ihm waren, blickte sie plötzlich auf. Direkt in seine Augen. Er wartete auf das Lächeln, das nun kommen musste. Aber sie wandte gleichgültig den Kopf ab und sprach weiter mit dem anderen, in einer Sprache, die Michael nicht verstand.

Er sah ihnen nach, bis sie im Foyer, verschwanden. Dann drehte er sich mit einem Ruck um und leerte sein Glas. Der Vorfall beunruhigte ihn so sehr, dass er die größte Mühe hatte, sich auf den letzten Akt des Stückes zu konzentrieren. Was war mit Karin Lund los? Sie hatte ihn geschnitten. Absichtlich übersehen, als ob er ihr schlimmster Feind wäre.

Als er schon im Bett lag und vergeblich einzuschlafen versuchte, ging ihm Karins Verhalten noch immer im Kopf herum. Ob es etwas mit ihrem Begleiter zu tun hatte? Schließlich fiel er in einen unruhigen Schlaf und träumte, dass Karin ihn Tag und Nacht anrief und dass er sich weigerte, ihre Anrufe anzunehmen.

Plötzlich schreckte er hoch. Das Telefon läutete wirklich. Er sah auf die Armbanduhr. Es war vier Uhr dreißig. Er hob den Hörer ab und erkannte sofort den schottischen Tonfall des Nachtredakteurs.

»Sie haben mir deine Nummer hinterlassen und gesagt, dass du vorläufig für alle größeren Kriminalfälle zuständig bist.«

»Stimmt«, gab Michael schläfrig zu.

»Dann ab mit dir zu den Ronway Mansions, Junge. In die Bayswater Road.«

»Was ist denn los?«

»Jemand ist umgebracht worden. Mehr ist nicht bekannt. Gib mir deinen Bericht per Telefon durch. Für die Frühausgabe. Aber beeil dich!«

Zehn Minuten später war Michael in dem Appartementhaus in der Bayswater Road. Im ersten Stock sah er durch eine offene Wohnungstür eine kleine Gruppe von Polizisten und Reportern. Er erkannte unter lauter fremden Gesichtern den Kollegen vom *Mirror.*

»Morgen, Joe. Schon was bekannt?«

»Hallo, Michael! Was machst du denn hier?«

»Ich vertrete Ben. Er hat Urlaub. Wer ist umgebracht worden?«

»Eine Frau. Den Namen weiß bis jetzt niemand. Ich bin nicht sicher, dass sie ihn je herauskriegen werden. Sie ist erstochen worden.«

»Hat sie nicht hier gewohnt?«

»Nein. Der Hausmeister behauptet, dass er sie noch nie gesehen hat.«

»Wem gehört die Wohnung?«

»Einem gewissen Eric Shroeman oder so ähnlich. Er hat viel geschäftlich in Holland zu tun. Vielleicht ist er sogar Holländer. Das weiß der Hausmeister nicht so genau. Jedenfalls ist dieser Mann zur Zeit in Holland.«

»Und wer hat den Mord entdeckt?«

»Der Hausmeister hat die Frau schreien hören. Er hat sofort das nächste Revier angerufen. Sie haben die Tür aufgebrochen. Aber sie war schon tot. Der Mörder muss über die Feuertreppe entkommen sein.«

»Danke. Joe!«

»Gern geschehen. Übrigens scheinen die Fotografen fertig zu sein. Die Spurensicherer sind schon weg. Sie werden die Tote gleich wegschaffen. Wenn du sie noch sehen willst. Es ist vielleicht besser für deinen Bericht...«

30

»Danke für den Tipp, Joe. Du weißt ja, ich bin neu in dem Job.«

Michael ging zu Inspektor Philips.

»Collins vom *Comet*. Ich vertrete Ben Dickens.«

»Philips« Der Inspektor schüttelte seine Hand. »Ist Ben krank?«

»Urlaub«, erklärte Michael. Er wies mit dem Kopf auf die Tür. »Darf ich da schnell mal einen Blick reinwerfen?

»Wenn Sie wollen«, sagte Philips. »Aber machen Sie schnell. Sie wird gleich abgeholt. Der Wagen ist schon da.«

Michael trat in das hellmöblierte Schlafzimmer. Sie lag auf dem breiten Doppelbett. Das lange hellblonde Haar hing wirr um den schmalen Kopf. An dem blauen Abendkleid war ein Fleck. Groß. Dunkel. Feucht...

Er sah das Loch, in dem die Mordwaffe gesteckt hatte. Jemand hatte ihr einen spitzen Gegenstand in die Brust gestoßen. Mitten ins Herz.

Sie war kein schöner Anblick. Michael öffnete den Mund, aber seine Stimme versagte. Er schluckte ein paar Mal.

»Inspektor«, rief er heiser.

»Was ist?« Philips war mit ein paar Schritten neben ihm.

»Rufen Sie Inspektor Parker an«, sagte Michael tonlos. »Das ist sein Fall.«

»Weshalb? Kennen Sie das Mädchen?«

Michael richtete sich auf. Seine Augen brannten.

»Ja«, sagte er mühsam. »Sie heißt...«

Er schluckte noch einmal schwer.

»Sie hieß Karin Lund.«

2

Überrascht sah Inspektor Philips den aufgeregten Reporter an. »Sind Sie sicher, dass die Erstochene Karin Lund heißt?«, fragte er.

Michael Collins nickte. »Filmnachwuchs. Aus Schweden. Vor ein paar Tagen wurde auf sie geschossen. Auf dem Gelände der Commodore-Filmstudios. Tom Parker hat den Fall übernommen.«

Er achtete nicht auf die Anweisungen, die der Inspektor gab. Er sah immer noch die Ermordete an. Wer konnte dieses schöne Mädchen mit einem solchen Hass verfolgt haben? Eine unbändige Wut auf den Mörder stieg in ihm auf. Ob es der Mann aus der Theaterbar war?

Jemand legte ihm die Hand auf die Schulter. »Komm!«, sagte der Kollege vom *Mirror*. »Ich weiß, es ist hart beim ersten Mal, aber du musst deinen Bericht durchgeben.«

Als Detektivinspektor Parker eintraf, war Michael gerade mit dem Telefonieren fertig. Parker ließ sich berichten, leitete die Fahndung nach dem Inhaber der Wohnung ein und ging mit dem Freund frühstücken.

»Ich glaube, du hast mir einiges zu erzählen«, sagte er, als der dampfende Tee vor ihnen stand.

Michael Collins ließ den Blick durch das langgezogene Lokal schweifen. An den kleinen Tischen aßen Frühaufsteher und Spätaufgebliebene mit müden Gesichtern ihre Sandwiches.

»Ja, Tom«, gab Michael zu, »ich habe dir etwas zu erzählen.« Er berichtete ausführlich über Karins seltsame Bitte nach dem Anschlag auf dem Filmgelände, die Polizei nicht zu benachrichtigen. Von seinem Verdacht, dass sie ihm etwas verschwiegen hatte.

»Ich könnte es nicht beweisen«, fuhr er fort. »Aber ich bin überzeugt: Dieser Anschlag hat nicht Gary Mason gegolten, sondern Karin Lund. Und sie ahnte, weshalb auf sie geschossen wurde. Sie hatte Angst. Aber es war eigenartig. Ich wurde das Gefühl nicht los, dass sie sich nicht so sehr vor dem Mörder fürchtete, als davor, irgendein Geheimnis könnte entdeckt werden.«

Tom Parker sah ihn nachdenklich an. »Du meinst also, Gary Mason sei aus Versehen erschossen worden?«

»Diese Frage ist für mich noch völlig offen. Jedenfalls scheinen der Tod von Gary Mason und Karin Lund in direktem Zusammenhang zu stehen und müssen deshalb gemeinsam aufgeklärt werden. Um aber in der Angelegenheit weiterzukommen: Bei Karin Lund hattest du den Eindruck, sie würde etwas verbergen.«

»Wenn du es so nennen willst, ja«, antwortete Michael. » Es muss etwas gegeben haben, dessen Bekanntwerden sie mehr fürchtete als den Mörder.«

»Und du hast keine Ahnung, was das war?«

»Nein, aber da sie erst ganz kurze Zeit in England war, muss es wohl mit Ihrer Vergangenheit zu tun haben. Mit Schweden.«

Er berichtete von ihrem gemeinsamen Mittagessen und von der seltsamen Begegnung in der Theaterbar.

»Dieser Mann muss der Mörder sein«, schloss er.

Tom schüttelte lächelnd den Kopf. »Ich verstehe deinen Eifer ebenso wie deinen Hass auf den Mörder. Aber glaube einem alten Praktiker: So leicht, wie es jetzt für dich aussieht, ist es in Wirklichkeit nie.«

Immerhin gab er zu, dass der Fremde hinreichend verdächtig war. »Wir werden natürlich alles versuchen, ihn zu finden. Aber wundere dich nicht, wenn es am Ende ein ganz harmloser Filmfritze ist!«

Michael schob den leergegessenen Teller zur Seite. »Ich habe noch einen Verdacht«, sagte er eindringlich. »Der Fremde unterhielt sich mit Karin in einer Sprache, die ich nicht kannte. Nach allem, was ich weiß, mag es Schwedisch gewesen sein. Oder vielleicht auch Holländisch.«

»Moment – zwei Mal Tee möchten wir noch.« Tom wartete, bis der Kellner fort war. »Du meinst, dein Fremder aus der Bar könnte mit Mister Schroeman identisch sein, in dessen Wohnung...«

»Genau. Ist das nicht eine Spur, der du nachgehen könntest?«

»Ich werde es versuchen«, seufzte der Inspektor.

Achtzehn Zigarettenstummel lagen in seinem Aschenbecher, als Michael den ausführlichen Bericht für die Spätausgabe fertig hatte. Er riss das letzte Blatt aus der Maschine und überflog es noch einmal. Dann stand er auf und ging zwischen den Tischen hindurch zu Arthur Ford, dem Lokalchef.

»Fertig?«, fragte der und nahm ihm das Manuskript aus der Hand. »Wie viele Seiten? Sechs? Reicht. Hast du 'nen Vorschlag für die Überschrift?«

Michael schüttelte den Kopf. Bevor er etwas sagen konnte, schrillte das eine von Arthurs Telefonen.

»Ford«, meldete sich sein Chef. »Was? Ach, ein alter Käse. Wollen wir nicht haben. Ende. Weißt du übrigens«, wandte er sich an Michael, »dass Ben in der Stadt gesehen worden ist? Er – Augenblick.«

Diesmal war es das andere Telefon. Während er abhob, meldete sich schon wieder das erste. »Ford«, sagte er, in die Sprechmuschel und befahl Michael mit einer Kopfbewegung, sich dem anderen Anrufer zu widmen. Er schrieb sich eine Adresse auf, brüllte dann einen Namen in den Saal und gab dem im Slalomlauf heranrasenden jungen Mann den Zettel.

»Was ist?«, fragte er Michael.

»Du sollst zum Boss kommen.«

»Gut. Was ich sagen wollte: Ben treibt sich offenbar in der Stadt rum. Ich vermute...«

Er stand auf und ging zur Tür. Michael blieb nichts übrig, als nebenherzulaufen. »Ich vermute«, sagte der Lokalchef, dass Ben irgendeiner großen Sache auf der Spur ist. Er hat das schon vor ein paar Jahren so gemacht. Urlaub genommen, damit ihm niemand in die Karten sehen konnte und ist dann mit der großen Überraschung angekommen. So long!«

Die Fahrstuhltür fiel hinter ihm zu. Obwohl Michael an den beiden nächsten Tagen ständig mit Parker in Verbindung stand, erfuhr er nichts Neues. Einen ganzen Vormittag verbrachte er auf dem Yard und sah Hunderte von Fotos durch. Aber keiner der Männer, deren Lichtbilder er anschaute war mit Sicherheit der Fremde aus der Bar. Bei zwei oder drei Bildern zögerte er. Vielleicht eine gewisse Ähnlichkeit? Aber dann legte er sie kopfschüttelnd zurück. Er war fast sicher: Das knochige Gesicht des Mannes, der als letzter mit Karin Lund zusammen gesehen wurde, war nicht dabei.

Zum Nachdenken ließ ihm die Arbeit wenig Zeit. Seine Filmspalte musste fertig werden, dazu kam die Arbeit von Ben Dickens, den er vertrat. Und schließlich hatte Arthur Ford zum Wochenende auch noch einen Auftrag für ihn.

»Sieh dir morgen Abend mal das neue Ratespiel an, das sie im Fernsehen bringen.«

»Das mit den Geburtsorten?«

»Ja. *Wo komme ich her?* heißt es. Mach uns dreißig Zeilen allgemeine Kritik darüber, ja?«

Der Nachmittag des Sonntags war feucht und neblig. Es tat Michael nicht leid, dass der Fernsehauftrag ihm die Lust nahm, jetzt noch auszugehen. Er rief Tom Parker an und lud ihn für den Abend ein. Als sein Freund kam, zogen sie die Vorhänge zu und setzten sich mit ihren Gläsern an den Kamin. Die Flammen warfen zuckende Schatten in den Raum, während die Männer sich über die beiden Morde unterhielten.

Manchmal sah Tom besorgt in das Gesicht des Freundes, dessen Augen bei dieser Beleuchtung noch tiefer in Schatten eingebettet schienen als am Tage. Welch ein Gegensatz zu dem Michael, den er in Oxford und auch später noch gekannt hatte: Sportlich war er gewesen, breitschultrig, groß, mit kurzen dunklen Haaren und einem herzlichen, ansteckenden Lachen. Jetzt saß er vorgebeugt da, das Kinn in die Hand gestützt, und starrte ins Feuer. Als ob er dort finden könnte, was er verloren hatte.

Karin Lund, natürlich! Es musste bei Michael Liebe auf den ersten Blick gewesen sein. Würden ihn sonst ein paar Tage so verändern? Nein. Das konnte nur eine Ursache haben: den Tod der schönen Schwedin.

»Es ist gleich acht Uhr«, erinnerte er ihn schließlich.

Michael stand auf und schaltete das Fernsehgerät ein. Dann drehten sie ihre Sessel um und warteten auf den Beginn der Sendung.

Es war wie immer: die Ansagerin, der Quizmaster, das Vorstellen des Rateteams und der Kameraschwenk über den dicht besetzten Zuschauerraum.

Der Quizmaster erklärte das Spiel.

»Meine Damen und Herren, hier in diesem Korb habe ich die abgerissenen Kontrollabschnitte Ihrer Eintrittskarten. Meine reizende Assistentin«, er lächelte ein langbeiniges Wesen an, das hinter ihm auf die Bühne schwebte, »wird mit geschlossenen Augen in den Korb hineingreifen. Sie wird die Reihe und die Nummer des Sitzplatzes nennen, die darauf gedruckt sind. Dann wer-

36

den wir denjenigen, der auf diesem Platz sitzt, bitten, zu uns heraufzukommen. Die beiden Damen und die drei Herren des Rateteams dürfen ihm Fragen stellen, die nur mit »ja« oder »nein« beantwortet werden dürfen. Errät das Team den Geburtsort des Herausforderers vor dem zehnten Nein, dann ist er ehrenvoll unterlegen und bekommt zum Dank für seine Mitwirkung eine bronzene Plakette. Gelingt es ihm, zehn Mal mit »nein« zu antworten, dann ist er Sieger und bekommt die große silberne Siegerplakette.« Er hielt eine helle Scheibe in der Größe einer Untertasse hoch und drehte sie nach allen Seiten.

»Alle weiteren Fragen klären wir am besten, wenn sie auftauchen. Ah – eine Ergänzung noch: Herausforderer, die in London geboren sind, würden unseren fünf ein allzu leichtes Spiel bieten. Bei ihnen muss deshalb außer der Stadt auch der Stadtteil erraten werden. – So und jetzt auf zum neuen Ratespiel der BBC! Auf zu *Wo komme ich her?*! Den ersten Herausforderer, bitte!«

Die Kamera verfolgte in Nahaufnahme, wie der erste Abschnitt aus dem Korb gezogen wurde.

»Reihe vier, Sitz Nummer siebzehn«, verkündete der Quizmaster.

Eine andere Kamera schwenkte in den Saal hinein, glitt die vierte Reihe entlang und heftete sich schließlich auf das Gesicht einer jungen, hübschen Frau.

»Würden Sie so freundlich sein, die Reihe unserer Herausforderer zu eröffnen?«, bat der Quizmaster.

Sie sah nach links, wo offenbar ihr Bräutigam oder Ehemann saß. Er nickte ihr aufmunternd zu. Daraufhin erhob sie sich, immer noch etwas zögernd, schob sich die Reihe entlang und ging dann schon selbstbewusster geworden, den Mittelgang zur Bühne vor.

»Schönen Dank, dass Sie gekommen sind – und viel Erfolg bei unserem kleinen Spiel«, begrüßte sie der

Quizmaster. Er bat sie auf einen Stuhl, ließ sie ihren Geburtsort auf ein Blatt Papier schreiben und gab es seiner Assistentin weiter. Sekunden später tauchte, für das Team unsichtbar, auf einer Leuchttafel der Name ›Hamburg‹ auf. Freundlicher Beifall klang im Saal auf. Ein Glück, schienen die Zuschauer zu denken, eine Touristin! Das wird schwer zu erraten sein. In London geboren?«, fragte das erste Mitglied des Teams.

»Nein«, kam die Antwort in akzentfreiem Englisch.

»Ein Nein, also sind noch neun offen«, registrierte der Quizmaster. »In England?«, kam die zweite Frage einer Teilnehmerin.

»Nein.«

»Zwei fort, noch acht«, sagte der Quizmaster.

»In Europa?«, fragte der dritte.

»Ja.«

»Auf dem Kontinent?«, tastete sich Nummer drei vor.

»Ja.«

»Westlich des Rheins?«, stieß er nach.

»Nein.«

Die Zuschauer murmelten zufrieden. Das war ausgeglichener Kampf, bei dem beide Parteien Chancen hatten. Aber sie irrten sich. Die nächste Frage war ein Zufallstreffer.

»In Deutschland?«

»Ja.«

»Nördlich des Mains?«

»Ja«, kam die Antwort.

Danach war es nicht mehr schwer.

Den zweiten Herausforderer, einen Engländer aus Blackpool, hatten sie schon nach drei Nein.

Dann kam der »Mystery Challenger«, ein Mann mit einem ausgesucht ungewöhnlichen Geburtsort. Für die erste Sendung hatte BBC einen Mann entdeckt, der auf einem Passagierdampfer zwischen Liverpool und New York das Licht der Welt erblickt hatte. Die in den Saal gerichtete Kamera fing reihenweise lachende Gesichter ein, als die Leuchttafel dies bekanntgab. Ein schöner Brocken für das Rateteam, wenn auch leider außer Konkurrenz. Aber das Team war durch das Gelächter gewarnt. Es tippte von vornherein auf Flugzeug, Kamelkarawane oder Schiff und löste die Aufgabe mit einer Leichtigkeit, die für den Rest der Sendung wenig Spannung verhieß.

»Sie werden mit den zehn Nein nicht zurechtkommen«, sagte Michael vor seinem Fernsehgerät zu Tom Parker. »Fünf hätten auch gereicht. Da wären die Chancen besser verteilt. Oder, wenn sie das nicht wollen, dann müssen sie die Herausforderer vorher aussuchen. Mit dem Zufall ist da nicht...«

Er brach ab und starrte auf den Bildschirm, wo die Kamera gerade in Großaufnahme den Mann zeigte, den das Los zum nächsten Herausforderer bestimmt hatte.

»Was ist denn?« Tom Parker konnte an dem Bild nichts Besonderes entdecken.

»Der Mann! Der Mann aus der Bar! Er war als letzter mit Karin Lund zusammen!« Aufgeregt sprang Michael auf. »Los, wir müssen etwas tun!«

Der Freund drückte ihn in den Sessel zurück. »Ruhig, Junge, ganz ruhig! Du bist überreizt. Du hast zu lange an den Mann gedacht. Jetzt siehst du ihn schon überall.

»Nein, er ist es wirklich«, protestierte Michael.

»Schau ihn dir erst einmal in Ruhe an«, bat Tom. »Dann sehen wir weiter.«

Der Mann auf dem Bildschirm war aufgestanden. Er ging ruhig und selbstbewusst auf die Kamera zu. Heller wurde das Licht der Scheinwerfer auf seinem Gesicht. Immer deutlicher waren die Backenknochen zu sehen, das Kinn, der fast eckige Nasenrücken.

»Das ist er! Ich erkenne ihn wirklich!«, beschwor Michael den Freund. Aber Tom hob nur warnend die Hand.

»Hör ihn erst sprechen. Das ist der beste Beweis. Wenn das dort auch ein Ausländer ist, dann glaube ich dir jedes Wort. Wenn nicht...« Er sprach nicht weiter. Aber Michael begriff auch so. Tom hielt ihn offenbar für halb verrückt. Michael zwang sich, stillzusitzen. Der Beweis musste sofort kommen. Das erste Ja oder Nein musste den Fremden verraten.

»In Großbritannien geboren?«, lautete die erste Frage.

»Ja«, antwortete der Fremde laut und deutlich.

Michael hielt den Atem an.

»In London?«, kam die nächste Frage.

Michael hörte nicht mehr auf den Sinn der Worte. Nur noch auf ihren Klang. Konnte das der gleiche Mann sein, den er in der Bar mit Karin gesehen hatte? Den er für einen Ausländer gehalten hatte? Die nächste Frage war nicht präzis genug.

»Das kann ich nicht mit ja oder nein beantworten«, wehrte der Fremde ab. »Würden Sie so freundlich sein, sie noch einmal neu zu formulieren?«

Sein Englisch klang fließend und rein. Er machte seine Angaben sicher und ohne zu überlegen.

Das Team hatte Schwierigkeiten mit ihm. Beim neunten Nein hatte es ihn erst auf die Grafschaft Cornwall eingekreist. Seinen Geburtsort fand es nicht mehr.

Der Quizmaster ging auf ihn zu und gratulierte ihm als erstem Sieger des neuen Spiels. »Woher stammen Sie nun wirklich, wenn ich fragen darf?«

»Aus Fowey«, sagte der Fremde. Ein raunendes Flüstern breitete sich im Publikum aus und schwoll zu herzlichem Beifall für den Sieger an.

Der Quizmaster klatschte mit, trat dann wieder ans Mikrofon und sagte: »Darf ich Sie noch um Ihren Namen bitten?«

»Vorse, Victor Vorse«, lautete die Antwort.

»Victor Vorse? Mister Vorse, kann es sein, dass ich Ihren Namen schon einmal irgendwo gelesen – oder vielleicht sogar im Fernsehen gehört habe?«

Vorse nickte. »Ich war 1955 Britischer Meister im Amateurtanz. Genauer gesagt im Walzer. Die Veranstaltung ist damals von der BBC übertragen worden.«

Noch einmal klang Beifall auf. Dann verließ Vorse mit elastischen Schritten die Bühne, in der Hand seine silberne Plakette. Die Kamera folgte ihm.

Als er sich wieder auf seinen Platz setzte, gratulierte ihm eine dunkelhaarige Dame, die neben ihm saß. Sie war elegant gekleidet und sehr sorgfältig zurechtgemacht.

»Ich bin trotzdem sicher, dass er es ist«, sagte Michael in die Stille vor der nächsten Ansage. »Können wir denn gar nichts unternehmen, Tom?«

»Was denn?«, fragte der Inspektor zurück. »Selbst wenn er der Mann wäre, den du meinst – ist es vielleicht strafbar mit einer Frau ins Theater zu gehen, die später ermordet wird?«

»Können wir nicht hinfahren und ihn aushorchen?«

»Bis wir bei dem Nebel hinkommen, ist der Saal längst leer. Nein, Michael, ich glaube, diese Angelegenheit überlässt du besser mir. Ich lasse mir seine Adresse von den Fernsehleuten geben. Die notieren alle. Manchmal gibt es Rückfragen. Außerdem meine ich: Falls es dein Mann sein sollte, ist es besser, wenn er dich nicht sieht.«

Das Spiel ging noch eine Weile weiter, aber Vorse blieb der einzige erfolgreiche Herausforderer.

Als Parker gegangen war, setzte Michael sich an die

Maschine und versuchte, seinen Kommentar zu schreiben. Er hatte Mühe, sich darauf zu konzentrieren.

Wie kam Victor Vorse gerade in diese TV-Veranstaltung? Hatte das etwas zu bedeuten? Würde ein Mörder es überhaupt wagen, sein Gesicht zehn Millionen Zusehern zu zeigen?

Am nächsten Morgen war Victor Vorse im *Daily Pictorial* abgebildet. Fünf Millionen Leser sahen sein Foto und lasen darunter: »Der Mann, der das Rateteam besiegte.«

Tom Parker rief Michael in der Redaktion an. Er habe Neuigkeiten. Ob sie sich zum Essen treffen könnten.

Kurz nach halb ein Uhr verließ Michael das Gebäude des *Comet* und ging zu einer Gaststätte in der Nähe von Whitehall. Tom Parker stand vorn an der Theke und trank gerade ein Glas Bier aus. Er bestellte zwei neue. Dann gingen sie, die Gläser in der Hand, in den eichengetäfelten Speiseraum und setzten sich an einen Ecktisch.

»Ich habe mit deinem Mister Vorse gesprochen«, sagte Parker lächelnd.

»Du warst in Cornwall?«

»Natürlich nicht. Alter Esel. Da ist er nur geboren.«

»Behauptet er!«

»Ich bekam seine Adresse beim Fernsehen. Er wohnt hier in London. Im Stadtteil Ealing. Er besitzt eine Tanzschule. Seine Assistentin heißt Connie Halliday und saß gestern Abend neben ihm im Saal.«

»Die Dunkle?«

Der Detektiv nickte. »Genau die. Sie kommt mir übrigens bekannt vor. Es fällt mir nur nicht ein, woher ich sie kenne. Na, jedenfalls wollten die beiden ausgehen und verfielen zufällig auf die Veranstaltung im Fernsehstudio. Weiter wollten sie wegen des Nebels nicht fahren«, sagt Vorse.

»Mag alles stimmen. Ich habe mir jedenfalls inzwischen die Pressefotos von ihm angesehen. Ich bin immer noch überzeugt, dass er der Mann aus der Bar ist.«

»Vielfeicht hast du recht. Die Tatsache, dass er trotzdem im Fernsehen aufgetreten ist, weist aber auf seine Unschuld hin.«

»Da bin ich nicht so sicher«, sagte Michael. »Vielleicht ist er nur überzeugt, dass niemand ihn erkannt hat, als er mit Karin im Theater war.«

»Er will Miss Lund nie gesehen haben«, sagte Parker sachlich. »Er hat mir alle Fragen offen beantwortet, Natürlich lasse ich seine Vergangenheit überprüfen. Aber so viel ich bis jetzt weiß, liegt nichts gegen ihn vor.«

Während des Essens fragte Michael: »Gibt es etwas Neues von Eric Schroeman?«

»Nichts. Wenn er nach Holland geflogen sein sollte, wie der Hausmeister – er heißt übrigens Bert Howard – behauptet, dann ist er dort jedenfalls verschwunden.«

»Hat der Hausmeister sagen können, ob Karin diesen Schroeman jemals besucht hat?«

»Er behauptet, dass er sie noch nie gesehen hat. Er hat auch angeblich niemanden in die Wohnung gehen sehen, seit Schroeman fort ist. Er glaubt, dass Miss Lund und ihr Mörder beide über die Feuertreppe gekommen sind.«

Michael legte das Besteck hin und wischte sich mit der Serviette über den Mund.

»Ich weiß nicht, was du davon hältst, Tom«, sagte er schließlich, »aber mir scheint es ziemlich sicher zu sein, dass jemand in dieser Angelegenheit wie der Teufel lügt.«

»Das ist meistens so«, grinste der Detektiv.

Als Michael in die Redaktion zurückkam, sah der

Lokalchef noch besorgter aus als sonst.

»Geh mal an Bens Schreibtisch«, sagte er. »Sieh ihn durch. Versuche rauszukriegen, was Ben vorhatte. Wo er stecken kann.«

»Ist was los?«

»Anruf. Seine Frau. Er ist heute Nacht nicht nach Hause gekommen. Zum ersten Male seit Jahren. Sie macht sich Sorgen. Okay?« Michael pfiff leise zwischen den Zähnen. Es war nicht zu hören bei dem Lärm, den die Schreibmaschinen und Telefone machten. Dann nickte er und ging an Bens Schreibtisch.

An der Wand hinter dem Schreibtisch klebten Karten. Die Einteilung Londons in Polizeireviere, eine Flusskarte der Themse, eine große Karte der Innenstadt mit geheimnisvoll hineingekritzelten Zeichen. Hier hatte Dickens viele Jahre lang seine Berichte geschrieben. Sachliche, nüchtern klingende Artikel. Über Londons Unterwelt und ihre Untaten.

Michael sah, dass der schäbige kleine Schreibtisch mit Stapeln von Zeitungsausschnitten, Karteikarten, Notizen und Fotos bedeckt war. Achselzuckend machte er sich an die Arbeit.

Zuerst alle Ausschnitte auf die Seite. Und jetzt den Rest durchsehen. Scheußlich, Bens krakelige Handschrift. Schwer zu lesen. Wie der Mann selbst, dem sie gehörte. Eine Quittung? Nein, auch nichts. Ob Ben etwas passiert war? Oder tat er zu Hause auch so geheimnisvoll? Nein, dann wäre seine Frau nicht – Moment! Nein. nur ein Prospekt. Von einer Tanzschule.

Halt! Nichts übersehen! Wie hieß die Schule? *School of Ballroom Dancing*. Kannte er nicht.

Doch hier! Die Adresse! Lansdale Grove, Ealing. Und darunter, kleiner: »Leitung der Kurse: Connie Halliday und Victor Vorse«.

3

Michael Collins lehnte sich zurück und zündete eine Zigarette an. Nachdenken! Den Lärm der auf Hochtouren laufenden Redaktion vergessen. Konzentrieren auf die entscheidende Frage: Wie kam der Prospekt der Tanzschule Victor Vorse auf den Schreibtisch Ben Dickens?

Der verschwundene Kollege Ben hatte oft behauptet, dass er Londons Unterwelt besser kannte, als Scotland Yard. Hatte er Vorse beobachtet? Hatte er ihn gekannt? Hatte er ihm ein Verbrechen zugetraut?

Der Reihe nach! Michael spannte einen Bogen in Bens klapprige Schreibmaschine und tippte:

1. Mordversuch an Karin Lund (oder Mord an Gary Mason?).
2. Ich berichte Ben davon. Er nimmt sofort Urlaub. Der Chef meint: weil er einer großen Sache auf der Spur ist.
3. Ich sehe Vorse in der Theaterbar mit Karin.
4. Wenige Stunden später wird Karin erstochen.
5. Vorse leugnet jede Bekanntschaft mit Karin.
6. Bens Frau ruft an: Ihr Mann ist verschwunden.
7. Ich finde auf Bens Schreibtisch den Prospekt der Tanzschule Victor Vorse.

Michael nahm noch einmal den Prospekt in die Hand. Er war ein dünnes Heft. In einer Ecke war ein Bild von Victor Vorse. »Sieger im Amateur-Tanzturnier 1955« stand darunter.

Sollte er Tom Parker anrufen? Nein, der Inspektor

würde nur wieder das überlegene Lächeln des Fach-
manns aufsetzen und erklären, dass solch einfache Spuren erfahrungsgemäß falsch seien.

Er hob den Hörer ab und gab der Zentrale die Nummer, die auf dem Tanzschulen-Prospekt stand.

Eine Frauenstimme meldete sich. Sie klang etwas zu
höflich. Besonders, als er sagte, er sei an einem Einzel-
kurs interessiert.

»Wann möchten Sie anfangen?«, fragte die Stimme.

»Sobald wie möglich.«

»Wir haben für heute Abend eine Absage. Wenn es
Ihnen passt, können Sie um 19 Uhr 30 kommen.«

»Ja, das passt mir.«

»Fein. Ihren Namen, bitte.«

Er sagte seinen Namen. Dann fragte er: »Ich nehme
an, dass Miss Connie Halliday meine Tanzlehrerin sein
wird?«

»Das stimmt«, kam die Antwort. »Ich bin Miss
Halliday. Ich erwarte Sie um 19 Uhr 30.«

Michael ging den Korridor entlang zum Sekretariat.
Dort sprach er mit einer ältlichen Sekretärin von der er
wusste, dass sie gelegentlich für Ben Dickens geschrieben hatte.

»Sagt Ihnen dieses Heft etwas?«, fragte er und zeigte ihr den Prospekt. »Es lag in Bens Schreibtisch.«

Sie blätterte das Heft langsam durch. Dann schüttelte sie den Kopf.

»Er hat nie mit mir darüber gesprochen«, sagte sie
traurig.

Michael parkte seinen Wagen in der nächsten Seitenstraße und sah sich erst einmal das Haus an. Die
Tanzschule des Mr. Vorse war im modernen Stil gebaut,
mit großen Fenstern und einem elegant geschwungenen
Vordach über dem Eingang.

Er klingelte. Die Tür ging auf, Tanzmusik drang heraus. Eine Frau stand vor ihm.

Er erkannte Connie Halliday sofort wieder. Die Fernsehkamera hatte sie deutlich genug gezeigt. Etwas älter wirkte sie noch aus der Nähe. Gewisse harte Linien um die Augen und um den Mund verrieten ihm, dass sie das Leben nicht nur von seinen freundlichen Seiten her kannte.

Sie führte ihn in einen Raum, der bis auf einen Plattenspieler und ein paar Stühle leer war. Während sie eine neue Platte auflegte, fragte sie ihn, wie er gerade auf diese Schule gekommen war.

»Ich habe Ihren Prospekt gelesen«, sagte er, »und dann sind Sie mir wieder eingefallen, als ich Sie und Mister Vorse im Fernsehen sah. «

Sie nickte. »War das nicht eine gute Reklame? – So, und jetzt zeige ich Ihnen erst einmal allein einen Madison...«

Er musste zugeben, dass sie eine ausgezeichnete Figur machte. Ihre Bewegungen waren geschmeidig und wirkten alles andere als einstudiert. Dabei standen die koketten Blicke, die sie ihm zwischendurch zuwarf, in seltsamem Gegensatz zu den nüchternen Erklärungen, die sie zu den einzelnen Schritten abgab.

Dann tanzten sie beide. Die richtige Fußstellung hatte Michael schnell heraus. Bei den Armen war es schwieriger.

Sie versuchten es noch einmal und unterhielten sich zwischendurch über die Fernsehsendung. Aber so geschickt er das Gespräch auch lenkte, er brachte es nicht fertig, dass sie über Victor Vorse sprachen. Als ihre Hand gerade auf seinem Arm lag, sagte er: »Haben Sie von diesem schrecklichen Mord an Karin Lund gehört?«

Er spürte, wie ihre Hand sich zusammenkrampfte. Aber im nächsten Augenblick war sie wieder völlig beherrscht.

»Nein«, sagte sie betont nachlässig. »Ich habe in den letzten Tagen keine Zeitung gelesen und auch kein Radio gehört. Wer ist Karin Lund?«

»Eine Junge Schwedin. Filmnachwuchs, Sie ist erstochen worden...«

In diesem Augenblick ging die Tür auf. Ein Mann kam herein. Der Mann war Victor Vorse.

»Guten Abend«, sagte er höflich. »Gestatten Sie, dass ich Ihnen Miss Halliday einen Augenblick entführe?«

Er zog die Tanzlehrerin zur Seite und sprach ein paar Minuten lang leise mit ihr. Das gab Michael Gelegenheit, ihn aus der Nähe zu betrachten. Wenn er vorher noch nicht hundertprozentig sicher gewesen war – jetzt gab es keinen Zweifel mehr: Das war der Mann, den er in der Theaterbar zusammen mit Karin Lund gesehen hatte.

Scheinbar gleichgültig ging Michael zum Fenster. Er öffnete es und sah hinaus. Dabei lauschte er angespannt auf jedes Geräusch hinter seinem Rücken. Wenn Vorse auf ihn zukam, musste er ihn in der spiegelnden Fensterscheibe sehen.

Und dann?

Wenn Vorse bewaffnet war, hatte ein Kampf keinen Sinn.

Also Flucht?

Ja. Das Fenster lag zu ebener Erde. Draußen war es fast dunkel. Ein paar Schritte, dann war er in Sicherheit.

»Mister Collins!«

Mit gespieltem Gleichmut wandte er sich um.

Vorse stand an der Tür. Er hielt die Klinke in der Hand und verneigte sich leicht in Michaels Richtung.

»Bitte entschuldigen Sie die Störung. Miss Halliday steht Ihnen nun wieder zur Verfügung.«

Vorse lächelte. Aber es war nur sein Mund, der sich verzog. Die Augen blieben kalt.

Auf dem Heimweg hielt Michael neben einem Zeitungsverkäufer. Er kaufte eine Abendzeitung und sah im Schein der Innenbeleuchtung seines Wagens die Überschriften durch.

Auf Seite fünf fand er einen Kurzbericht über die neue Fernsehsendereihe. Hundert Zeilen Text, dazu ein Bild von Victor Vorse und die Bildunterschrift »Der Mann, der das Rateteam besiegte«. Während er das Bild betrachtete, kam ihm plötzlich ein Gedanke: Wie wäre es mit einem Besuch in der Bayswater Road?

Bert Howard, der Hausmeister, saß in der Portierloge. Er erkannte Michael sofort wieder.

»Sie waren mit der Polizei hier, nicht wahr?«

Michael nickte und bot Howard eine Zigarette an. »Für den *Evening Comet*.«

»Waren Sie das nicht, der Miss Lund erkannt hat?«

»Ich war ihr im Atelier begegnet. Bei den Dreharbeiten.«

»Ach, und deshalb interessieren Sie sich für den Fall?«

»Ein wenig. Das bringt mein Beruf so mit sich. Haben Sie inzwischen etwas von Ihrem Mieter gehört, diesem Herrn Shroeman?«

»Eben nicht, Sir. Wenn Sie mich fragen – Ich finde die ganze Sache äußerst eigenartig.«

»Geheimnisvoll meinen Sie? Das ist bei Morden immer so.« Er zog die Zeitung aus der Tasche, schlug sie auf und zeigte auf Victor Vorses Bild.

»Hat dieser Mann jemals Eric Shroeman besucht?«

Howard schien zu zögern. Aber dann schüttelte er heftig den Kopf. »Den Mann habe ich gestern im Fernsehen gesehen. Wenn ich ihn als Bekannten von Mister

Shroeman kennen würde, dann hätte ich sofort die Polizei angerufen.«

Michael nickte und verabschiedete sich. Er war durchaus nicht sicher, dass der Hausmeister ihm die Wahrheit gesagt hatte. Aber es hatte keinen Sinn, die unergiebige Unterhaltung in die Länge zu ziehen.

Kurz nach zehn Uhr war er in seiner Wohnung. Er ließ heißes Wasser in die Wanne laufen. Durch das Rauschen hätte er fast die Glocke des Telefons überhört. Zuerst erkannte er die Stimme nicht. Dann begriff er plötzlich, dass er mit Connie Halliday sprach.

»Was liegt Ihnen an Karin Lund, Mister Collins?«

»Sehr viel«, sagte Michael ruhig.

»Das dachte ich mir.«

»Dann wissen Sie also, wer sie war?«

»Vorhin konnte ich nicht sprechen. Jemand hätte uns belauschen können. Aber wenn Sie wollen, können wir uns woanders treffen.«

»Heute noch?«

»Warum nicht?«

»Irgendwo in der Stadt?«

»Gut. Ich kenne da ein kleines Restaurant in Soho. Die *Osteria*. Da sitzt man ungestört. Es ist in der Melkin Street. Eine Querstraße der Poland Street. Um elf Uhr da?«

»Um elf!«, sagte er und legte den Hörer auf.

Er kehrte ins Badezimmer zurück und drehte die Hähne zu. Dann ging er ins Wohnzimmer und goss sich drei Finger hoch Whisky ein. Dabei überlegte er, ob er Tom Parker anrufen sollte.

Eigentlich war es seine Pflicht. Aber wenn die Frau sich an ihn wandte und nicht an die Polizei, dann musste sie einen Grund dafür haben. Vielleicht war sie so tief in die Angelegenheit verstrickt, dass auch sie Scotland Yard zu fürchten hatte?

50

Wenn diese Vermutung stimmte, dann würde sie schweigen. wenn er mit dem Inspektor kam.

Er trank den Whisky aus. Nein, diese Sache musste er allein durchstehen. Tom konnte er immer noch verständigen, wenn bei dem Treffen etwas Handgreifliches herauskam.

Er fuhr mit dem Aufzug hinunter und ging zu seinem Wagen. Als er hinter dem Lenkrad saß, holte er einen Stadtplan aus dem Handschuhfach. Er fand die Poland Street auf den ersten Blick.

Eine Viertelstunde später war er dort. In der Melkin Street war Parkverbot. Er stellte den Wagen in der Hauptstraße ab und ging zu Fuß weiter.

Eine leichte Brise raschelte mit den Papierfetzen im Rinnstein, als er die schmale Einbahnstraße entlangging. Sie wirkte zwischen den hohen Häusern wie eine Schlucht. Sie hatte keinen Bürgersteig und bot gerade Platz für einen Wagen. Merkwürdig, dass kein Leuchtschild auf ein Restaurant hinwies. Vielleicht war es ein Kellerlokal? Die hatten oft kein vorstehendes Reklameschild. Aber selbst dann hätte er den Widerschein irgendeiner Leuchtschrift sehen müssen.

Ein unheimliches Gefühl beschlich ihn. War das eine Falle?

Er sah auf die Uhr. Drei Minuten vor elf.

Michael gab sich einen Ruck und marschierte los. Unwillkürlich lauschte er, ob ihm Schritte folgten. Aber alles war ruhig.

Plötzlich hörte er das leise Summen eines Motors. Er sah sich um. Ein Wagen war in die Straße eingebogen. Mit abgeblendeten Scheinwerfern fuhr er im Schritttempo hinter ihm her.

Michael ging schneller. Die schmale Gasse zwischen den düster drohenden Häusern bot keinen Platz, dem Fahrzeug auszuweichen. Er wäre hoffnungslos zwischen Kotflügel und Hauswand eingeklemmt worden. Offenbar war der Fahrer ein ganz vernünftiger Mann. Geduldig fuhr er hinter Michael her, unheimlich geduldig! Wie ein sprungbereites Raubtier im Dschungel. Unerbittlich.

Der Reporter beschleunigte seine Schritte. Dabei dachte er verzweifelt nach.

Noch fast hundert Meter bis zur nächsten Ecke. Sollte er losrennen? Schießen würde der Bursche hinter ihm nicht. Der Knall musste die ganze Straße aufschrecken.

Noch achtzig Meter. Wenn das hinter ihm der Mörder war, dann würde er ihn von hinten niederfahren. Dann das Licht abschalten und raus aus der Gasse.

Noch siebzig Meter. Sollte er losrennen? Würde sein Vorsprung reichen?

In diesem Augenblick blendeten die Scheinwerfer auf. Der Motor hinter ihm heulte.

Michael raste los. Der Schatten seiner eigenen Beine tanzte vor ihm her. Schneller! Nicht umdrehen! Schneller!

In den ersten Sekunden hatte er Boden gewonnen. Aber der Verfolger holte auf.

Noch dreißig Meter vielleicht! Schneller, um Gottes willen!

Zu spät! Der Wagen war dicht hinter ihm. Jeden Augenblick...

Da – rechts! Eine dunkle Öffnung! In letzter Sekunde warf sich Michael in die offene Tür eines kleinen Wagens. Der Verfolger raste vorbei. Sekundenlang lag Michael kauernd auf dem Steinfußboden. Dann raffte er sich auf und tastete sich zur Tür zurück, die sich nur schwach vom Dunkel des Ladens abhob. Das Blut pochte in seinen Schläfen, während er vorsichtig nach beiden Seiten die Gasse entlang spähte. Nichts zu sehen.

Er lehnte sich gegen den Türpfosten und suchte in seinen Taschen nach Zigaretten. Er fand die volle Packung, die er daheim eingesteckt hatte, riss sie auf und schnipste eine Zigarette heraus.

»Brauchen Sie Feuer?«, fragte eine Stimme hinter ihm.

Er fuhr herum. Ein Schatten löste sich aus dem Hintergrund und kam auf ihn zu.

Dann flammte ein Feuerzeug auf. In seinem Schein sah er das runzlige Gesicht eines alten Mannes.

»Ich wollte...«, stotterte er. »Entschuldigen Sie bitte...«

»Schon gut«, brummte der Alte. »Jetzt stecken Sie endlich Ihre Zigarette an!«

Michael tat es.

»Danke«, sagte er. »Ich muss mich trotzdem entschuldigen, dass ich in Ihren Laden eingedrungen bin.«

»Macht nichts«, sagte der Alte. »Ich hab' ja den Grund gesehen. War der Kerl besoffen?«

»Bestimmt«, antwortete Michael. Er war froh über das Stichwort.

»Ich wollte nach Hause«, sagte der Alte. »Hatte noch ein bisschen gearbeitet. Abrechnung fürs Finanzamt – Sie kennen den Kram sicher. Wenn man mit Antiquitäten handelt wie ich...«

»Sie hatten also gerade das Licht ausgemacht?«, unterbrach Michael.

»Ich hatte die Tür aufgemacht, damit der Zigarettenrauch raus konnte. Das Licht hatte ich auch schon ausgemacht. In zwei Minuten wäre der Laden zu gewesen.«

»Na, da habe ich ja Glück gehabt«, sagte Michael. Er sah noch einmal die Straße entlang. »Der Kerl scheint endgültig weg zu sein. Dann werde ich Sie nicht länger aufhalten. Jedenfalls herzlichen Dank.«

Die gebrummte Antwort verstand er nicht mehr. Er

ging mit schnellen Schritten die paar Meter bis zur nächsten Ecke. Dort blieb er verblüfft stehen.

An der Ecke war doch ein Lokal. Die dicht verhangenen Fenster ließen kaum Licht auf die Straße dringen. Deshalb hatte er es nicht früher entdeckt. Aber jetzt erkannte er deutlich die Schrift am Fenster: *Tonys Osteria*.

Kurz entschlossen stieß er die Tür auf und trat ein. Es war ein italienisches Lokal. Jedenfalls hatte der Wirt sich Mühe gegeben, einer einfachen Londoner Eckkneipe italienisches Aussehen zu geben. Bilder von Rom und Neapel hingen an den Wänden. Bunte Bänder und farbige Glühbirnen machten den allgemeinen Eindruck »Süden«. Bauchige Flaschen mit italienischen Etiketten hingen an Schnüren aus geflochtenem Stroh.

Connie Halliday war nicht da. Dafür sah er aber rund drei Dutzend andere Leute. Einige Pärchen, ein Tisch mit wahrscheinlich sogar echten Italienern, drei oder vier ungesellige Biertrinker und eine Gruppe von Leuten, die nach Reisegesellschafft aussahen.

Michael setzte sich so an einen freien Tisch, dass er die Tür sehen konnte. Die Kellnerin kam. Er bestellte Whisky und sah sich betont uninteressiert die Bilder an der Wand an. Gleich neben ihm hing ein Standfoto aus einem Film. Ein strahlend lächelndes Männergesicht. Michael erkannte es sofort. Er kannte auch den Namen unter der Widmung: »Meinem lieben Tony! Gary Mason.«

Der Whisky wurde gebracht. Michael versuchte, Ordnung in seine Gedanken zu bringen. Man hatte ihn in eine Falle locken wollen, das war klar. Man – das hieß doch wohl Connie Halliday?

Also war er auf der richtigen Spur? Was sonst? Einen ungefährlichen Mann würde niemand umzubringen versuchen.

War es jetzt nicht an der Zeit, Tom Parker zu verständigen? Der Inspektor würde es ihm sowieso schon übelnehmen, dass er so lange geschwiegen hatte.

Aber was sollte er ihm berichten? Seinen Verdacht gegen Vorse kannte Tom – und darüber hinaus gab es nichts Neues. Keinen Beweis. Jemand hatte versucht, ihn zu überfahren. Das war seine eigene Überzeugung. Beweisen konnte er das nicht.

Und wenn schon: Wusste er vielleicht, wer den Wagen gesteuert hatte? Sollte er Tom damit kommen, dass er nun schon zum zweiten Mal von einem Auto berichtete, dessen Kennzeichen er nicht wusste? Sollte er ihm sagen, dass Gary Mason vielleicht doch nicht nur das unschuldige Opfer eines Zufalls war? Dass sein Bild in Tonys Osteria eher vermuten ließ, dass ein geheimnisvoller Zusammenhang zwischen seinem Tod und dem Mordversuch an ihm, Michael, bestand? Wie sollte er das alles Tom erklären? Wo der Freund ihn sowieso schon für überreizt hielt?

Nein, Er musste warten. Er musste...

Michael hatte das unangenehme Gefühl, dass jemand ihn beobachtete. Er hob mit einem Ruck den Kopf und sah gerade in die Augen eines Mannes, der an der Tür stand und ihn durch den Spalt des Vorhangs anschaute. Nur einen Moment. Dann verschwand das Gesicht. Die Tür fiel zu.

Michael sprang auf. Aber da hörte er schon draußen einen Wagen anfahren.

Langsam setzte er sich auf seinen Stuhl. Ohne darauf zu achten, dass ein paar Leute ihn verblüfft ansahen. Er hatte nur einen Gedanken: Was hatte Ben Dickens hier gewollt? Warum war er geflohen, als er ihn sah? Warum?

»Möchten Sie zahlen?«, fragte neben ihm die Kellnerin, die seine hastige Bewegung gesehen hatte.

Er zahlte und ging auf die Straße. Nichts war zu sehen. Die enge Melkin Street lag dunkel und still vor ihm. Am anderen Ende glänzte die hellere Poland Street, in der sein Wagen stand.

Sollte er den Weg noch einmal machen? Nein, das kam nicht in Frage. Es wäre geradezu verbrecherisch leichtsinnig gewesen.

Ein Taxi fuhr vorbei. Michael winkte, stieg ein und gab seine Adresse an. Den Wagen konnte er morgen holen. Und er würde ihn sich genau ansehen, bevor er damit losfuhr. Der Mörder war vielseitig in seinen Methoden. Wer konnte wissen, ob er nicht eine Bombe...

Er griff sich an den Kopf. War er denn tatsächlich schon dabei, Gespenster zu sehen?

Das Taxi kurvte um einen parkenden Wagen und hielt vor seinem Haus. »Drei Shilling und sechs Pence, Sir«, sagte der Fahrer.

Michael zahlte und stieg aus. Die Wagentür fiel hinter ihm ins Schloss. Er sah dem anfahrenden Taxi nach, bis es um die nächste Straßenecke verschwunden war.

Dann wandte er sich um und ging auf die helle Glastür seines Hauses zu. Aber er ging nicht wie sonst. Seine Beine waren steif, und im Nacken hatte er ein scheußliches Ziehen.

In dem parkenden Wagen saß jemand. Er hatte ihn deutlich gesehen, als er sich umdrehte. Michael zwang sich, die Hand ruhig in die Tasche zu stecken und die Schlüssel herauszuziehen. Seine Bewegungen waren eckig wie die eines Roboters. Aber er ging weiter. Obwohl er wusste, dass er vor der Glasscheibe ein ideales Ziel abgeben würde.

Eine verzweifelte Entschlossenheit hatte von ihm Besitz ergriffen. Die Entschlossenheit eines Mannes, der wissen wollte, ob er ein phantasierender Feigling war oder nicht. Und wenn es um sein Leben ging, er konnte nicht weglaufen. Vor einem Schatten? Oder vor einem heimlichen Liebespaar?

Er musste es durchstehen. Er musste die Furcht überwinden!

Seine Nerven waren aufs äußerste gespannt, als er die Hand mit dem Schlüssel hob. Jetzt stand er genau vor dem von innen beleuchteten Glas. Jetzt...

Da peitschte hinter ihm ein Schuss. Noch einer – und ein dritter. Die Scheibe zersprang klirrend.

Mit einem gurgelnden Schrei brach Michael zusammen.

4

Michael Collins lag auf der Straße und hoffte, dass er tot genug aussah. Noch einmal würde der Mörder sicher nicht vorbeischießen, wenn er...

Der Strahl einer Taschenlampe traf ihn. Michael bewegte sich keinen Millimeter. Auch nicht, als das Licht über seinen verrenkt daliegenden Körper wanderte.

Aus den Augenwinkeln sah er, dass neben der Lampe der bläulich schimmernde Lauf einer Pistole auftauchte.

Der Mörder zielte.

Michael biss die Zähne zusammen.

Da ging über ihm ein Fenster auf. »Was ist das für ein verdammter Lärm?«, röhrte die tiefe Stimme eines Hausbewohners. »Kann man nicht mal mehr in Ruhe schlafen? Wo sind wir denn? Auf Kuba?«

Taschenlampe und Pistole verschwanden. Während andere Fenster hell wurden und Türen klappten, fuhr der dunkle, unbeleuchtete Wagen an. Wie ein Schatten verschwand er um die nächste Ecke.

Michael stand auf und klopfte den Staub von seinem Anzug. Dann schloss er die Tür auf und ging schnell ins Haus, um neugierigen Fragern auszuweichen.

Sein erster Weg führte zum Telefon. Er wählte Tom Parkers Privatnummer.

»Hör zu, Tom«, erklärte er dem verschlafen antwortenden Freund, »ich brauche dich. Sofort. Es geht um den Mord an Karin. Ja, ich habe eine Spur...«

»Natürlich hat er gedacht, ich bin tot«, sagte Michael. »Echt genug habe ich mich fallen lassen. Mir tun jetzt noch die Rippen weh davon.«

Es war heller Vormittag. Sie saßen in Tom Parkers Büro, einem freundlichen Raum, den man im düsteren Gebäude von Scotland Yard nicht vermuten würde.

»Bist du sicher, dass du mir jetzt alles erzählt hast?«, fragte der Inspektor.

Michael nickte nachdrücklich. »Jedes Wort. Sogar jeden Gedanken. Kannst du dir einen Reim darauf machen?«

»Nein.«

»Aber es ist doch alles ganz...«

»Ganz klar, willst du sagen?« Der Inspektor lehnte sich zurück und lächelte nachsichtig. »Mein lieber Michael, du ziehst schon wieder voreilige Schlüsse. An der Sache ist nämlich gar nichts klar.«

»Also jetzt hör mal...«

»Nein, ich höre nicht. Du weißt nämlich noch nicht alles.«

»Wieso? Hast du auch noch eine Überraschung?«

»Und was für eine. Die Ärzte haben bei der Untersuchung von Gary Masons Leiche festgestellt, dass der Filmstar regelmäßig – ja, was ist denn?«

Ein Mann im weißen Kittel trat ein. Er hatte eine kleine Pappschachtel und eine Karteikarte in der Hand. »Was ist, Doktor?«, fragte der Inspektor.

Der Mann schob die randlose Brille auf die Stirn und sagte: »Ich habe hier die Kugeln, die heute Nacht auf Mister Collins abgefeuert worden sind. Sie wollten wissen, ob sie aus der gleichen Waffe stammen, mit der Gary Mason erschossen worden ist.«

Er stellte das Kästchen auf den Tisch und sah auf die Karteikarte. »Ich muss Sie leider enttäuschen, Inspektor. Der Filmschauspieler wurde mit einer deutschen Mauser-Pistole erschossen. Die Schüsse gestern wurden aus einer amerikanischen Smith & Wesson abgegeben.«

»Kein Irrtum möglich?«, fragte Michael.

Der Mann im weißen Kittel rückte die Brille zurecht und sah ihn an. »Unmöglich«, antwortete er. »Unsere Tests sind absolut sicher.«

Tom nickte bestätigend. »Schönen Dank auch, Doktor. Lassen Sie mir die Dinger hier.«

Er wartete, bis die Tür sich hinter dem anderen geschlossen hatte. Dann sagte er: »Siehst du, das ändert die Lage schon wieder«

»Sicher«, unterbrach ihn Michael. »Aber du wolltest mir sagen, was die Ärzte festgestellt haben, als sie Masons Leiche untersuchten.«

»Richtig – entschuldige die Abschweifung. Sie haben nachgewiesen, dass Mason sich regelmäßig Morphium gespritzt hat.«

»Was?« Michael beugte sich gespannt vor. »Das würde doch bedeuten...«

»Das kann bedeuten, dass er Umgang mit Rauschgifthändlern hatte. Dass er selbst in den Rauschgifthandel oder -schmuggel verwickelt war. Dass...«

»...der Schuss ihm vielleicht doch selbst gegolten hat«, ergänzte Michael.

»Das passt dazu, dass sein Bild in der Osteria in der Melkin Street hängt, wo es mich fast erwischt hatte. Tom – Ich glaube, wir sind auf der richtigen Spur!«

»Und wie erklärst du dann, dass Karin Lund auch ermordet worden ist?«

»Vielleicht war sie ebenfalls süchtig?«

»Nein. Jedenfalls hat die Autopsie kein Anzeichen dafür ergeben.«

»Hm, dann...« Michael überlegte angestrengt. »Dann weiß ich auch nicht weiter.«

Tom Parker lächelte. »Es gibt eine alte Regel im Yard: Wenn du mit Nachdenken nicht weiterkommst. dann musst du etwas tun!«

»Gut!« Michael sprang auf. »Ich schlage vor, wir fahren in die Melkin Street und sehen uns diesen Tony einmal genauer an. Wir fahren mit einem Streifenwagen hin. Dann können wir auf dem Rückweg meinen Wagen nehmen. Er steht noch bei der Melkin Street.«

Der schwarzhaarige Mann hinter der Theke sah sie aus großen braunen Augen an.

»Ja, ich bin Tony«, sagte er erstaunt. »Was wollen Sie von mir?«

»Inspektor Parker von Scotland«, stellte Tom sich vor. »Ich habe ein paar Fragen. Herr...«

»Antonio Argento«, sagte der Wirt und wischte die Hände an einem sauberen Tuch ab. »So heiße ich eigentlich. Aber Ihre Landsleute nennen mich immer nur Tony. Deshalb habe ich das Lokal so getauft.«

Er kam um die Theke herum.

»Man muss sich nach seinen Gästen richten, Herr Inspektor. Bitte, meine Herren, wollen wir nicht Platz nehmen?«

Sie setzten sich an einen Tisch, der vor einem der großen Fenster stand.

»Sagen Sie, Herr Argento«, begann Tom, »Gary Mason ist doch oft hier gewesen, nicht wahr?«

Der Wirt sah ihn ernst an. »Er war ein guter Gast«, sagte er. »Er fühlte sich hier wohl. Wenn er nicht ein so berühmter Mann gewesen wäre, dann würde ich sagen: Er war mein Freund.«

»In welcher Gesellschaft kam er gewöhnlich?«

Tony antwortete nicht. Seine Augen waren vor Schreck geweitet. Sein Mund bewegte sich, als ob er etwas sagen wollte. Aber er brachte nur einen stöhnenden Laut heraus. Tom und Michael sahen ihn verblüfft an.

Da zerbrach hinter ihnen klirrend die Fensterscheibe. Etwas flog an ihnen vorbei, prallte gegen die Theke und rollte zurück. Auf sie zu!

»Deckung!«, schrie Tom. Er war aufgesprungen und hatte den Tisch hochgerissen, damit die beiden anderen sich zu Boden werfen konnten.

Michael und Tony begriffen sofort. Blitzschnell ließen sie sich zur Seite fallen.

Dann explodierte die Handgranate!

Der Luftdruck presste seine Lunge zusammen. Michael schloss die Augen. Er glaubte zu ersticken. Endlich – der erste Atemzug. Kühle, wundervoll frische Luft, die durch das zerbrochene Fenster hinter ihm eindrang.

Er richtete sich langsam auf. Und sah, wie im gleichen Augenblick Tom Parker den Kopf hob. Vor ihnen lag der Wirt. Seine Kleidung war zerfetzt. Vom Luftdruck? Michael beugte sich zu dem Mann hinunter. Granatsplitter! Der Wirt musste verletzt sein.

Michael lief zum Telefon.

»Nein, lass mich das machen«, rief Tom Parker ihm nach.

Michael blieb stehen und überließ dem Inspektor das Telefon.

»Den Chef, schnell!«, hörte er Tom sagen. Dann drehte er sich zur Tür um.

Gerade rechtzeitig, um den Schatten zu bemerken, der sich hinter dem Fensterrahmen bewegte.

»Mein Gott«, schoss es ihm durch den Kopf. »Wir leichtsinnigen Hunde! Wir tun, als ob schon alle Gefahr vorbei ist. Dabei...«

Er sah sich nach einer Waffe um. Da – ein zersplitterter Stuhl. Mit einem Ruck riss er ein Stuhlbein ab. Zwei, drei schnelle Schritte, dann stand er hinter der Tür. Den Knüppel schlagbereit in beiden Händen.

Langsam öffnete sich die Tür. Quälend, zentimeterweise. Der Schatten dahinter bewegte sich.

Michael warf einen schnellen Blick zum Inspektor hinüber. Der drehte ihm den Rücken zu. Sprach ahnungslos mit seinem Vorgesetzten. »Arzt und Krankenwagen«, hörte Michael ihn sagen.

Da wurde die Tür mit einem Ruck aufgestoßen. Michael riss das Stuhlbein hoch und ließ es verblüfft sinken.

»Ben?«, fragte er heiser. »Was machst denn du hier?«

Ben Dickens sah sich in dem verwüsteten Gastzimmer um. Dann winkte er dem Inspektor zu, der sich eben umdrehte.

»Die gleiche Frage wollte ich stellen«, sagte er langsam. »Ich komme zufällig hier vorbei...«

»So wie gestern Abend?«, unterbrach ihn Michael.

Der kleine Mann sah ihn aus zusammengekniffenen Augen an.

»Du bist zu neugierig«, sagte er dann ruhig. »Warum überlässt du das Fragen nicht Scotland Yard? Tag, Inspektor.«

»Tag, Dickens«, erwiderte der inzwischen herangekommene Tom Parker den Gruß. »Eine gute Nase haben Sie ja schon immer gehabt. Aber dass Sie sogar im Urlaub gleich zur Stelle sind, wenn es irgendwo kracht...«

Ben Dickens verzog das Gesicht zu einem höflichen Lächeln. »Zufall«, sagte er.

Der Verletzte bewegte sich stöhnend.

»Was ist mit Tony?«, fragte Dickens.

»Liegen lassen«, sagte der Inspektor. »Vielleicht hat er innere Verletzungen. Der Arzt kommt sofort. Woher kennen Sie den Wirt?«

»Ich esse manchmal hier«, antwortete der kleine Mann gleichgültig. »Ganz passable Küche. Sieht nicht gut aus für ihn, was?«

»Ich bin kein Mediziner«, wich der Inspektor aus. »Aber ich glaube, wir bekommen Besuch.«

Draußen waren Stimmen laut geworden. »Hier liegen Splitter«, rief jemand. »Hier muss es gewesen sein.«

Die Tür flog auf. Ein Polizist stand vor ihnen. Als er den Inspektor sah, legte er die Hand an den Helm. »Kann ich etwas für Sie tun, Sir?«

»Danke«, wehrte Parker ab. »Ich habe schon mit dem Yard gesprochen. Halten Sie die Tür frei, das ist alles.«

Der Uniformierte grüßte, machte kehrt und schloss die Tür hinter sich. Gleich darauf hörten sie, wie er draußen die Neugierigen aufforderte, weiterzugehen.

Wieder bewegte sich der Verletzte. Sein Mund verzog sich.

Michael ging zu ihm.

»Tom«, rief er plötzlich. »Ich glaube, er will etwas sagen!«

Aufmerksam knieten sie neben dem Wirt. Dessen Augen waren auf den Inspektor gerichtet.

»Was ist?«, fragte Parker eindringlich. »Sagen sie es uns, Argento! Wer hat die Handgranate geworfen? Weshalb? Sprechen Sie doch, Mann!«

Tonys Brust hob und senkte sich in schnellem Rhythmus. Er öffnete die Lippen. »Ja«, sagte er mühsam, »Ja... ich... weiß...« Er keuchte vor Anstrengung. »Sie... verraten mich... nicht? Bestimmt nicht?«

»Bestimmt nicht!«, versicherte ihm der Inspektor. »Sie können ruhig sprechen, Argento! Wer war es?«

»Es war...« Er zögerte. Unruhig wanderten seine Augen von Tom zu Michael. Dann schienen sie auf einem Punkt zwischen ihnen zu haften.

»Los, Argento!«, drängte der Inspektor. »Warum zögern Sie denn noch? Sagen Sie doch endlich, was Sie auf dem Herzen haben!«

Der Wirt sah ihn nicht an. Seine Augen blickten noch immer starr über Parkers Schulter hinweg. »Nein«, sagte er plötzlich. »Ich weiß... nichts. Es war... ein... Irrtum.«

»Aber Tony!«, mischte Michael sich ein. »Sie können doch nicht erst sagen, Sie wissen...« Er brach ab. Es hatte keinen Sinn. Der Mann hörte nicht einmal zu. Aber wo starrte er die ganze Zeit hin? Michael folgte dem Blick des Verletzten. Wie unter einem Zwang drehte er sich um. Und sah genau in die kleinen zusammengekniffenen Augen von Ben Dickens.

Auch Tom Parker hatte sich umgedreht. Misstrauen stand deutlich in seinem Gesicht, während er seinen Blick von Dickens zu Argento wandern ließ.

Dann hob er unwillig den Kopf. Draußen bremsten Wagen. Türen wurden zugeschlagen. Der Raum füllte sich mit Männern. Einer davon, der Polizeiarzt, vertrieb sie mit einer Handbewegung. »Tut mir leid«, knurrte der Arzt, »aber ich muss Ihnen Ihr Spielzeug wegnehmen.« Dann beugte er sich über den Verletzten und begann, ihn zu untersuchen.

Tom Parker sprach kurz mit einigen der Neuangekommenen. Dann zog er Michael zur Seite. »Hast du es auch gesehen?«, fragte er.

Der Reporter nickte. »Er hat Ben Dickens entdeckt. Da wollte er plötzlich nicht mehr sprechen.«

Parker überlegte. »Es hat keinen Sinn, Dickens jetzt zu verhören. Wir können ihm nichts nachweisen. Er wird alles abstreiten.«

»Vielleicht können wir nachher noch einmal den Wirt vernehmen?«, schlug Michael vor.

»Wir können es versuchen«, sagte sein Freund.

Sie gingen hinüber. Der Arzt war eben dabei, Argentos Beine zu verbinden.

»Ein gutes Zeichen – er packt ihn ziemlich derb an«,

sagte Tom leise. »Dann hat er bestimmt keine inneren Verletzungen.«

Sie warteten. Der Arzt ließ sich nicht stören. »Doktor!«, sprach Tom ihn an.

»Was ist denn schon wieder?«, fragte der Mediziner unwillig.

»Nur eine Frage: Ist Ihr Patient vernehmungsfähig?«

Der Arzt befestigte mit geschickten Fingern die letzte Binde. Dann richtete er sich auf.

»Nein«, sagte er abweisend. »Der Mann hat einen Schock erlitten. Er braucht Ruhe.«

»Wann ist er dann soweit?«

»Das kommt darauf an, wie schnell er sich erholt. Vielleicht morgen. Vielleicht in einer Woche. Ich gebe Ihnen Bescheid, wenn er in Ordnung ist. Jetzt entschuldigen Sie mich bitte.«

Der Arzt drehte sich um und winkte zwei Männer heran, die mit einer Bahre bereitstanden.

»Moment«, hielt der Inspektor ihn auf. »Vielleicht wissen Sie das nicht: Es geht hier um die Aufklärung der Morde an Gary Mason und Karin Lund!«

Der Arzt faltete die Hände über dem Bauch. »Hat er sie umgebracht?«, fragte er und zeigte mit dem Kopf auf Argento, der gerade auf die Bahre gelegt wurde. »Nein«, sagte der Inspektor. »Aber er...«

Der Arzt schnitt ihm das Wort ab, indem er die Träger mit einem Kopfnicken auf den Weg schickte. »Tut mir leid. Dann werden Sie warten müssen, bis der arme Teufel vernehmungsfähig ist. Tag, die Herren!«

Sie sahen ihm nach. Dann grinsten sie sich wie auf Kommando an. »Grob«, sagte Tom, »aber ein Prachtkerl. Verteidigt seine Patienten wie eine Löwin ihre Jungen.«

»Sicher«, gab Michael zu. »Aber was machen wir jetzt?«

66

Tom Parker grinste noch immer. »Diese fleißigen Herren«, er wies mit einer umfassenden Handbewegung auf mehrere eifrig beschäftigte Männer in Zivil, »sind dabei, das Lokal zu durchsuchen. Andere vernehmen draußen die ganze Nachbarschaft, um rauszukriegen, ob jemand den Handgranatenwerfer oder sonst einen Verdächtigen gesehen hat. Einer hält sich«, er dämpfte seine Stimme, »auf der Straße in einem Privatwagen bereit. Um Ben Dickens, der da drinnen so neugierig herschaut, unauffällig zu folgen.«

»Du wirst ihn beobachten lassen?«

»Soweit es sich unauffällig machen lässt. Ich will mich nicht unbedingt lächerlich machen, indem ich einen der angesehensten Polizeireporter Londons verdächtige.«

»Damit rechnet er offenbar?«

»Ja. Deshalb bewegt er sich hier auch so frei, als ob er dazugehört. Er ist 25 Jahre dabei. Länger als die meisten Kriminalbeamten. Hat sich nie was zuschulden kommen lassen. Nur zweimal Krach mit der Polizei gehabt, soviel ich weiß. Und da hatten die Beamten unrecht. Mein Gott, der Mann ist hier eine öffentliche Einrichtung.«

»Und trotzdem willst du ihn beobachten lassen?«

Tom sah ihn mit einem stahlharten Blick an. »Wenn es um Mord geht, lasse ich jeden Verdächtigen beobachten. Und wenn es der Premierminister von Großbritannien wäre. Aber jetzt...«

»Sir«, unterbrach ihn eine aufgeregte Stimme von der Theke her. »Ja, Sergeant? Was ist los?«

»Eine Spritze, Sir! Ich dachte...«

»Was für eine Spritze?«

Tom ging mit langen Schritten auf die Theke zu.

»Injektionsspritze, Sir.«

Der Sergeant hielt das blitzende Instrument hoch.

»Und hier, daneben liegen Ampullen. Die Schublade war verschlossen. Den Schlüssel hatte der Wirt in der Tasche.«

Tom beugte sich über die Theke. »Rühren Sie nichts an. Wir brauchen die Fingerabdrücke. Können Sie sehen, was auf den Ampullen steht?«

»Nein, aber auf der Schachtel«, er verdrehte den Kopf, um die Schrift genauer zu sehen, und richtete sich dann mit einem Ruck auf. »Morphium, Sir!«, meldete er sachlich. Michael pfiff leise durch die Zähne. Gary Mason hatte Morphium gespritzt. Außerdem war er Stammgast in diesem Lokal. Tony, der Wirt, war sein Freund. Kein Wunder – wenn er ihm das begehrte Gift verschaffte. Immerhin, eigentlich sollte man glauben, dass die beiden ihre Verbindung geheim halten würden, sie nicht gerade durch Bild und Widmung aller Welt bekanntgeben würden. Unwillkürlich sah er zu der Stelle hinüber, wo er gestern gesessen hatte.

Plötzlich packte er Toms Schulter.

»Tom, das Bild ist weg!«

Der Inspektor sah ihn verblüfft an. »Was für ein Bild?«

»Von dem ich dir erzählt habe. Gary Masons Bild mit der Widmung für Tony. Da drüben hing es gestern. Jetzt ist es nicht mehr da. Nur ein heller Fleck.«

Der Inspektor nickte. »Ja, jetzt sehe ich die Stelle auch. Er hat nicht mal Zeit gehabt, ein neues hinzu zu hängen.« Er sah sich suchend um, als ob ihm ein anderer Gedanke gekommen wäre. »Wo ist eigentlich Dickens?«

»Vor einer halben Minute rausgegangen«, sagte ein Beamter von der Tür her. »Sie sagten gerade »Morphium«. Da nickte er und ging weg. Hätte ich ihn...«

Tom stürzte auf die Straße. Michael war dicht hinter ihm.

Von Ben Dickens war nichts mehr zu sehen. Auch

der Wagen des Mannes, der ihn beschatten sollte, war verschwunden.

Michael wählte die Nummer der Tanzschule Victor Vorse. Eine fremde Frauenstimme meldete sich. »Ich möchte Miss Halliday sprechen«, sagte er.

»Das geht leider nicht«, antwortete die Fremde. »Miss Halliday ist verreist.«

»Davon hat sie aber gestern nichts gesagt!«

»Tja«, die Fremde zögerte. »Sind Sie angemeldet?«

»Ja«, log Michael geistesgegenwertig. »Für heute Nachmittag. Ich wollte nur noch wegen der genauen Zeit anrufen.«

»Moment.« Er hörte Papier rascheln. Dann sagte die Stimme: »Können Sie um drei Uhr dreißig kommen? Gut. Bis dann.«

Er war überrascht, dass Vorse ihm selbst öffnete. Der Tanzschulinhaber verriet keine Überraschung. Wortlos führte er Michael ins Studio und übergab ihn einer schlanken Brünetten, die er mit Miss Jackson ansprach.

Als er mit dem Mädchen allein war, fragte Michael: »Haben Sie inzwischen etwas von Miss Halliday gehört?«

»Nein. Ich weiß nur, was Mister Vorse mir gesagt hat. Sie musste plötzlich fort. Eine Familiensache. Deshalb hat er mich angerufen. Ich vertrete sie immer.«

Während sie zum Plattenspieler ging, dachte Michael nach. Offenbar hatte Connie Halliday Angst, ihm zu begegnen. Deshalb war sie wohl nicht zur Arbeit gekommen. Die Tanzstunde brachte keine Überraschungen. Miss Jackson war eine angenehmere Lehrerin als Connie Halliday. Aber zum Sprechen brachte er sie kaum. Jedenfalls nicht über ihren Arbeitgeber. Sie überhörte alle Anspielungen, ohne dass er genau sagen konnte, ob sie absichtlich nicht darauf einging oder ob sie wirklich nichts wusste.

Ohne weitere Zwischenfälle fuhr er zu seiner Wohnung zurück.

Er setzte Kaffeewasser auf und rief Tom Parker an. Der Inspektor staunte nicht schlecht, als er von der neuesten Entwicklung hörte.

»Hat sie sich also aus dem Staube gemacht«, meinte er. »Und Vorse hat nicht mit der Wimper gezuckt? Vielleicht haben wir ihm Unrecht getan.«

Kaum hatte Michael den Hörer aufgelegt, da läutete das Telefon. Er hob ab und meldete sich. »Collins.«

»Hier spricht Connie Halliday«, sagte eine Frauenstimme, die er sofort erkannte.

»Oh, das freut mich aber«, antwortete er sarkastisch. »Was kann ich für Sie tun?«

»Hören Sie«, sprach sie hastig weiter. »Ich habe keine Zeit, Erklärungen abzugeben. Kommen Sie morgen um elf Uhr vormittags zur U-Bahnstation Piccadilly. Haupteingang. Kommen Sie allein und sprechen Sie mit niemandem darüber. Ich verlasse mich auf Sie. Wiedersehen!«

»Hallo, Moment!«, rief er. Aber es kam keine Antwort mehr. Sie hatte aufgelegt.

Michael behielt den Hörer in der Hand und überlegte. Was bedeutete der Anruf? Einen neuen Versuch, ihn zu beseitigen? Oder steckte mehr dahinter?

Er beschloss, es darauf ankommen zu lassen. Schließlich konnte er sich nicht an Toms Rockzipfel hängen und den Freund alle zehn Minuten mit einer neuen Sensation überfallen, bei der nachher nichts herauskam.

Außerdem: Was sollte ihm in der Piccadilly-Station schon passieren? Zwischen all den Menschen konnte ja wohl niemand auf ihn schießen.

Wenn er nicht den Eingang benutzte, sondern mit

dem Zug von einer anderen Station kam, konnte er im Menschenstrom unauffällig sein Ziel erreichen.

Außerdem war es Zeit, sich mal wieder in der Redaktion sehen zu lassen. Einen Beruf hatte er schließlich auch noch...

Er zögerte. War es nicht besser, umzukehren?

Dann entdeckte er in der Nähe die beunruhigende Gestalt eines stämmigen Polizisten, der ungerührt das Menschengewirr betrachtete.

Er wartete. Fünfmal rückte der Zeiger der Bahnhofsuhr eine Minute weiter. Aber Connie Halliday kam nicht.

Michael ging ein paar Schritte weiter. Niemand schien ihm zu folgen.

Er blieb vor einer Reihe von Telefonzellen stehen. Sie waren alle besetzt. Umso besser. Hier fiel es nicht auf, wenn er wartete. Außerdem: Wenn Connie Halliday nicht kam, konnte er gleich Tom anrufen. In der Zelle vor ihm stand ein Mädchen. Sieh mal an, die Kleine telefonierte gar nicht. Sie stand vor dem kleinen Spiegel, der an der Rückwand der Zelle angebracht war – und zog sich die Lippen nach. Michael konnte es aus ihren Bewegungen deutlich erkennen, obwohl sie ihm den Rücken zuwandte.

Unwillkürlich musste er lächeln. Die kleinen Mädchen! Da konnte einer lange warten, bis er ans Telefon kam...

Eigentlich müsste sie längst fertig sein. Weshalb hörte sie – Moment, da stimmte etwas nicht. Sie tat doch nur so, als ob sie ihr Makeup erneuerte!

In Wirklichkeit beobachtete sie im Spiegel die Leute, die an der Zelle vorbeigingen!

Ihre Blicke trafen sich. Das Mädchen drehte sich um, klappte die Handtasche zu und trat aus der Tür. Alles mit einer schnellen, fließenden Bewegung.

Ein winziges, fast schüchternes Lächeln spielte um ihre Mundwinkel. Michael starrte ihr entgegen. Er traute seinen Augen nicht. Waren seine Nerven so überreizt, dass er – wie Tom Parker behauptete – schon Gespenster sah?

Aber das Mädchen war Wirklichkeit. Sekundenlang stand Michael vor einem Rätsel.

5

Noch immer starrte Michael das Mädchen an. Kein Zweifel. Er war nicht einem Trugbild zum Opfer gefallen.

»Karin! Karin Lund!«, rief er.

Mit ein paar Schritten war Michael bei ihr. Er hob die Arme – und ließ sie hilflos wieder sinken. »Ich – ich dachte...«

»Sie dachten, ich wäre tot? Ermordet?« Das Lächeln verschwand aus ihrem Gesicht. Erst jetzt fiel ihm auf, wie müde sie aussah. Blass und nervös.

»Dann war der Anruf...« Er schüttelte fassungslos den Kopf.

»Ich habe Sie anrufen lassen.« Sie sah sich unruhig nach allen Seiten um.

Er zog sie in eine Nische zwischen zwei Schaufenstern. »Connie Halliday hat in Ihrem Auftrag angerufen?«

Sie sah ihn erstaunt an. »Connie Halliday?« Sie schien zu überlegen. »Die kenne ich nicht.«

Er fasste sie an den Schultern und versuchte, mit dem Blick ihre Augen festzuhalten.

»Gut, sprechen wir später darüber. Aber was ist mit Ihnen? Haben Sie keine Zeitung gelesen? Alle waren voll von Berichten über den Mord an Ihnen. Scotland Yard hat Tag und Nacht gearbeitet, um ihn aufzuklären. Und Sie – Sie stehen hier in Lebensgröße vor mir.«

Es fiel ihm schwer, so mit ihr zu sprechen. Am liebsten hätte er sie in die Arme genommen. So begehrenswert wirkte sie in ihrer Hilflosigkeit.

Aber für solche Empfindungen war jetzt keine Zeit. Er musste wissen, was los war. Er musste hinter das furchtbare Geheimnis kommen, das schon zwei Menschen das Leben gekostet hatte. Gary Mason und – ja, und wen?

»Sprechen Sie doch«, bat er. »Wer war das Mädchen, das in der Bayswater Road gefunden wurde?«

Sie wandte den Kopf zur Seite. »Wir können hier nicht stehen bleiben«, sagte sie nervös. »Ich habe Angst, dass mich jemand erkennt. Können wir nicht woanders hingehen?«

»Ja. Selbstverständlich.«

Er nahm ihren Arm. Sie gingen die Treppe hinauf. Oben in der Regent Street winkte er ein Taxi heran. Während er Karin die Tür aufhielt, nannte er dem Fahrer seine Adresse.

Als der Wagen anfuhr, schob Michael die Glasscheibe zu, die sie vom Fahrer trennte. Dann wandte er sich der Schwedin zu.

»Die Polizei hat die Leiche eines Mädchens gefunden, das – nun, das Ihnen zumindest sehr ähnlich sah. Inspektor Parker und ich waren überzeugt, dass Sie die Tote waren. Auch nachdem die Berichte über den Mord erschienen waren, hat niemand widersprochen. Weder Sie noch die Filmgesellschaft noch sonst jemand. Warum?«

Sie rückte unruhig zur Seite. »Das erkläre ich Ihnen später«, sagte sie.

»Aber ich kann nicht verstehen, weshalb Sie die Polizei in ihrem Glauben gelassen haben! Das gibt doch keinen Sinn! Haben Sie denn irgendeinen Grund dafür gehabt? »

»Später«, sagte sie leise. »Ich erzähle Ihnen alles. Aber nicht jetzt. Nicht hier.«

Den Rest der Fahrt über sprachen sie kaum miteinander. Jeder saß in seiner Ecke des Wagens und war mit seinen Gedanken beschäftigt. Michael zweifelte zum

74

ersten Mal daran, dass er der geborene Polizeireporter war. Ein schöner Reporter, der eine Tote identifizierte und ihr dann in der U-Bahn begegnete. Der Victor Vorse und den Hausmeister Bert Howard verdächtigte und ihnen nichts beweisen konnte. »Ein Anfänger«, dachte er bitter.

Oben in seiner Wohnung rückte Michael für das Mädchen einen bequemen Sessel zurecht. Dann rollte er eine kleine, fahrbare Hausbar heran. »Es ist ein bisschen früh für einen Drink. Aber ich glaube, wir haben ihn beide nötig.«

Karin bat um einen kleinen Gin mit Wermut. Er schenkte sich einen Whisky mit Soda ein. Dann schaltete er den elektrischen Heizofen an – im Kamin brannte noch kein Feuer – und setzte sich auf die Lehne des Sofas.

Das Mädchen schlürfte den Drink und sah sich im Zimmer um.

»So«, sagte Michael schließlich. »Schießen Sie los! Ich bin gespannt.«

»Kann ich eine Zigarette bekommen?«

Er reichte ihr ein Kästchen hinüber, knipste das Tischfeuerzeug an. »Kann uns hier bestimmt niemand hören?«, fragte sie nach dem ersten Zug.

»Wir sind hier allein in der Wohnung«, beruhigte er sie.

Sie nickte. »Es tut mir leid, ich bin vielleicht übervorsichtig. Aber ich mache mir so schreckliche Sorgen – ich halte das nicht mehr aus. Ich bin fremd in diesem Land. Ich habe niemanden, an den ich mich wenden kann. Niemanden, der Verständnis hat für mich.«

Michael stand auf und ging mit dem Glas in der Hand auf und ab. »Wäre es nicht besser, wenn Sie mir alles von Anfang an erzählen würden? Ich möchte Ihnen ja gern helfen, aber dazu muss ich erst wissen, worum es geht.«

Ihre Augen wurden lebhaft. »Sie wollen mir helfen? Aus Mitleid?«

»Nein, weil ich – weil ich Sie nett finde. Und weil ich glaube, dass sich jemand um Sie kümmern muss.«

Sie stellte ihr Glas auf den Tisch, ohne den Blick von Michael zu lassen.

»Aber setzen Sie sich hin, bitte. Ich bin schon nervös genug.« Sie lächelte schwach und wartete, bis er saß.

»Ich laufe Tag und Nacht in meinem Zimmer herum und versuche nachzudenken. Einen Ausweg zu finden.«

»In Ihrem Zimmer?«, unterbrach er sie. »Aber in Ihrem Hotel waren Sie doch nicht mehr? Das wäre doch sofort bekannt geworden!«

»Nein, im Hotel war ich nicht mehr. Nicht seit ich – wie Sie glaubten – ermordet worden bin. Ich habe mir ein möbliertes Zimmer in der Canterbury Road in St. John's Wood besorgt. Das habe ich seitdem kaum verlassen. Mit den Dreharbeiten war es ja sowieso aus.«

»Weil Gary Mason tot war? Deshalb konnten Sie verschwinden, ohne dass der Film platzte?«

»Er war ja geplatzt, ohne den Hauptdarsteller. Ich wurde nicht mehr gebraucht im Studio. Ich habe niemandem geschadet, als ich – verschwand, wie Sie es nennen.«

»Und seitdem wohnen Sie in der Canterbury Road?«

»Ja. Vor meinem Fenster ist eine kleine Kirche. Ich glaube, ich kenne jeden Ziegel auf ihrem Dach. Ich habe immer nur hinausgeschaut und überlegt, was ich tun soll. Ich war so verzweifelt.«

Sie drückte ihre Zigarette im Aschenbecher aus und griff automatisch nach der nächsten. Michael gab ihr Feuer und wartete geduldig, bis sie den Faden wieder aufnahm.

»Zuerst müssen Sie wissen, wer die – die Tote war«, sagte sie mit einem kleinen Schauder. »Sie hieß Birgit – und war meine Schwester.«

»Ihre Schwester! Deshalb...«

»Deshalb die Ähnlichkeit, ja. Die Leute haben uns oft verwechselt.« Karin Lund seufzte. »Sie war meine Schwester – und zugleich mein Sorgenkind, wenn ich so sagen darf. Sie war ein Jahr jünger als ich, und ich habe immer auf sie aufpassen müssen. Unsere Mutter starb, als wir noch klein waren. Vielleicht habe ich alles falsch gemacht. Ich habe sehr früh angefangen zu filmen. Ich hatte immer Geld. Birgit wollte es mir nachmachen, auch zum Film gehen. Ich habe mich für sie eingesetzt. Aber sie sah mir zu ähnlich. Die Filmleute haben nur gesagt: Wir brauchen keine zweite Karin Lund. Sie ließen mich nicht aus dem Vertrag heraus und Birgit nicht hinein. Sie muss wohl geglaubt haben, ich wäre eifersüchtig auf sie und versperre ihr absichtlich den Weg. Jedenfalls gab es Streit. Sie ging weg, nach England. Das war vor zwei Jahren.«

Sie sah dem Rauch nach, der von ihrer Zigarette aufstieg. Michael machte keine Bewegung, um sie bei Ihrem Bericht nicht abzulenken.

»Wie es Birgit hier in London gegangen ist, weiß ich nicht«, fuhr sie fort. »Sie hat mir nie geschrieben. Soweit ich es später herausbekommen konnte, hat sie zuerst versucht, beim Film unterzukommen. Sie hat offensichtlich keinen Erfolg damit gehabt. Weshalb, weiß ich nicht. Sie war nicht unbegabt, soweit man das bei seiner eigenen Schwester beurteilen kann. Vielleicht hat sie sich an die falschen Leute gewandt. Das war bei ihr möglich, leider. Sie ist schon früher auf jeden hereingefallen, der ihr mit schönen Worten und leeren Versprechungen kam.«

Michael sah sie an. Er sah, wie zerbrechlich sie in

dem großen Sessel wirkte. Wie jung sie war – und wie hilflos den schrecklichen Dingen gegenüber, denen sie ausgesetzt war. Zärtlichkeit erfüllte ihn.

Karin schien durch ihn hindurchzusehen. Ihre Augen waren auf einen weit entfernten Punkt gerichtet, auf einen Punkt, den es nicht gab.

»Nachher ist Birgit dann Luft-Stewardess geworden«, sagte sie. »Da habe ich wieder von ihr gehört. Bekannte von uns sind in ihrer Maschine geflogen und haben sie erkannt. Sie haben sich in London mit ihr verabredet, aber sie ist nicht gekommen. Sie haben sich dann nach ihr erkundigt. Es konnte ja sein, dass sie krank war. Aber sie haben nichts erfahren. Außer ein paar merkwürdigen Andeutungen, die ihnen jemand machte.«

Jetzt sah das Mädchen Michael fest an. Gerade in seine Augen.

»Ich hatte Angst um Birgit«, sagte sie. »Es kam mir alles so unheimlich vor, was die Leute mir erzählten, als sie wieder nach Schweden kamen. Deshalb habe ich ein Detektivinstitut beauftragt. Sie sollten sich vorsichtig nach ihr erkundigen und mir Bescheid geben. Vielleicht konnte ich helfen.«

Michael schenkte ihr Gin und Wermut nach. Sie nickte dankend, trank einen Schluck und fuhr fort:

»Die Nachrichten, die ich bekam, waren beunruhigend. Birgit verkehrte in – wie soll ich das sagen – in schlechter Gesellschaft. Nicht gerade Verbrecher, aber doch Leute, von denen man nicht wusste, wo sie das viele Geld hernehmen, das sie in den teuersten Nachtlokalen ausgaben. Und sie selbst gab auch mehr Geld aus, als sie bei der Fluggesellschaft verdiente. Viel mehr! Sie hatte teure Modellkleider, echten Schmuck und einen Nerzmantel, der allein sechs Monatsgehälter wert war. Nein« – sie hob abwehrend die Hand –, »ich verstehe Ihren Blick, Mr. Collins, aber das war es nicht. Birgit hat keinen Millionär zum Freund gehabt, der ihr diese Sachen schenkte. Das wüsste ich. Die Detektive sind sehr genau gewesen. Sie hat sich das Geld auch nicht durch gelegentliche Herrenbekanntschaften – Sie sehen, sogar daran habe ich gedacht – »verdient«. Eine Stewardess ist meist unterwegs, und dann steht sie sozusagen unter der Aufsicht ihrer Kolleginnen und Kollegen. Außerdem: Diese Art Lebenswandel wäre bei dem anstrengenden Beruf weder durch noch geheim zu halten. Außerdem: Ich habe einen Kontoauszug gesehen, von ihrem Bankkonto. Fragen Sie mich nicht, wie ich da herangekommen bin. Aber glauben Sie mir, sie hatte eine unwahrscheinlich hohe Summe darauf.«

»Was wird aus dem Geld?«

»Ich weiß nicht. Ich will es nicht. Ich – ich bin überzeugt, dass es nicht auf – ehrliche Weise erworben wurde«, sagte sie leise.

»Erpressung?«

Karin schüttelte den Kopf. »Das dachte der Inhaber der Privatdetektei auch zuerst. Er hat es mir geschrieben. Unter tausend Siegeln der Verschwiegenheit natürlich. Ich habe ihn gebeten, mit allen Mitteln nachzuforschen. Ich wollte dann mit der Auskunft zu ihr fahren und es ihr auf den Kopf zusagen. Dann musste sie aufhören.«

Ihre Finger trommelten erregt auf der Lehne des Sessels. Michael spürte, wie die ganze Aufregung der letzten Monate in ihr nachklang.

»Aber es war nichts«, sagte sie plötzlich hart. »Keine Erpressung.«

»Sondern?«

»Rauschgift.«

Sie sah ihn so genau an, als müsste sie seine Reaktion auf dieses Wort studieren. Als hinge von seinem Urteil etwas ab.

Michael zog ein gleichgültiges Gesicht.

»Beweise?«, fragte er sachlich.

Sie zögerte.

»Sie meinen: Beweise, die man mit den Händen greifen kann?«

»Die man vorzeigen kann«, sagte er.

»Die habe ich nicht. Außer einem halben Geständnis von Birgit. Es war so: Mein Detektiv rief mich an. Zwei Kolleginnen von Birgit waren verhaftet worden. Sie hatten Rauschgift geschmuggelt. Stewardessen können das, weil sie nirgends vom Zoll durchsucht werden. Die beiden fielen auf, weil sie viel Geld ausgaben. Sie wurden überwacht und ertappt. Fristlos entlassen und sofort ins Gefängnis. Mein Detektiv erfuhr, dass noch eine dritte Stewardess unter Verdacht gestanden hatte. Man hatte ihr nur nichts beweisen können. Aber sie wurde überwacht – Birgit, meine Schwester!«

»Und was haben Sie getan?«

»Ich hatte gerade einen Film abgedreht und überlegte, was ich als nächstes tun sollte. Ich hatte mehrere Angebote. Dieses hier aus London, war das schlechteste. Ich habe es sofort angenommen, obwohl mein Agent getobt hat.«

»Hier in London sind Sie dann zu Ihrer Schwester gegangen?«

»Ja. Ich hatte Glück. Sie war zu Hause. Allein...«

»Was hat sie gesagt, als Sie plötzlich auftauchten?«

»Zuerst hatte ich den Eindruck, dass sie sich freute. Aber dann habe ich ihr gesagt, weshalb ich kam. Sie hat mich angeschrien und ist auf mich losgegangen wie eine – eine Furie. Ich habe Mühe gehabt, sie abzuwehren.«

»Und dann?«

»Dann ist sie auf einmal zusammengebrochen und hat geweint. So sehr, dass ich kaum verstehen konnte, was sie sagte. Da hat sie das mit dem Rauschgift nicht mehr abgestritten. Genau erzählt hat sie es mir aber nicht. Ich habe sie auch nicht gedrängt. Ich bin ja kein Richter. Ich wollte kein Geständnis. Ich wollte ihr nur helfen.«

Sie schwieg.

Michael ließ das Mädchen nicht aus den Augen. Nachdenklich fragte er: »Sie – haben ihr helfen können?«

»Zuerst dachte ich: ja. Sie hat mir versprochen, dass sie nichts Derartiges mehr tun würde.«

»War das keine – ich meine: Konnte man ihr das glauben?«

»Ganz bestimmt. Dass sie schon überwacht wurde, hat ihr einen gewaltigen Schrecken eingejagt. Sie hat sogar von sich aus ihre Stelle bei der Fluggesellschaft gekündigt. Ich war dabei, wie sie den Brief geschrieben und in den Kasten geworfen hat. Es war ihr bestimmt ernst damit.«

»Was ist dann geschehen?«

Am nächsten Abend war ich wieder bei ihr. Es kam ein Anruf. Ich habe nicht alles verstanden. Der Apparat stand im Nebenzimmer. Aber den Zusammenhang habe ich begriffen: Der Anrufer wollte sie überreden, weiterzumachen.«

»Und ihre Schwester?«

»Hat kühl abgelehnt. Kühl und überlegen. Ich sagte schon, dass sie schauspielerische Fähigkeiten hatte. In Wirklichkeit war sie der Situation nicht überlegen. Als sie zu mir zurückkam, zitterte sie vor Angst.«

»Vor dem Anrufer?«

»Ja. Sie muss schreckliche Angst vor ihm gehabt haben.«

Unmerklich lächelte Michael. »Diese Angst war ja leider nur zu berechtigt. Hat sie irgendeinen Hinweis darauf gegeben, wer der Anrufer gewesen sein kann?«

»Keinen. Ich habe natürlich gefragt. Aber sie hat nur den Mund zusammengekniffen. Ganz schmal. Ich habe ihr dann vorgeschlagen, sie soll zu mir ins Hotel ziehen. Wir haben verabredet, dass sie nicht aus dem Haus gehen sollte. Wenn ich mit den Dreharbeiten fertig war, wollte sie mit nach Schweden kommen. Sie hat auch wirklich ihre Sachen alle ins Hotel schaffen lassen. Sie hatte das Zimmer neben mir.«

»Aber aus dem Haus ist sie dann doch gegangen?«

»Leider. Ich weiß nicht, was sie dazu veranlasst hat. Ich kam gegen sechs Uhr aus dem Studio. Sie war nicht in der Bar und nicht im Restaurant. Ich habe an ihrer Zimmertür geklopft, aber da war sie auch nicht. Dann habe ich den Portier gefragt. Der sagte, sie wäre mit einem Taxi weggefahren.«

»Na, Gott sei Dank wenigstens ein Anhaltspunkt!«

»Wieso?« Sie sah Michael fragend an.

»Vielleicht finden wir den Fahrer«, erklärte er ihr. »Dann könnten wir hören, wo er sie abgesetzt hat. Das wäre sogar ein sehr wichtiger Anhaltspunkt.«

»Aber in ihrem Bericht stand doch, ich – Sie glaubten ja noch, dass ich die Tote war – ich sei wenige Stunden vor dem Mord in einer Theaterbar gesehen worden?«

»Eben – und zwar von mir! Ich war verblüfft, weil Sie mich übersahen.«

»Hat Sie das sehr geärgert?«

»Ja. Aber das tut jetzt nichts zur Sache. Jedenfalls war Ihre Schwester im Theater mit einem Mann namens Victor Vorse. Leider bestreitet er das, und ich habe keine Zeugen.«

»Aber die Polizei?«

»Glaubt mir nicht so recht.«

»Obwohl der Inspektor – ich erinnere mich an ihn, er war sehr höflich – Ihr Freund ist?«

82

Michael hob die Schultern. »Er ist der Fachmann. Ich bin der Amateur. Vielleicht hat er recht. Aber ich glaube es nicht. Es passt alles zu gut zusammen. Haben Sie übrigens den Namen Victor Vorse schon einmal gehört?«

»Nein.«

Seine nächste Frage kam wie ein Schuss: »Weshalb arbeitet dann Ihre Miss Halliday für ihn?«

Sie sah ihn erstaunt an. »Sie haben den Namen vorhin schon einmal genannt. Ich kann nur wiederholen: Ich kenne keine Miss Halliday.«

Er griff sich verzweifelt an den Kopf. »Aber sie hat mich doch gestern in Ihrem Auftrag angerufen.«

»Miss Halliday? Wie sieht sie denn aus?«

»Mitte Dreißig ungefähr, dunkelhaarig. – Entschuldigung, das Telefon.«

Er ging zu seinem Schreibtisch und hob den Hörer ab.

»Mister Collins?«, fragte eine energische Männerstimme.

»Am Apparat.«

»Sergeant Bloomsbury. Ich rufe im Auftrag von Inspektor Parker an. Er erwartet Sie in zehn Minuten vor dem Postamt am Sloane Square.«

»Was ist los?«

»Jemand ist erschossen worden. Ich weiß nicht wer. Aber Sie sollen sofort kommen.«

»Gut. Bin gleich da. Danke, Sergeant.«

»Bitte, Sir.«

Michael legte auf und ging mit schnellen Schritten zu Karin zurück. »Miss Lund«, sagte er hastig. »Ich muss für eine halbe Stunde fort. Der Anruf kam vom Yard. Warten Sie bitte auf mich. Hier sind Getränke. Der Kühlschrank draußen ist von voll essbarer Sachen. Bitte, bedienen Sie sich. Aber gehen Sie bitte nicht an die Tür.

Machen Sie nicht auf, egal, wer draußen ist. Verstehen Sie mich?«

Sie sah ihn aus großen Augen an. »Ich werde hierbleiben. Aber Sie beeilen sich?«

Er versprach es und rannte zur Tür. Schloss hinter sich ab und raste die Treppe hinunter.

Neun Minuten später bremste Michael Collins vor dem Postamt.

»Tom Parker war nirgends zu sehen.«

Michael fuhr dreimal um den Platz herum und sah in alle Seitenstraßen.

Nichts. Nicht einmal ein gewöhnlicher Polizist.

Ob Tom etwas dazwischengekommen war? Aber das konnte doch nicht sein. Wenn es um Mord ging. Endlich hielt er neben einer Telefonzelle, ging hinein und wählte die Nummer von Scotland Yard. Er wurde sofort mit Parkers Büro verbunden. Zu seiner Verblüffung war der Freund selbst am Apparat.

»Tom, was ist denn?«, fragte Michael. »Weshalb bist du nicht hier am Sloane Square?«

Tom Parkers Stimme klang verblüfft. »Weshalb soll ich denn am Sloane Square sein?«

»Aber ein Sergeant, Bloomsbury hieß er, hat mich doch in deinem Auftrag angerufen!«

»Wo? In der Redaktion?«

»Nein. Zu Hause. Ich sprach gerade mit Karin Lund.«

»Was?«, schrie der Inspektor. »Mit Karin Lund? Redest du irre?«

»Keineswegs.«

»Dann sag mir gefälligst, was das bedeuten soll.«

»Sie hat sich heute früh bei mir gemeldet! Ja! Sie lebt! Glaub mir doch. Die Tote war ihre Schwester. Ich kann dir das jetzt nicht alles erklären. Jedenfalls sprach ich ausführlich mit ihr in meiner Wohnung, als der Anruf kam. Der Sergeant sagte, du würdest mich hier erwarten.«

»Nun pass mal auf!« Tom Parker sprach erregt. Michaels Unruhe hatte sich auf ihn übertragen. »Ich kenne keinen Sergeant Bloomsbury. Ich habe dich auch nicht zum Sloane Square bestellen lassen. Das muss ein Trick sein. Jemand wollte dich von deiner Wohnung weglocken. Wer wusste, dass Karin Lund bei dir war?«

»Connie Halliday konnte es wissen. Und Victor Vorse, nehme ich an.«

»Was haben die mit Miss Lund zu tun?«

»Erkläre ich dir nachher. Ich muss zu Karin. Schick mir den nächsten Streifenwagen hin. Ja?«

»Mach ich. In fünf Minuten komme ich selbst nach. Und – hör zu, Michael ...«

»Ja? Was ist noch?«

»Warte, bis die Beamten da sind. Der Mann ist gefährlich!«

Michael legte auf und sprang in seinen Wagen. Er jagte bei Rot über die nächste Kreuzung, wurde eine Weile zwischen zwei Lastwagen eingeklemmt, schlängelte sich auf der rechten Seite vorbei und hatte dann freie Bahn bis vor die Haustür. Er wartete nicht auf den Aufzug. Er raste mit großen Sprüngen hinauf. Immer drei Stufen auf einmal. Keuchend kam er vor seiner Wohnungstür an. Was hatte Tom gesagt? Warten?

Ein vernünftiger Rat, wenn der Mörder drinnen war.

Aber Karin!

Er stieß den Schlüssel ins Schloss. Drehte ihn um. Einmal, zweimal. Ein Druck, die Tür sprang auf.

Mit einem Satz war Michael drinnen. Zur Seite, schnell! Noch im Sprung drehte er sich um.

Aber niemand schoss.

Kein Laut kam aus dem Wohnzimmer.

»Karin!«

Keine Antwort.

»Miss Lund! Ich bin es, Michael Collins!«

Nichts. Die Spannung war unerträglich. Er schlich zur Wohnzimmertür. Sie war nur angelehnt. Mit einem Ruck stieß er sie auf. Niemand zu sehen. Hinter ihm schrillte die Wohnungsklingel. Er fuhr zusammen. Ach so, die Polizisten. Mit zwei Schritten war er an der Tür und drückte auf den Öffner. Unten ging die Haustür. Eilige Schritte kamen die Treppe herauf.

Er ließ die Wohnungstür auf und ging mit hängenden Armen in das Zimmer, in dem Karin Lund gesessen hatte.

Er hatte richtig gesehen. Es war leer.

Rechts am Fenster bewegte sich der Vorhang. Es war nur der Wind. Das Fenster stand auf.

Michael brauchte nicht nachzusehen.

Es war das Fenster, unter dem sich die Feuerleiter befand.

6

Karin Lund war verschwunden. Nur der herbe Duft ihres Parfüms hing noch im Zimmer, und im Aschenbecher verbrannte glimmend der Rest ihrer Zigarette. Der Luftzug vom offenen Fenster zerriss den Rauchfaden, der von ihr aufstieg. Das Fenster! Mit vier, fünf schnellen Schritten war Michael dort, riss den Vorhang zur Seite und lehnte sich hinaus. Vor ihm die Feuerleiter, der Hof, die Rückseite der gegenüberliegenden Häuser – sonst nichts.

»Mister Collins!«

Er fuhr herum. In der Tür standen die beiden Beamten des Streifenwagens, den Tom Parker geschickt hatte.

»Alles in Ordnung?«, fragte der eine. »Gar nichts ist in Ordnung«, sagte Michael bitter. »Ein Mädchen ist entführt worden. Fassen Sie bitte nichts an. Inspektor Parker muss gleich hier sein.«

Er steckte sich eine Zigarette an und ging nervös auf und ab. Kurz darauf traf Tom ein.

»Die Wohnung war leer, als ich kam«, berichtete Michael nach einer hastigen Begrüßung. »Das Fenster hier stand offen.« Er zeigte ihm die Feuertreppe und zog ihn dann zum Tisch. »Hier, diese Zigarette war bei meinem Eintreffen fast verglimmt. Man kann deutlich den Lippenstift am Mundstück sehen. Die Asche ist noch heil. Karin muss die Zigaretten gerade angezündet haben, als sie...«

»... entführt wurde«, ergänzte Parker. Er ging noch einmal zu dem offenen Fenster und musterte es genau. »Nein, mein Lieber«, sagte er dann. »Dieses Fenster ist nicht mit Gewalt geöffnet worden. Dein Gast wird es wohl selbst aufgemacht haben.«

»Das kann ich mir nicht vorstellen«, widersprach Michael. »Warum hat sie dann nicht das andere Fenster aufgemacht? Das konnte sie leicht erreichen. Um an dieses zu kommen, musste sie erst um den Schreibtisch herumgehen. Und dann: Wäre es nicht ein großer Zufall, wenn sie gerade das Fenster geöffnet hätte, unter dem die Feuerleiter anfängt? Und ein noch größerer Zufall, wenn ihr Entführer, als ob er das ahnte, genau auf dieser Leiter gewartet hätte? Das glaube ich einfach nicht.«

»Du hast recht. War eigentlich die Wohnungstür verschlossen, als du kamst?«

»Ja, zwei Mal. Wie ich sie abgeschlossen hatte, als ich wegging.«

»Na gut, so kommen wir also nicht weiter. Ich darf doch mal dein Telefon benutzen?« Er wartete die Antwort nicht ab, sondern wählte die Nummer von Scotland Yard. Er sprach mehrere Minuten lang mit jemandem, den er mit »Sir John« anredete. Michael hörte nicht hin. Er dachte an Karin.

Tom legte ihm die Hand auf die Schulter. »Ich bin fertig«, sagte er. »Einer unserer Freunde«, er nickte den beiden Beamten zu, »bleibt hier, bis die Spurensucher kommen. Ich muss zum Yard. Du kommst mit und erzählst mir unterwegs alles ganz genau.«

»Aber was ist mit Karin?«, fragte Michael auf der Treppe.

»Wir fahnden nach ihr. Die Beschreibung ist an alle Streifen und Reviere unterwegs. Außerdem wird dein ganzer Häuserblock durchgekämmt. Wenn jemand die Feuerleiter runter- oder raufgeklettert ist, muss er beobachtet worden sein.«

Sie stiegen in den Wagen des Inspektors. Tom ließ den Motor an und fuhr los.

»So, jetzt erzähle.«

Michael erzählte von Connie Hallidays Anruf, der ihn zur Piccadilly Station bestellt hatte. Von seinem freudigen Schock, als er dort statt der Tanzlehrerin die tot geglaubte Karin Lund traf. Von Karins Schwester Birgit, die Rauschgift geschmuggelt hatte. Die damit aufhören wollte und deshalb sterben musste. Von Karins Hilflosigkeit.

»Komm, nun lass uns nicht sentimental werden«, unterbrach Tom ihn hart. »Also, Miss Halliday hat dich zum Rendezvous mit Miss Lund bestellt – aber Miss Lund behauptet, dass sie keine Connie Halliday kennt. Kannst du dir darauf einen Reim machen?«

Michael überlegte. »Vielleicht«, sagte er zögernd. »Karin sagte, sie hätte mich anrufen lassen. Von wem? Sie kannte doch niemanden – außer dem Detektivinstitut, das für sie arbeitete. Also könnte Miss Halliday eine Angestellte dieses Instituts sein. Eine Privatdetektivin, die Karins Auftrag bearbeitet, ohne ihr persönlich bekannt zu sein. Das würde auch erklären, weshalb sie bei Vorse ist. Um ihn zu beschatten.«

»Das erklärt vermutlich auch«, spottete der Inspektor und bog an einem grüßenden Polizisten vorbei auf den Hof von Scotland Yard ein, »weshalb sie dich in der Melkin Street in die Falle gelockt hat. Aber steig aus. Wir haben keine Zeit, Theorien aufzustellen.«

Oben in seinem Büro riss der Inspektor die Tür zum Vorzimmer auf, in dem zwei Mädchen und zwei Männer saßen.

»Tag allerseits. Das ist Michael Collins. Er hat genauso viel Hunger und Durst wie ich. Maggie – eine Kanne Tee und ein paar Sandwiches, bitte. Aber schnell.«

Eines der Mädchen stand auf und verschwand durch eine Seitentür.

»Ihr anderen hört mal bitte zu«, fuhr Parker fort. »Schreibt jemand mit? Gut. Ich brauche erstens die Fluggesellschaft, die bis vor wenigen Tagen die Luftstewardess Birgit Lund, schwedische Staatsangehörige, wohnhaft in London, beschäftigt hat. Zweitens muss jemand die Kartei der zugelassenen Privatdetektive durchsehen. Ich brauche eine Connie Halliday. Drittens Umfrage an alle Privatdetekteien: Wer arbeitet für die Schwedin Birgit Lund? So. Und wir bleiben inzwischen in meinem Zimmer. Michael.«

Der Tee und die belegten Brote wurden fünf Minuten später gebracht. Sie hatten ihr erstes Sandwich noch nicht aufgegessen, als das Telefon summte.

Tom hob ab. »Ja?« Er lauschte ein paar Sekunden. Dann sagte er: »Um so wichtiger ist die Detektei. Macht schneller!« Er legte den Hörer auf und sah Michael an.

»Es gibt in London keine Privatdetektivin, die Connie Halliday heißt«, sagte er. »Schade um deine schöne Theorie. Ich hätte gewünscht...«

Das Telefon meldete sich wieder. »Ja? Ach, das wird den Chef aber freuen. Vielen Dank für die gute Nachricht.«

Parker drückte die Gabel und wählte eine Nummer. »Sir John? Sie erinnern sich an Tony Argento, den Kneipenwirt? Der gestern bei dem Anschlag verletzt wurde? Michael Collins und ich waren dabei. Ja, der. Er hat sich selbst aus dem Krankenhaus entlassen. Einfach abgehauen. In der Mittagspause. Die Verletzungen waren nicht schlimm, sagt der Arzt. Und der Schock scheint schnell vorbeigegangen zu sein. Ganz meine Meinung, Sir. Eine elende Schweinerei. Natürlich fahnden wir nach ihm. Ja, das Rauschgiftdezernat ist schon eingeschaltet.«

Er drückte auf einen roten Knopf und diktierte dem hereinstürzenden Sergeant Namen und Personenbeschreibung des Wirtes der Osteria. »Besondere Kennzeichen: frische Wunden an den Beinen. Und lassen Sie die Osteria überwachen! Vielleicht glaubt er, wir hätten das Morphium nicht gefunden, und kommt dahin zurück.«

Michael stellte seine Tasse auf den Tisch. »Der nächste Verdächtige?«, fragte er.

Der Inspektor schüttelte den Kopf. »Nein, verdächtig war er schließlich schon vorher. Aber die nächste Pleite, könntest du sagen. Halliday – Fehlanzeige. Lund – verschwunden. Argento – verschwunden. Es ist zum... Moment mal!« Wieder das Telefon.

»Ja?«, sagte Tom. »Gut, geben Sie mir den Mann.« Er verdeckte mit der Hand die Sprechmuschel. »Nimm den anderen Hörer. Michael. Wir haben die Fluggesellschaft.« Er nahm die Hand von der Sprechmuschel. »Ja? Der Personalchef? Detektiv-Inspektor Parker von Scotland Yard. Es geht um eine wichtige Auskunft.«

»Ja, bitte sehr«, kam eine blecherne Stimme zurück.

»Sie haben doch kürzlich zwei Stewardessen verloren, nicht wahr?«, fragte der Inspektor. »Zwei Damen, die gewisse Dinge illegal über die Grenze zu bringen pflegten?«

»Ja, das ist richtig«, schepperte es nach einer kurzen Pause zurück. »Wir haben natürlich alles getan, die Angelegenheit nicht an die große Glocke zu hängen. Ich muss auch Sie bitten...«

»Aber selbstverständlich«, beruhigte Parker ihn. »Uns kann doch nicht daran liegen, dem Ruf Ihrer Firma zu schaden. Ich versichere Ihnen, dass die Presse kein Sterbenswörtchen davon erfährt.« Er grinste Michael an. »Es geht mir, wie gesagt, nur um eine Auskunft. Der Verdacht erstreckte sich doch noch auf eine dritte Dame, nicht wahr?«

»Ich weiß wirklich nicht«, kam es unsicher zurück, »dieser Fall liegt außerhalb meiner Zuständigkeit...«

»Ich weiß«, schoss der Inspektor zurück. »Birgit Lund ist nicht mehr bei Ihnen.«

»Eben!« Es klang wie ein Seufzer der Erleichterung. »Ich kann doch nicht einen unbewiesenen Verdacht in die Welt – äh ...«

»Hinausposaunen, meinen Sie? Aber das sollen Sie doch gar nicht. Sie sollen uns nur bei der Aufklärung eines Mordes behilflich sein. Ihre Miss Lund ist nämlich erstochen worden.«

»Wieso?«, kam es zurück. »Ich denke, die Tote hieß Karin Lund? Ihre Schwester, nahm ich an. So stand es jedenfalls in den Zeitungen.«

»Das dachten wir zuerst auch. Aber es war eine Verwechslung. Die Tote war Birgit Lund.«

»Hm, eigentlich hätte ich mir auch denken können«, schepperte die Stimme, »dass in der Wohnung von Birgit Lund nicht ihre Schwester, sondern sie selbst aufgefunden wurde.«

»Moment, was sagten Sie eben? Die Wohnung von Birgit Lund? In der Bayswater Road?«

»Jawohl: Bayswater Road, Ronway Mansions. Ich habe ihre Personalakte hier vor mir liegen.«

»Danke«, unterbrach ihn der Inspektor, »Danke, das ist eine sehr wichtige Auskunft. Ich muss mich sofort darum kümmern. Vielen Dank! Ich rufe Sie später noch einmal an. Auf Wiederhören!«

Parker stand auf und ging zur Tür. »Was machst du jetzt?«, fragte Michael.

»Ich besorge einen Haftbefehl gegen den Hausmeister der Ronway Mansons«, sagte Tom grimmig. »Gegen den Mann, der angeblich Birgit Lund nicht kannte. Der behauptet hat, dass die Wohnung einem mysteriösen Holländer namens Shroeman gehört. Kein Wunder, dass wir den nirgends finden konnten, obwohl wir die Polizei von zwei Ländern verrückt gemacht haben.«

Eines der Mädchen aus dem Vorzimmer steckte den Kopf zur Tür herein.

»Ist der Inspektor nicht da?«

»Nein. Er ist eben hinausgegangen, muss aber bald wiederkommen. Was ist denn?«

»Ein Anruf aus Ihrer Wohnung, Mister Collins. Das Türschloss ist nicht gewaltsam geöffnet worden, soll ich ausrichten. Und die Nachbarn haben niemanden auf der Feuerleiter gesehen.«

»Danke, ich werde es ausrichten. Sind Sie sonst weitergekommen? Mit dem Detektivbüro vielleicht?«

»Nein, bis jetzt leider nicht.«

Als Tom Parker zurückkam, war Michael gerade mit dem Rest eines Sandwiches beschäftigt.

»Der Papierkrieg läuft«, sagte der Inspektor. »Es kann losgehen. Bist du fertig?«

Michael nickte.

Tom Parker trat an seinen Schreibtisch und zog eine Schublade auf. Er nahm eine schwarz schimmernde Pistole heraus und sah das Magazin nach. »Voll. Jetzt noch das Schulterhalfter.«

Er zog das Jackett aus, streifte die Riemen über und steckte die Waffe in das Halfter unter seiner linken Achselhöhle. Dann schlüpfte er wieder ins Jackett.

»Sieht man was?«, fragte er. Michael musterte ihn genau. Eine kleine Wölbung, sonst nichts: »Mir würde jedenfalls nichts auffallen. Übrigens war ein Anruf da...«

Er berichtete, was er erfahren hatte. »So?«, sagte Tom nur. Ihm war keine Enttäuschung anzumerken.

Der schwere Wagen suchte sich einen Weg durch das Verkehrsgewühl, das in den Mittagsstunden die Straßen der Londoner City erfüllt.

Michael Collins und Detektivinspektor Parker saßen auf den Rücksitzen. Vor ihnen die breiten Rücken von zwei Yard-Detektiven.

»Weiß deine Redaktion eigentlich, wo du bist?«, fragte Tom Parker. »So ungefähr«, antwortete Michael. »Arthur Ford, der Lokalchef des *Comet* hat mich sogar ausdrücklich beauftragt, mich um diese Angelegenheit zu kümmern. Zwei Morde, dazu Rauschgift und ein paar Mordversuche, das reizt ihn natürlich. Bleib dran, hat er gesagt. Aber das ist jetzt nicht so wichtig, Tom. Mir sind zwei Dinge aufgefallen...« Er musste sich festhalten weil der Fahrer scharf rechts einbog.

»Und die wären?«, fragte Tom. »Zuerst der Mord auf dem Filmgelände. Wir wissen: Es wurde geschossen. Wir wissen: Der Filmstar Gary Mason fiel tot um. Wir waren damals beide überzeugt, dass die Schüsse nicht ihm gegolten haben, sondern seiner jungen Kollegin Karin Lund.«

»Richtig«, sagte der Inspektor. »Als sich heraus-stellte, dass Mason rauschgiftsüchtig war, änderte sich das Bild. Ein Süchtiger wird leicht in Verbrechen ver-strickt. Also konnten die Schüsse auch ihm selbst gegol-ten haben. Drittens – jetzt kommt meine Überlegung – wäre es aber auch möglich, dass der Mörder weder auf Karin noch auf Mason schießen wollte.«

»Sondern auf dich?«

»Unsinn. Auf Birgit Lund! Wir haben sie doch auch mit ihrer Schwester verwechselt. Warum soll der Mörder sie nicht ebenfalls verwechselt haben?«

Michael sprach mit großer Eindringlichkeit. »Nimm an, es war ein angeheuerter Gangster. Sein Auftraggeber, wer immer es auch sein mag, hat ihm ein Bild in die Hand gedrückt und gesagt: Dieses Mädchen wohnt im Soundso-Hotel. Warte, bis sie rauskommt, folge ihr bis zu einer einsamen Stelle und erschieße sie. Fertig. Er hat vor dem Hotel gewartet. Karin kam raus. Er hat sie für ihre Schwester gehalten. Ist ihr gefolgt. Auf dem Studiogelände hat er sie allein erwischt und – geschossen.«

»Das würde erklären, weshalb Birgit dann später auch noch umgebracht wurde: Der Mörder hatte es von Anfang an auf sie abgesehen. Das meinst du doch?«

»Ja, aber das ist nicht alles!« Michael redete sich in Schwung. »Du sprichst immer von *dem* Mörder, Tom. Hast du schon mal daran gedacht, dass es mehrere sein könnten?«

»Du wirst dich wundern: Daran denke ich die ganze Zeit. Schon weil für die Überfälle zwei verschiedene Pistolen benutzt wurden...«

»Nicht zu vergessen den Dolch und die Handgranate«, ergänzte Michael. »Sicher bin ich nur ein Amateurdetektiv. Du hast es mir oft genug unter die Nase gerieben. Aber so viel weiß ich auch: Den Mörder gibt es nicht, der bei vier verschiedenen Gelegenheiten vier verschiedene Waffen benutzt.«

Der Wagen hielt vor dem vierstöckigen Apartmenthaus in der Bayswater Road. Tom, Michael und einer der Detektive stiegen aus. Der Fahrer blieb sitzen.

»Lassen Sie den Motor laufen und behalten Sie den Eingang im Auge!«, befahl der Inspektor.

Zu dritt gingen sie auf die breite Glastür zu. Michael drückte dagegen. Sie gab nach.

Sie sahen sich um. Das kleine Fenster, hinter dem die Wohnung des Hausmeisters lag, war geschlossen. Tom Parker ging zur Wohnungstür, an der Howards Name stand.

Der Ton der Klingel war bis auf den Flur zu hören.

Aber keine Schritte.

Noch einmal läutete der Inspektor. Wieder ohne Erfolg.

»Es hat keinen Sinn, Lärm zu machen«, sagte Parker leise. »Kommen Sie, Jones. Versuchen Sie mal Ihr Glück!«

Der Detektiv sah sich das Schloss an. Er zog einen Metallstreifen aus der Tasche und machte sich an der Tür zu schaffen. Sekunden später sprang sie auf.

Die Wohnung roch nach Essen. Durch die offene Küchentür fiel Tageslicht in den Korridor. An einem Haken hingen Hut und Mantel.

»Los, rein!«, befahl Parker leise.

Er ging voran. Nach ein paar Schritten blieb er stehen. Wartete bis der Detektiv die Tür geschlossen hatte. Dann betrat er die Küche. Michael dicht hinter ihm.

Der Raum war leer.

Parker drehte sich um. Schob den Freund zur Seite. Ging zur gegenüberliegenden Zimmertür. Mit einem Ruck drückte er die Klinke hinunter und stieß die Tür auf. Vor ihnen lag ein schlecht aufgeräumtes Wohnzimmer. Ein Hemd über der Stuhllehne. Socken auf der Erde. In der Ecke eine zerknüllte Hose. Ein Aschenbecher voll Zigarettenstummeln. Zwei Gläser. Bierflaschen.

»Hat Besuch gehabt, unser Freund«, flüsterte Michael.

Sie suchten weiter. Aber die Wohnung war leer.

»Na, dann wollen wir uns mal umsehen«, sagte Parker. »Jones, Sie bleiben an der Tür und nehmen ihn in Empfang, wenn er kommt. Keine Rücksicht. Ist wahrscheinlich bewaffnet.«

»Pistole?«, fragte Michael.

»Oder Dolch«, lautete die vielsagende Antwort.

Während der Inspektor die Wohnung durchsuchte, ging Michael zum Telefon und rief die Redaktion an. Arthur Fords Stimme wurde durch das gewohnte Klappern der Schreibmaschinen untermalt. »Hast du die Story schon?«, fragte er sofort.

»Noch nicht«, antwortete Michael. »Aber es wird ein Knüller. Das garantiere ich.«

»Gut, bleib dran! Übrigens war Ben hier.«

»Ben Dickens?«

»Der große Geheimnisvolle persönlich. Fragte nach dir. Kramte in seinem Schreibtisch. Dann ging er wieder.«

»Konntest du ihn nicht festhalten? Fragen, was er macht?«

»Keine Zeit, ich musste zum Chef. Konferenz. Komisch war nur: Ben war noch nicht lange fort, da rief seine Frau an.«

»Und?«

»Wollte wissen, ob wir was von ihrem Mann gehört haben.«

»Also ist er noch immer nicht nach Hause gekommen?«

»Scheint so. Entschuldige, ich muss hier weitermachen. Ruf mich nach dem Umbruch an und sag, wie weit du bist. Bye.«

»He, Michael!«, rief Parker aus der Küche. »Komm mal rüber und sieh dir das an!«

Er stand vor dem offenen Abfalleimer. »Fällt dir was auf?«

»Verbandstoff«, stellte Michael fest. »Gaze – Mullbinden – und Blut dran. Sieht aus, als ob jemand einen Verband gewechselt hätte.«

»Einen?«, fragte der Inspektor. Michael fand eine Kohlenzange und zog damit die Binden aus dem Eimer.

»Nein, das sieht eher nach mehreren kleinen Verbänden aus. Vier oder fünf, würde ich...« Er brach ab und richtete sich auf.

»Tony!«

»Genau. Mehrere Verletzungen durch Splitter einer Handgranate. Tony Argento ist hierher geflohen!«

»Dann muss das seine Hose sein, die drüben liegt!«

Er rannte ins Wohnzimmer und war Sekunden später zurück. Die Hose hielt er hoch.

»Hier, die Löcher von den Splittern! Er ist hier frisch verbunden worden und hat sich umgezogen. Wo mag Howard ihn hingeschafft haben? Sicher nicht weit weg.«

»Vielleicht ist er noch im Haus. In einer leeren Wohnung zum Beispiel.«

»Mensch, Tom! Das Appartement von Birgit Lund!«

»Eben. Weißt du die Nummer noch?«

»507. Wieso?«

»Das Schlüsselbrett!«

Sie gingen in das kleine Büro, von dem das Fenster auf den Flur führte.

»Der eine Schlüssel fehlt«, stellte Tom fest »Aber der zweite ist da. So, und jetzt rauf. Jones, Sie bleiben hier unten. Niemanden aus dem Haus lassen. Komm, Michael!«

Der Aufzug hielt im fünften Stock. Leise liefen sie den Gang entlang. Vor Nummer 507 blieb Tom stehen. Legte das Ohr an die Tür. Dann nickte er grimmig. Michael verstand. Jemand war in der Wohnung.

Der Inspektor zog die Pistole und entsicherte sie. Dann steckte er den Schlüssel ins Schloss. Geräuschlos öffnete sich die Tür.

Auf Zehenspitzen schlichen sie zu der halboffenen Zimmertür.

Parker stieß sie mit dem Fuß auf. Mit einem Sprung stand er im Zimmer. Michael folgte.

Vor ihnen lag eine Frau. Daneben kniete ein Mann.

»Hände hoch, Howard!« Parkers Stimme klang schneidend. Der Hausmeister stand langsam auf. Hielt die Hände in Brusthöhe.

»Ich verhafte Sie wegen Mordes, begangen an...«

Parker stockte, warf einen Blick auf die Tote. In diesem Augenblick sprang Howard ihn an. Parkers Schuss ging daneben. Ein Fenster splitterte. Howard traf ihn mit voller Wucht. Schleuderte ihn gegen Michael. Polternd fiel die Pistole zu Boden. Michael stieß mit dem Fuß danach. Aber er erreichte sie nicht. Dann hatte Howard die Waffe in der Hand.

7

Michael Collins stand an der Wand. Geduckt zum Sprung. Aber machtlos gegen die Pistole Howards in der Hand.

Inspektor Parker richtete sich langsam auf. Ohne den Blick von der Waffe zu lassen.

»Geben Sie es auf, Mann«, sagte er ruhig. »Sie kommen hier nicht raus. Lassen Sie die Pistole fallen!«

Der Hausmeister schien zu zögern. Zu überlegen, was er tun sollte. Er ging einen Schritt zurück, um seine Gegner besser im Auge zu haben. Da stieß sein Fuß an den reglosen Körper der Frau. Howard zuckte zusammen. Unwillkürlich wischte er die freie Hand an der Hose ab.

»Das Blut an Ihren Händen geht nicht weg, Howard«, sagte Parker hart. »Kommen Sie mit und legen Sie ein Geständnis ab. Das ist das einzige, was Ihnen jetzt noch helfen kann.«

»Nein«, schrie der Hausmeister ihn an. »Weg! Weg von der Tür!« Er deutete mit der Pistole. »In die Ecke da!«

Widerstrebend, die Hände in Schulterhöhe, folgten Tom und Michael dem Befehl.

Howard ging rückwärts zur Tür. Ohne den Blick von ihnen zu lassen, riss er mit der freien Hand die Schnur des Telefons aus der Wand. Dann war er mit einem Sprung verschwunden. Sie hörten, wie draußen die Tür zuschlug. Wie der Schlüssel umgedreht wurde.

Sekunden später warf Michael sich gegen die Tür. Die Füllung krachte nur.

»Komm, versuchen wir's zusammen«, keuchte er.

»Los!«

Diesmal hielt das dünne Holz nicht stand. Ein splitterndes Krachen, dann schleuderte ein Fußtritt den Rest der Füllung hinaus. Hintereinander rasten sie den Gang entlang. Im Treppenhaus zeigte Michael nach unten.

»Da ist er!«

Eine wilde Jagd setzte ein. Sie waren jünger als der Verfolgte. Schneller. Als sie im dritten Stock waren, hatte er nur noch eine halbe Treppe Vorsprung.

»Vorsicht!« Michael warf sich zur Seite. Gleich darauf krachte der Schuss zu hoch. Die Kugel schlug über ihnen in die Wand.

»Lass ihn«, zischte Tom. »Langsamer, Jones ist doch unten.«

Natürlich. Der Detektiv im Erdgeschoß. Den letzten Schuss musste er gehört haben.

Sie folgten vorsichtiger. Bereit, jeden Augenblick in Deckung zu gehen.

Howard warf einen Blick zurück. Dann rannte er die letzte Treppe hinunter.

»Stopp! Hände hoch!« Der Befehl kam aus dem Halbdunkel einer Nische.

Howard riss die Waffe hoch und schoss. Blindlings. Einmal. Zweimal. Dann antwortete der dunklere Knall eines Polizeicolts. Jones gab nur einen Schuss ab.

Michael und Tom sprangen vorwärts. Am Fuß der Treppe bremsten sie.

Howard kam einen Schritt auf sie zu. Versuchte, die Waffe zu heben. Es gelang ihm nicht. Steif fiel er hintenüber. Mit einem dumpfen Laut schlug sein Kopf auf den Steinboden.

Er fühlte es nicht mehr.

»Tut mir leid, Sir«, sagte der Detektiv und kam aus der Nische heraus, »so gut wollte ich ihn nicht treffen. Aber es ging so schnell und da blieb...«

»Sie sind verletzt«, unterbrach ihn der Inspektor. »Da, am Oberarm bluten Sie.«

»Nicht schlimm.« Der Detektiv tastete nach der Wunde. »Glatter Durchschuss, glaube ich.«

»Kommen Sie, ich bringe Sie zum Wagen«, sagte Tom. »Wohin?«, rief er Michael nach.

»Vielleicht lebt sie noch«, schrie der zurück und stürmte die Treppe hinauf. Sein Atem ging stoßweise. Aber die Beine bewegten sich wie von selbst.

Im vierten Stock standen zwei Frauen.

»Was ist denn los?«, fragte die eine neugierig.

Michael schob sie zur Seite und lief weiter.

»Karin«, dachte er. »Liebes Mädchen, wenn der Schuft dich...«

Keuchend lief er den Flur entlang. Stieg durch die aufgebrochene Tür. Taumelte ins Zimmer, fiel neben der Frau auf die Knie, drehte sie um. Ein verzerrter Mund. Zwei starre Augen, die ihn nicht mehr sehen konnten.

Er ließ ihren Kopf vorsichtig sinken.

»Connie Halliday«, sagte er leise.

Wenige Minuten später kam Tom Parker zurück.

»Tot?«, fragte er nur. Michael nickte stumm.

»Wir haben das Detektivbüro ausfindig gemacht«, berichtete Tom, nur um etwas zu sagen. »Kam eben über Funk. *Staten Investigations*. Amerikanische Firma. Zweigstelle in London. Der Leiter sagt, er hat seine beste Mitarbeiterin auf den Fall Lund angesetzt. Julia Wilding. Arbeitet unter dem Decknamen Connie Halliday.«

»Arbeitete«, sagte Michael und wies mit dem Kopf auf die reglose Gestalt.

»Das ist Connie – ach so, und ich dachte...«

»Ja«, bestätigte Michael. »Und ich war fast überzeugt davon, dass es Karin Lund sei. Was ist da draußen für ein Lärm?«

»Leute aus dem Haus. Neugierige. Ich habe Bobbys aus dem nächsten Revier bestellt. Sie werden gleich für Ruhe sorgen, bis die Mordkommission da ist.«

Michael drehte sich langsam um. Seine Augen suchten den Fußboden ab. Dann bückte er sich, sah unter den Schrank und richtete sich kopfschüttelnd wieder auf.

»Was suchst du?«, fragte der Inspektor.

»Hast du Howard untersucht?«, fragte Michael zurück.

»Flüchtig.«

»Hatte er einen Dolch bei sich?«

»Nein.«

»Ein Klappmesser?«

»Nein, bestimmt nicht.«

Michael zeigte auf die Tote. »Sie ist erstochen worden. Aber womit?«

Der Fotograf der Mordkommission war noch an der Arbeit, als ein Polizist den behelmten Kopf zur Tür hereinsteckte.

»Inspektor Parker?«

»Ja?«

»Draußen ist ein Herr. Amerikaner, der Aussprache nach. Sagt, er ist Leiter der Firma *Staten Investigations.*«

Parker holte den Amerikaner ins Zimmer. »Kennen Sie diese Frau?«, fragte er.

Der Privatdetektiv beugte sich über die Tote. »Julia Wilding«, sagte er ernst. »Sie war meine beste Mitarbeiterin.«

»Vielen Dank jedenfalls, dass Sie sofort gekommen sind. Wir können dann gehen. Würden Sie mir unterwegs noch ein paar Fragen beantworten...«

Michael schloss sich den beiden an. Wortlos fuhren sie im Aufzug hinunter. Michael dachte, Tom würde sie in Howards Wohnung führen. Aber der Inspektor ging auf die Straße hinaus. »Drüben ist ein Restaurant. Das wird um diese Zeit leer sein. Trinken Sie Tee mit uns?«

»Kaffee«, antwortete der Amerikaner.

Das Lokal war fast leer. Tom ging voraus. An einen Ecktisch, der weit vom nächsten Fenster entfernt war.

Michael dachte an Tonys Osteria und amüsierte sich nicht über die Vorsicht des Freundes.

»Wir wollen es kurz machen«, sagte der Inspektor, als die dampfenden Getränke vor ihnen standen. »Sie werden die Sache mit allen Einzelheiten sowieso noch zu Protokoll geben müssen.«

»Fragen Sie, was Sie interessiert«, schlug der Amerikaner vor.

»Gut. Wir wissen, dass Karin Lund sich von Schweden aus an Sie gewandt hat. Mit der Bitte, ihre Schwester zu – nun, sagen wir einmal – zu bewachen. Das ist doch richtig?«

»Korrekt.«

»Mit der Durchführung dieses Auftrags haben Sie Miss Wilding beauftragt.«

»Auch andere. Aber hauptsächlich Julia Wilding.«

»Sie haben Karin Lund, die damals in Schweden filmte, berichtet, dass ihre Schwester sich in zweifelhafter Gesellscha1t bewege. Was waren das für Leute?«

»Ich habe die Namen nicht alle im Kopf.«

»Dann will ich genauer fragen: War darunter ein gewisser Victor Vorse?«

»Ja.«

»Hat Miss Wilding deshalb als Tanzlehrerin bei Vorse gearbeitet?«

»Nur deshalb. Ich muss dazu sagen, dass Julia Wilding weitgehend selbständig arbeitete. Sie hat mich meist nur mit ein paar Worten davon unterrichtet, was sie gerade tat. Aber ich weiß, dass sie Vorse in Verdacht hatte.«

»In welchem Verdacht?«

104

»Dass Birgit Lund bei ihm das geschmuggelte Rauschgift ablieferte.«

»Verdacht – also keine Beweise?«

»Jedenfalls keine, von denen ich weiß – und jetzt können wir sie leider nicht mehr fragen.«

Parker überhörte den Nachsatz. »In der Nacht, als Birgit Lund ermordet wurde, hat jemand ihre Schwester fortgeschafft. Dieser Jemand hat die Arbeit der Polizei außerordentlich erschwert.«

Der Amerikaner lehnte sich zurück. Etwas wie Verlegenheit sprach aus diesem Verhalten.

»Ich könnte jetzt behaupten, dass ich von nichts weiß«, sagte er langsam. Dann fuhr er schneller fort: »Aber das wäre eine Lüge. Es war so: Am Abend vor dem Mord kam Julia Wilding ins Hotel. Sie wollte nach den Lund-Schwestern sehen. Aber nur Karin war da. Birgit war verschwunden. Miss Wilding kannte die Bars, in denen Birgit Lund verkehrte. Die beiden Mädchen haben sich aufgemacht und Birgit gesucht. Ich weiß nicht, wo sie überall waren. Jedenfalls sind sie zum Schluss zu Birgit Lunds verlassener Wohnung gefahren. Derselben, in der Julia Wilding jetzt ermordet worden ist. Die Polizei war schon im Haus. Jemand erzählte Ihnen, dass ein Mord geschehen war. Es muss irgendein Zeitungsmensch gewesen sein. Er sagte: Die Filmschauspielerin Karin Lund ist ermordet worden. Es muss ein schwerer Schock für beide gewesen sein. Nicht nur der Tod. Auch die Verwechslung.«

»Wieso?«

»Sehen Sie, beide waren doch überzeugt, dass der Mörder es auf Birgit Lund abgesehen hatte. Wenn er jetzt – wie alle anderen – glaubte, die falsche ermordet zu haben, dann war Karin in höchster Gefahr. So war jedenfalls Miss Wildings Überlegung. Deshalb hat sie ihren Schützling erst einmal in Sicherheit gebracht.«

»Und weshalb ist sie nicht am nächsten Tag zu uns gekommen?«

»Wie gesagt, ich weiß die Einzelheiten nicht. Aber Julia Wilding hatte einen Plan. Sie war sicher, dass sie bei Vorse Beweise dafür finden würde, wer Birgit Lunds Mörder war. *»Ein paar Tage muss ich noch in der Tanzschule bleiben«*, sagte sie mir. Solange wollte sie Karin Lund verborgen halten, um den Mörder unsicher zu machen. – Ich weiß«, er hob abwehrend die Hände, »es war nicht ganz legal. Aber wenn sie Erfolg gehabt hätte. dann wäre sie die Heldin des Tages gewesen.«

»Und *Staten Investigations* hätte eine Bombenreklame gehabt«, sagte Parker böse.

»Gewiss«, gab der Amerikaner kaltblütig zu. »Das müssen Sie verstehen, Inspektor. Bei uns in den Staaten...«

»Moment«, unterbrach ihn Michael. »Bevor Sie uns jetzt erklären, weshalb in Amerika alles besser ist, habe ich eine Frage: Vorgestern Abend rief Miss Wilding mich an und bestellte mich in die Melkin Street. Weshalb? Und weshalb kam sie nicht?«

»Was sie von Ihnen wollte, weiß ich nicht. Aber weshalb sie nicht kam, hat sie mir am Telefon gesagt: Sie war bis zum späten Abend in der Tanzschule. Von da hat sie auch angerufen. Als sie das Haus verließ, um sich mit Ihnen zu treffen, wurde sie von hinten niedergeschlagen. Der Täter muss es eilig gehabt haben. Er ließ sie einfach liegen. Als sie zu sich kam, hat sie sich nach Hause geschleppt und bis gestern Mittag geschlafen. Leichte Gehirnerschütterung, nehme ich an. Als sie aufwachte, versuchte sie mich anzurufen. Ich war beim Essen. Da fuhr sie erst einmal zu ihrem Schützling. Karin Lund war entsetzt, als sie von dem Überfall hörte. Sie wollte sofort zur Polizei. Ich muss zugeben, dass Miss Wilding manchmal etwas eigensinnig war. Jedenfalls gelang es ihr, Miss Lund zu überreden, ihr noch einen Tag Zeit zu lassen. Dasselbe hat sie mit mir gemacht, als sie mich später am Telefon erreichte. Ich habe sie förmlich angefleht, sofort zum Yard zu gehen. Aber sie ließ nicht mit sich reden. »Wenn ich ihn in 24 Stunden nicht habe«, sagte sie nur.

»Wen?«, fragte Parker rasch.

Der Amerikaner sah ihn verständnislos an.

»Wenn sie wen in 24 Stunden nicht hätte?«, wiederholte der Inspektor seine Frage.

»Das weiß ich nicht.«

»Sie haben keine Vorstellung, wen sie gemeint haben könnte?«

»Nein.«

»Victor Vorse vielleicht?«

»Das könnte sein«, gab der Amerikaner zögernd zu.

»Das ist sogar bestimmt so!«, rief Michael dazwischen. »Es ist doch ganz einfach, Tom: Vorse hat das Gespräch abgehört, Miss Halliday oder vielmehr Miss Wilding niedergeschlagen und ist dann in die Melkin Street gefahren, um mich zu erledigen.«

»Ich will Ihnen da nicht widersprechen«, sagte der Amerikaner. »Aber Miss Wilding hat Vorse immerhin seit Monaten beobachtet. Als der erste Mord geschah, hielt sie ihn auch zunächst für den Täter.«

»Und dann?«

»Zuletzt schien sie davon abgekommen zu sein – und mit Recht! Denn es hat sich doch herausgestellt – wenn auch leider zu spät für Miss Wilding –, dass der Mörder der Hausmeister Howard war.«

»Er war es nicht«, sagte Inspektor Parker.

»Wieso?«, fuhr der Amerikaner auf. »Ich habe es doch selbst drüben gehört: Sie haben ihn auf frischer Tat ertappt.«

»Aber ohne Waffe«, sagte Parker ruhig.

»Ohne Waffe? Womit hat er dann...«

»Er hat eben nicht. Miss Wilding ist erstochen worden. Aber in der ganzen Wohnung befand sich kein Dolch, als wir kamen. Nicht einmal ein spitzes Küchenmesser.«

»Er wird es aus dem Fenster geworfen haben.«

»Die Fenster waren geschlossen«, sagte Michael.

»Außerdem haben wir den Hof abgesucht«, ergänzte Tom. »Und das Treppenhaus. Sogar den Müllschlucker. Nichts.«

Der Amerikaner stand auf. »Mich brauchen Sie dann wohl nicht mehr.«

»Den wären wir los«, sagte Inspektor Tom Parker, als die Tür sich hinter dem Amerikaner schloss.

»Du magst ihn nicht?«, fragte Michael Collins.

»Natürlich nicht! Wie sollen wir Verbrecher fangen, wenn solche Leute hier Wildwestmethoden einführen? Uns wichtige Informationen verschweigen, Zeugen verstecken...«

»Das war doch nicht er, sondern Julia Wilding.«

»Aber er hat davon gewusst. Ich möchte wetten: mehr, als er jetzt zugibt.«

»Tom! Wir sitzen hier und reden, als ob wir tagelang Zeit hätten. Was ist mit Karin Lund?«

Tom sah ihn missbilligend an. »Seit fünf Stunden siehst du mit eigenen Augen, was ich tue.«

»Ich denke nur daran, dass sie sich in den Händen des Mörders befindet.«

»Wenn er sie ermorden wollte, dann hätte er es gleich getan und sie nicht erst entführt.«

Michael winkte die Kellnerin heran und zahlte.

»Es hat keinen Sinn, dass wir darüber streiten«, sagte er.

»Versprich, dass du nichts auf eigene Faust unternimmst«, bat Parker. Michael sah ihn ausdruckslos an.

»Was soll ich schon unternehmen? Außerdem muss ich mich in der Redaktion sehen lassen. Bis später!«

Michael stellte das Autoradio ab.

Zum fünften Mal in zwei Stunden bog er in die Straße ein, in der die Tanzschule Victor Vorse lag.

Der Nebel war dichter geworden. Noch zwei Häuser – noch eins. Dann kam das flache Gebäude, das er so gut kannte.

Es war dunkel. Kein Licht mehr am Eingang. Kein Licht hinter den breiten Fenstern des Tanzstudios.

Rechts einbiegen! Ein Glück, dass das Haus an der Ecke lag.

Ein Fenster war erleuchtet. Im ersten Stock. Ein Schatten bewegte sich dahinter. Oder waren es zwei?

Er fuhr den Wagen um die nächste Ecke und parkte an der dunkelsten Stelle, die er fand. Dann ging er den Weg zurück, vorsichtig im Schatten der Bäume und Sträucher bleibend.

Die Luft roch nach Rauch. Der Qualm der Riesenstadt vermischte sich mit dem Nebel zu einem schmutzigen, feuchten Dunst.

Die Umrisse eines Mannes tauchten im Schein der Laterne auf. Ein alter Mann, der einen kleinen Hund an der Leine führte.

Beruhigt ging Michael weiter. Erst als die Umrisse der Tanzschule verschwommen vor ihm auftauchten, trat er leiser auf.

Das Fenster auf der Rückseite war noch immer hell.

Der Zaun war niedrig. Michael schwang sich hinüber und duckte sich zwischen die Büsche.

Seine Uhr hatte kein Leuchtziffernblatt. Er wusste nicht, wie viel Zeit vergangen war. Aber es musste gegen Mitternacht sein, als das Licht im Haus erlosch. Wenig später hörte er, wie die Haustür zugeschlagen wurde.

Dann klappte eine Autotür. Ein Motor sprang an. Heulte ein paar Mal auf. »Kalt geworden«, dachte Michael. Durch die Sträucher sah er das Aufleuchten der Scheinwerfer. Jetzt setzte sich der Wagen in Bewegung. Langsam verklang das Geräusch des Motors. Michael wartete. Zehn Minuten vielleicht.

Langsam richtete er sich auf. Wassertropfen fielen von seiner Hutkrempe.

Vorsichtig trat er auf den Rasen hinaus. Das am Tage modern wirkende Haus lag jetzt düster und drohend vor ihm.

Er tastete mit dem Fuß den Boden ab, bevor er ihn aufsetzte. Sicher, jemand war fortgefahren. Vielleicht sogar Vorse. Aber wenn sein Verdacht stimmte, dann konnte das Haus nicht leer sein.

Seine ausgestreckte Hand stieß gegen die Mauer. Der Putz war kalt und rau. Er tastete sich entlang. Über ihm die Fenster des Erdgeschosses. In Kopfhöhe. Unten vergitterte Kellerfenster. Er fühlte die eisernen Stäbe. Weiter. Nächstes Fenster. Dasselbe. Weiter...

Dann griff er ins Leere. Einen Augenblick stand er wie erstarrt, bis er begriff. was es war: die Tür zum Garten. Die Hintertür des Hauses. Sie stand offen!

Michael zögerte. Wenn der Mörder auf ihn wartete, dann hier. Vorsichtig zog er die Taschenlampe heraus. Seine einzige Waffe. Ein verfluchter Leichtsinn von ihm, nicht einmal einen Stock mitzunehmen. Langsam hob er die Lampe. In Augenhöhe. Bereit, sie jeden Moment einzuschalten. Den Angreifer zu blenden.

Da hörte er Karin schreien!

Er war sicher, dass es ihre Stimme war. Ein verzweifelter Schrei.

Ohne zu überlegen, sprang Michael durch die Tür. Fiel über einen Stuhl. Riss sich hoch. Knipste einen Augenblick die Lampe an. Fand die Tür, den Gang.

110

Wieder ihre Stimme. Sie musste aus dem Keller kommen.

Da – die Kellertür war offen! Lampe aus! Im Dunkeln stolperte er die Steinstufen hinunter.

Unten ließ er die Lampe aufblitzen. Ein staubiger Gang. Eiserne Türen. Eine war nur angelehnt. Dahinter polternde Geräusche.

In diesem Augenblick wurde die Tür von innen aufgestoßen. Michaels Lampe fiel zu Boden. Mit beiden Händen griff er in das Dunkel. Packte einen Hemdkragen. Der Mann wich zurück. Michael folgte. Versuchte den Hals zu fassen. Schlug mit der anderen Faust ins Dunkel hinein. Traf etwas. Ein metallener Gegenstand fiel zu Boden. Dann schleuderte ein Fußtritt ihn zurück. Michael prallte mit dem Rücken gegen die Wand. Er biss die Zähne zusammen und richtete sich auf.

Vor ihm atmete jemand. Blitzschnell packte Michael zu. Spürte das Zurückzucken, den Schreck.

Und spürte den weichen, zitternden Körper eines Mädchens.

»Karin!«, flüsterte er.

Er hörte sie nach Luft ringen und legte schützend den Arm um sie. Da ging das Licht an.

In der Tür stand Ben Dickens. Die eine Hand am Lichtschalter. In der anderen ein Messer.

8

Mit vor Scheck geweiteten Augen klammerte sich Karin Lund an Michael. Durch Mantel und Jacke hindurch fühlte er, wie sie zitterte.

»Dickens«, sagte er, ohne ihn aus den Augen zu lassen. »Ben Dickens. Polizeireporter des *Evening Comet.* Mein lieber Kollege. Im Nebenberuf...«

»Mörder«, wollte er sagen. Er sprach es nicht aus.

Dickens hörte ihm gar nicht zu. Er lauschte auf den Gang hinaus. Die Hand mit dem Messer ließ er achtlos sinken. Die andere hatte er noch immer am Lichtschalter.

»Soll ich ihn angreifen?«, überlegte Michael. Aber etwas an Bens Haltung ließ ihn zögern.

Dickens drehte sich um. Michael löste sich von Karin. Er war bereit. Aber Dickens sah ihn nicht an. Er sah auf das Fenster. Das kleine, vergitterte Kellerfenster unter der Decke.

Wie unter einem Zwang wandte Michael den Kopf und blickte gleichfalls nach oben. In diesem Augenblick erlosch das Licht. Ein Geräusch von der Tür! Mit einem Schritt war Michael vor Karin. Aber der Angriff kam nicht von dieser Seite.

Über ihm klirrte Glas. Er sah eine schattenhafte Bewegung am Fenster. Dann fiel ein schwerer Gegenstand in den Kellerraum und rollte über den Steinfußboden. Dieses Rollen. Wie in Tonys Osteria. Michael dachte nicht weiter. Blitzschnell packte er Karin am Arm und riss sie aus dem Raum hinaus. Rief da jemand vor ihm etwas? Er achtete nicht darauf. Zog die Tür hinter sich zu und drückte das Mädchen in die Ecke des Ganges.

Die Explosion ließ das Haus erzittern. Sonst geschah nichts.

»Was war das?«, hauchte Karin an seinem Ohr.

»Handgranate«, flüsterte er zurück. Sie schauderte und drängte sich enger an ihn. Einen Augenblick war er bereit, ihre Lage zu vergessen. Aber dann griff er nach ihrer Hand. »Komm«, flüsterte er. »Wir müssen versuchen, hier rauszukommen.«

Sein Fuß stieß an einen Gegenstand. Er bückte sich danach. Es war die nutzlose Taschenlampe. Nutzlos? Nein, vielleicht nicht.

Er zog das gehorsam folgende Mädchen ein paar Schritte hinter sich her, bis zur Kellertreppe. Dann holte er aus und warf die Lampe mit aller Kraft hinauf. Mit blechernem Scheppern prallte sie auf – blieb liegen.

Nichts. Keine Bewegung da oben. Nur das helle Rechteck der Tür hob sich ganz schwach vom Hintergrund ab. So schwach, dass er es eher ahnen als fühlen konnte.

»Komm«, flüsterte er wieder.

Hintereinander schlichen sie die Treppe hinauf. Geduckt, mit gespannten Nerven, um jeder auftauchenden Gefahr begegnen zu können.

Aber nichts geschah. Ungestört kamen sie hinauf. Auf der obersten Stufe blieb Michael stehen und sah vorsichtig hinaus.

Ein schwacher Lichtschein fiel durch das kleine Glasfenster der Haustür. Auf der anderen Seite eine dunkle Öffnung: die Tür zu dem Raum, der in den Garten hinausführte. Der Weg, den er gekommen war.

Auf der Straße wurden Rufe laut. Hastige Schritte.

Dann fiel ein Schuss. Drei, vier Schüsse aus einer anderen Waffe antworteten. Neue Rufe. Kommandos. Die kleine Glasscheibe wurde hell. Jemand hatte draußen offenbar Scheinwerfer.

Die Schritte kamen näher. Michael hörte Schuhe auf dem Kiesweg knirschen. Dann ging die Tür auf. Anscheinend war sie nur angelehnt gewesen. Der Schatten eines Mannes tauchte darin auf.

Der Mann feuerte noch einmal zur Straße hin. Dann machte er die Tür hinter sich zu und stand einen Augenblick in der fast dunklen Diele, noch geblendet vom Licht auf der Straße. Mit schnellen, sicheren Schritten ging er dann auf die andere Tür zu. Er kam so dicht an Michael vorbei, dass der Reporter den wahnwitzigen Wunsch unterdrücken musste, ihn zu greifen. Dann war er im dunklen Zimmer verschwunden. Geräuschlos wie ein Geist. Der Teppich dämpfte seine Schritte.

»Wer war das?«, hauchte Karin hinter ihm.

Er konnte nicht antworten. Auch auf der Rückseite des Hauses wurde es hell.

»Halt, stehen bleiben!«, befahl jemand. Ein Schuss peitschte. Noch einer. Ein dumpfer Aufschlag irgendwo in einer Wand. Dann tauchte der Mann in der Zimmertür auf. Ein Lichtstrahl traf ihn von rückwärts und ließ die verzweifelte, gehetzte Bewegung erkennen, mit der er sich umsah.

Unwillkürlich duckte Michael sich in das Dunkel der Treppe hinunter. Draußen fuhr ein Wagen vor. Der Mann in der Zimmertür gab sich einen Ruck. Mit schnellen, lautlosen Schritten kam er auf die Kellertür zu. Kurz davor blieb er noch einmal stehen und sah sich um. In diesem Augenblick riss Michael ihm die Beine nach hinten wog und stürzte sich auf ihn.

Einen Augenblick schien der Gegner vor Schreck gelähmt zu sein. Michael konnte seinen rechten Arm fassen. Die Seite, wo er die Pistole hielt. Dann warf der andere sich herum. Die Schnelligkeit und die Kraft der Bewegung überraschten Michael. Sein Knie rutschte vom Rücken des Mannes ab. Sein Griff um das Handge-

114

lenk lockerte sich.

Keuchend vor Anstrengung klammerte er sich fest. Es half nichts. Immer näher kam die Hand mit der Pistole. Dann krachte ein Schuss. Das Mündungsfeuer versengte seine Seite. Jetzt war alles egal. Er ließ den anderen Arm los. Packte mit beiden Händen das Gelenk. Drehte es nach unten.

Der andere schlug ihm ins Gesicht. Michael spürte es kaum. Er fühlte nur, wie das Gelenk unter seinem Druck nachgab. Auch der andere versuchte jetzt, die Waffe mit beiden Händen zu halten. Verbissen rangen sie. Ihr Atem ging keuchend.

Da löste sich ein Schuss.

Der Mann unter ihm zuckte. Dann lag er still.

Michael wischte sich mit dem Handrücken den Schweiß aus den Augen und sah hoch. Er blinzelte in helles Licht. In den Toren standen Männer. Er sah Uniformen. Polizei.

Mühsam stand er auf. Ein Mann im Regenmantel kam auf ihn zu.

»Mensch, Michael. Was machst du denn für Sachen?« Tom Parkers Stimme klang vorwurfsvoll. »Bist du heil?«

»Ich glaube ja«, sagte Michael lahm.

»Ein Glück. Lass mal sehen, wer ist denn das?« Parker hockte sich neben den Liegenden. Michael beugte sich darüber. Er sah in ein Gesicht mit dicken Brauen und kleinen Augen darunter. Ein Gesicht, das er nicht kannte. Ein leises Geräusch ließ ihn herumfahren.

»Was – ach Karin, Miss Lund, wollte ich sagen. Ich...«

»Sagen Sie ruhig weiter Karin zu mir«, antwortete sie lächelnd. »Ich fand es nett. Guten Abend, Inspektor.«

Parker stand auf. »Guten Abend, Miss Lund«, sagte er. »Ich darf wohl nicht das gleiche Recht in Anspruch nehmen? Aber es freut mich, sie gesund wiederzusehen«, fügte er ernst hinzu.

»Kennst du den Mann?«, wollte Michael wissen.

Tom nickte. »O'Connor heißt er. Zehn oder zwölf Mal vorbestraft, schätze ich. Mach dir nichts draus. Du hast ihn nur vor lebenslänglichem Zuchthaus bewahrt.«

»Aber er lebt doch«, protestierte Karin. »Ich habe deutlich gesehen, dass er geatmet hat.«

»Ja?«, fragte Tom verblüfft. »Ist der Doktor hier?«

»Kommt sehen«, antwortete einer der Polizisten.

»Gut, dann machen wir hier Platz«, ordnete Tom an. »Kommt mit.«

Sie gingen zur Seite.

»Erst den Garten durchsuchen«, befahl der Inspektor seinen Leuten. »Und den Keller«, ergänzte Michael. Tom sah ihn aufmerksam an. »Was ist mit dem Keller?«

Michael berichtete kurz, was geschehen war. Dass er den Entschluss gefasst hatte, etwas auf eigene Faust zu unternehmen. Dass er sich an das Haus herangeschlichen und gewartet hatte, bis alles dunkel war. Wie Karin geschrien hatte und wie er ihr zu Hilfe gekommen war. Von Ben Dickens, von der Handgranate und von dem verzweifelten Kampf im Dunkeln.

»Und dann bist du mit dem ganzen Aufgebot gekommen«, schloss er.

Tom nickte. »Du warst nicht zu Hause und auch nicht in der Redaktion. Ich konnte mir denken. wo – ja, Doktor? Was ist?«

»Der Mann muss sofort ins Krankenhaus«, sagte der Mediziner und klopfte den Staub von den Knien. »Lungenschuss. Aber ich glaube, dass wir ihn durchkriegen.«

»Ich freue mich«, flüsterte Karin und drückte Michaels Arm.

»Dass er nicht tot ist?«, fragte er leise.

Sie nickte heftig und sah ihn mit einem Blick an,

den er nicht deuten konnte.

»Verbunden ist er«, sagte der Arzt eben. »Krankenwagen muss auch gleich kommen. Habe ihn vorsichtshalber rufen lassen, als die Knallerei losging.«

»Sie denken an alles, Doktor«, stellte Tom fest. Dann wandte er sich an zwei Beamte, die aus dem Garten zurück kamen. »Haben Sie etwas gefunden?«

»Nichts, Chef«, sagte der eine. »Eine Menge Fußspuren auf dem feuchten Gras. Aber alles durcheinander. Auch die von unseren Leuten natürlich. Nur hinter dem einen Busch muss jemand ziemlich lange gesessen haben.«

»Das war ich«, erklärte Michael. »Ach so«, sagte der Detektiv. »Ja. das wäre alles.«

»Gut. dann nehmen Sie sich jetzt den Keller vor«, befahl Parker. »Und wir suchen uns am besten eine ruhige Ecke zum Hinsetzen. Ich glaube, Miss Lund hat uns allerhand zu...«

»Chef«, kam von unten die aufgeregte Stimme des Detektivs. »Hier liegt ja noch einer.«

Michael und Tom liefen die Kellertreppe hinunter. Der kahle Vorraum war hell. An der Decke brannte eine ungeschützte Glühbirne.

In ihrem Licht sahen sie fast am Fuß der Treppe einen Mann liegen. Er lag auf dem Rücken. Aus seiner Brust ragte der Griff eines Messers. »Mitten ins Herz«, sagte Michael leise.

»Ja«, bestätigte Parker. »Dem ist nicht mehr zu hellen. Aber wer ist es?«

Niemand antwortete ihm.

Er richtete sich auf. »Also: Fingerabdrücke abnehmen, Formel zum Yard durchgeben. Der Nachtdienst soll in der Kartei nachsehen, ob der Mann drinsteht.«

Er wandte sich ab und stieg langsam die Treppe hinauf. Michael folgte nachdenklich.

Karin Lund sah ihnen mit großen, entsetzten Augen entgegen. Es war, als ob sie jetzt erst ganz begriff, in welcher Gefahr sie geschwebt hatte. Michael nahm ihren Arm und führte sie ins Zimmer. Er setzte sich neben sie auf die Couch. Der Inspektor schob sich einen Sessel an den niedrigen Tisch und bot Zigaretten an.

»So, Miss Lund«, sagte er, als sie die ersten Züge getan hatten. »Jetzt erzählen Sie uns bitte, wie Sie...«

»Moment«, unterbrach ihn Michael. »Entschuldige, aber mir fällt gerade etwas Wichtiges ein. Was ist aus Tony geworden?«

»Wer ist Tony?«, fragte Karin erstaunt.

»Der Besitzer der Osteria, eines italienischen Restaurants«, erklärte Michael ihr. »Eigentlich heißt er Antonio Argento. Sie verdanken ihm übrigens indirekt Ihr Leben.«

»Ich? Weshalb?«

»Inspektor Parker und ich waren gestern bei ihm. Eine Handgranate wurde in die Osteria geworfen. Sie prallte gegen die Theke und rollte auf uns zu. Es war das gleiche Geräusch wie vorhin im Keller.«

»Deshalb haben Sie es erkannt und mich hinausgezogen?«, fragte sie ernst. »Aber was war mit der ersten Granate?«

»Der Wirt wurde verletzt und kam ins Krankenhaus. Als er fort war, fanden wir in seiner Osteria Morphium. Gary Mason hatte auch Morphium gespritzt. Er war ein Stammgast von Tony. Die Verbindung war klar: Tony war Masons Lieferant.«

»Er ist verhaftet?«

»Eben nicht. Er ist aus dem Krankenhaus ausgerissen. Deshalb frage ich nach ihm.«

»Er ist wieder da«, sagte Tom Parker.

»Wo?«, fragte Michael.

»Im Krankenhaus. Heute Abend um 18 Uhr hat er

sich zurückgemeldet. Sogar entschuldigt hat er sich. Er hätte etwas Unaufschiebbares zu tun gehabt. Ich weiß auch was: Er ist in der Osteria gewesen. Um zu sehen, ob das Rauschgift noch da war.«

»Natürlich war es weg?«

»Natürlich war es noch da. Allerdings war in den Ampullen nur destilliertes Wasser. Wir haben uns gestattet, einen kleinen Tausch vorzunehmen.«

Michael grinste. »Feiner Einfall. Und dann?«

»Dann hat er vermutlich die Ampullen in die Themse oder sonst wohin geworfen und ist seelenruhig ins Krankenhaus zurückgefahren. Wir haben ihn sofort geschnappt und ins Polizeikrankenhaus übergeführt. Da liegt er in guter Obhut mit einem Posten vor der Tür und Gittern an den Fenstern.«

»Woher mag er Howard gekannt haben?«, fragte Michael.

Der Inspektor hob die Schultern. »Keine Ahnung. Aber schließlich war Howard auch kein Ehrenmann, und Ganoven kennen sich nun mal untereinander. Viel lieber möchte ich wissen, weshalb Howard uns angegriffen und praktisch Selbstmord begangen hat. Wo doch sicher ist, dass er Julia Wilding gar nicht ermordet hat. Aber was haben Sie, Miss Lund?«

Karin war totenblass, ihre Lippen zitterten. »Julia Wilding ist tot?«, fragte sie tonlos.

»Ja«, sagte Michael ernst. »Heute Mittag ist sie erstochen worden. In der früheren Wohnung ihrer Schwester Birgit.«

Tränen liefen über Karins Gesicht. »Kindertränen«, dachte Michael. »Sie ist ja noch fast ein Kind trotz ihrer Filmerei.«

Sie schluckte. Die Männer sahen sich verlegen an. Sie waren froh, dass ein Detektiv hereinkam.

»Im Keller ist weiter nichts, Sir«, meldete er. »Allerdings – in dem einen Raum muss eine Explosion stattgefunden haben.«

»Das ist mir bereits bekannt«, sagte Parker sarkastisch. »Dieser Gentleman hier hat da unten Silvester gefeiert. Sonst etwas?«

»Ich weiß nicht, ob es Sie interessiert, Sir. Aber der Mann mit dem Lungenschuss hatte eine amerikanische Smith-&-Wesson-Pistole in der Tasche.«

Parker beugte sich gespannt vor. »Und der andere?«

»Der im Keller? Woher wissen Sie, dass er eine... «

»Was für eine Pistole?«

»Eine deutsche Mauser, Sir.«

»Sehr gut« Tom lehnte sich zufrieden in seinen Sessel zurück. »Bringen Sie beide Waffen sofort zum Yard. Holen Sie den Sachverständigen aus dem Bett, wenn es nötig ist. Ich muss sofort wissen, ob aus diesen Pistolen die Schüsse auf Gary Mason und Michael Collins abgegeben worden sind.«

Karin Lund tupfte sich mit einer Ecke des Tischtuches die Tränen aus den Augen. »Entschuldigen Sie, es war dumm von mir.« Sie versuchte zu lächeln. »Aber das alles, die Toten, meine Schwester – und jetzt Julia Wilding...«

»Sie wussten nicht, dass Julia Wilding sich hier Connie Halliday nannte?«, fragte Michael behutsam.

»Nein, das wusste ich nicht. Sonst hätte ich doch gesagt, dass ich sie kenne, als Sie heute den Namen nannten.«

Der Inspektor drückte seine Zigarette aus. »Weil wir gerade dabei sind, Miss Lund, wir wurden vorhin unterbrochen...«

»Sie wollen wissen, wie ich hierher gekommen bin? Das ist ganz einfach: Julia Wilding hat mich hergebracht.«

»Wie bitte?«, fragte Parker verblüfft. »Miss Wilding?

Heute Mittag?«

»Ja. Sie ist mir nachgefahren. Heimlich. Ich wusste nichts davon. Sie wollte wissen, ob ich verfolgt wurde.«

»Augenblick«, sagte Michael. »Miss Wilding hat Sie am Morgen nicht abgeholt, obwohl das verabredet war. Sie sind allein zum Bahnhof Piccadilly gekommen. Aber Miss Wilding ist Ihnen gefolgt?«

»Sie ist mir gefolgt, ja. Sie hat gesehen, dass zwei Männer in einem Auto hinter uns fuhren. Zu Ihrer Wohnung, Michael. Sie hat sie vor dem Haus warten sehen. Dann ist einer weggegangen und hat telefoniert. Von einer Zelle aus. Der andere blieb vor dem Haus. Kann ich eine Zigarette haben, bitte?«

Sie blies den Rauch zur Decke. »Als Sie fort waren, Michael, klingelte es plötzlich. Ich habe mich nicht gerührt. Da hat sie durch die Tür gerufen.«

»Julia Wilding?«

»Sie hat gerufen, ja. Ich habe ihre Stimme erkannt und aufgemacht. Sie hat gefragt, ob Sie einen Anruf bekommen hätten. Ich habe ihr erzählt, was ich wusste.«

»Was hat sie darauf gesagt?«

»Dass sie sich das gedacht hat. Dann hat sie mir von den zwei Männern vor dem Haus erzählt. Sie war sicher, dass die beiden Sie weggelockt hatten und gleich kommen würden. Ich habe ihr geglaubt. Wir haben an der Tür gelauscht. Dann kamen leise Schritte die Treppe herauf…«

»Chef?«

»Was ist denn, Sergeant?«, fragte Tom Parker unwillig.

»Antwort vom Yard. Die Fingerabdrücke. Der Mann im Keller ist in der Kartei. Er hieß schlicht und einfach Joe Smith. Zwei Mal wegen Messerstecherei, ein Mal wegen illegalem Waffenbesitz und ein Mal wegen Rauschgifthandel vorbestraft.«

»Danke. Das ist alles?«

»Vorläufig, ja. Den Schusswaffenmann haben wir aus dem Bett geklingelt. Er hat nicht schlecht geflucht. Aber er ist auf dem Weg zum Yard.«

»Schön.«

Der Inspektor wandte sich wieder an Karin. »Also, es kam jemand die Treppe herauf?«

»Zwei Männer. Vor der Tür blieben sie stehen. Wir hörten sie flüstern. Dann knackte es im Schloss. Wir sind auf Zehenspitzen ins Zimmer geschlichen. Ich hatte solche Angst, weil ich eine Zigarette angesteckt und sie dann einfach vergessen hatte.«

»Die habe ich gefunden«, bestätigte Michael.

»Sie hat kein Loch in den Tisch gebrannt? Es fiel mir nachträglich ein.«

»Sie lag ganz richtig im Aschenbecher«, beruhigte er sie lächelnd. »Aber was haben Sie dann gemacht?«

»Wir sind durchs Fenster auf die Feuertreppe gestiegen und von dort in den Hof. Es war niemand da, der uns gesehen hat.«

Michael warf Tom einen Blick zu. »Und dann?«

»Dann hat Miss Wilding mich hierher gebracht. Mister Vorse hat mich sehr freundlich aufgenommen und mir oben das Gästezimmer gegeben.«

»Was hat sie zu ihm gesagt?«, fragte Michael gespannt. »Ich meine: Welchem Grund hat sie ihm genannt?«

»Dafür, dass sie mich mitgebracht hat? Ganz einfach. Sie hat...«

»Inspektor?« Es war der Arzt. »Einen Augenblick nur. Ich bin an sich fertig. Aber mir fiel etwas auf...«

»Was denn, Doktor? Bitte, nehmen Sie doch Platz.«

»Nein, danke. Muss schließlich auch mal nach Hause. Das war ein langer Tag heute. Also, was ich sagen wollte: Wir haben doch in diesem Fall bisher drei Ersto-

122

chene. Ich habe sie alle gesehen. Drei saubere Herzstiche – oh, pardon«, unterbrach er sich, als Karin eine heftige Bewegung machte. »Verzeihen Sie, man redet so daher... Also, ich wollte sagen: Nicht nur die Lage der Wunden ist ähnlich, auch die Waffe kann – ich sage kann – in allen drei Fällen die gleiche gewesen sein. Ich muss morgen noch einmal meine Notizen vergleichen, aber ich glaube nicht, dass ich mich irre. Sagt Ihnen das etwas?«

»Sehr viel sogar. Herzlichen Dank, Doktor, und gute Nacht.«

Als der Arzt gegangen war, sagte Parker zu Karin: »Jetzt werden wir hoffentlich Ihren Bericht zu Ende hören können. Mister Vorse hat Sie also freundlich aufgenommen und Miss Wilding... Moment, wie hat er sie genannt? Hat er Miss Halliday oder Miss Wilding zu ihr gesagt?«

»Er hat sie Julia genannt und sie ihn Victor.«

»Das kann doch nicht – aber natürlich, wenn sie es sagen...«

Der Inspektor schien völlig verwirrt. Michael nahm ihm die nächste Frage ab. »Was für einen Grund hat Miss Wilding ihm dafür angegeben, dass sie Sie mitbrachte?«

»Das wollte ich vorhin schon erklären, als der Arzt kam, Sie hat Mister Vorse die Wahrheit gesagt. Von den beiden Männern vor Ihrem Haus und dass wir hierher geflohen sind. Alles.«

»Und was hat er dazu gesagt?«

»Er hat geflucht«, sagte die Schwedin. »Ich habe nicht alle Worte verstanden, aber der Ton war deutlich. Dann haben sie gestritten.«

»Ihretwegen?«

»Nein. Sie wollte fortgehen. Ich weiß nicht, wohin. Er wollte sie nicht gehen lassen. Ich war in einem anderen Zimmer, aber ich habe gehört, wie er sagte: zu gefährlich. Aber dann ist sie doch gegangen.«

»Leider. Aber wie ging es weiter?«

»Ich bin oben im Zimmer geblieben. Den ganzen Tag war Musik im Haus. Es ist ja eine Tanzschule. Abends wurde es ruhig. Später klopfte Mister Vorse und sagte, er müsste noch einmal fort.«

»Wohin?«

»Das hat er nicht gesagt.«

»Was machte er für einen Eindruck?«, fragte der Inspektor dazwischen.

»Er war sehr aufgeregt. Er konnte die Hände nicht still halten und sprach sehr hastig. Ich glaube, er machte sich Sorgen um Miss Wilding.«

Karin unterbrach sich und sah zur Tür.

»Sergeant?«, fragte Parker.

»Der Fotograf und die Spurensicherer, Sir. Sie sind hier unten fast fertig. Nur dieses Zimmer hier...«

Der Inspektor stand auf. »Tja, dann müssen wir wohl. Am besten gehen wir nach oben in Ihr Zimmer, Miss Lund.«

»Sind da nicht auch Spuren?«, fragte sie.

»Richtig. Was sind denn sonst noch für Räume oben?«

»Neben meinem Zimmer ist das Büro.«

»Na, das reicht schließlich auch für uns. Also – gehen wir.«

Sie stiegen die Treppe hinauf. Oben blieb der Inspektor stehen und wartete auf Karin.

»Wo ist das Büro?«, fragte er. »Links das erste Zimmer.«

Michael ging voraus. Plötzlich blieb er stehen. »Da ist aber schon jemand drin, Tom.«

Das Klappern der Schreibmaschine war nicht zu überhören.

»Vielleicht macht jemand eine Schriftprobe von der Maschine«, sagte Parker. »Mal sehen.«

Er klinkte die Tür auf.

Der Mann an der Schreibmaschine saß mit dem Rücken zur Tür. Jetzt drehte er sich langsam um. Es war Ben Dickens.

9

Sie standen in der offenen Tür. Vorne Inspektor Parker, hinter ihm Karin Lund und Michael Collins. Vor ihnen, an der Schreibmaschine, saß Ben Dickens.

»Hallo, kommen Sie rein!«, sagte er und stand auf. »'n Abend, Michael, 'n Abend, Inspektor. Würde mich bitte jemand Miss Lund vorstellen?«

Tom zog hörbar die Luft ein. Bevor er etwas sagen konnte, legte ihm Michael die Hand auf die Schulter und schob sich an ihm vorbei. »Karin, dies ist Ben Dickens. Polizeireporter des *Evening Comet*. Der Mann, den ich zur Zeit vertrete.«

Der Inspektor stand noch immer an der Tür. »Er fürchtet, dass Ben ihm durch die Lappen geht«, dachte Michael.

»Setz dich her, Tom«, sagte er. »Dein Mann kann uns nicht entgehen.« Er schob ihm einen Stuhl hin. Tom setzte sich, ohne Ben Dickens aus den Augen zu lassen. Sekunden später sprang er auf. »Was ist das unten für ein Lärm?«

Er ging hinaus. Sie hörten ihn die Treppe hinunterlaufen. Stimmen klangen herauf. Jemand protestierte mit lauter Stimme. Dann hörten sie den Sergeant sagen: »Er ist draußen rumgeschlichen.«

»Ich verbitte mir...«, rief der andere. Der Rest seiner Worte ging in einem erregten Stimmengewirr unter. Dann näherten sich Schritte. »Bitte nach Ihnen«, sagte der Inspektor vor der Tür.

Auf der Schwelle stand Victor Vorse. Die Haare hingen ihm wirr ins Gesicht. Seine Krawatte war verrutscht.

Er begrüßte Karin Lund, nickte den beiden Männern kurz zu und setzte sich dann auf die Kante des Schreibtisches.

Draußen vor der Tür gab Tom Parker dem Sergeant mit leiser Stimme Anweisungen. Michael stand auf und ging zu ihm. Er nahm ihn beim Arm und zog ihn auf die Seite. »Tom, es fehlt noch jemand.«

Parker sah ihn fragend an.

»Tony fehlt«, fuhr Michael fort. »Kannst du ihn herbringen lassen? Er ist ein wichtiger Zeuge, glaube ich.«

»Aber ich verstehe nicht...«

»Ich kann jetzt keine langen Reden halten«, unterbrach ihn Michael. »Aber wir kennen uns doch lange genug. Glaube mir bitte: Es ist nötig. Um den Mörder zu überführen.«

Ben Dickens war der einzige, der sich offensichtlich wohl zu fühlen schien. Gelassen erwiderte er Michaels Blick. Den anderen, selbst dem Inspektor, schien es allen unbehaglich zumute zu sein.

»Miss Lund«, sagte Vorse heiser. »Wenn Sie hinter sich in den Schrank greifen, da steht eine Flasche Whisky. Gläser sind auch da. Haben Sie? Wenn jemand Eis möchte, dann müssten Sie es unten aus dem Kühlschrank holen. Ich würde es selbst machen, aber ich bin ja offenbar verhaftet.«

Karin holte Eis und schenkte ein. Sie bemühte sich, dabei freundlich zu lächeln. Dennoch war die Spannung im Raum bedrückend.

Vorse hob sein Glas. Sie nickten sich stumm zu und tranken. Während sie die Gläser absetzten, klopfte es. Der Sergeant steckte den Kopf durch die Tür.

»Inspektor, ich habe den Schusswaffenmann am Apparat. Er sagt, es ist das gleiche Kaliber wie bei den Überfällen. Mit großer Wahrscheinlichkeit dieselben Waffen. Ob Ihnen das genügt oder ob er weitermachen muss?«

»Danke, das reicht«, sagte Parker. »Die anderen Tests kann er morgen machen.«

Als die Tür sich hinter dem Sergeant geschlossen hatte, ergriff Michael das Wort. »Als wir vorhin unterbrochen wurden, war Miss Lund gerade dabei, uns zu schildern, was sie heute Nacht in diesem Haus erlebt hat. Ich glaube, wir sollten ihren Bericht erst einmal zu Ende hören. Karin, Sie hatten uns erzählt. dass Mister Vorse sich von Ihnen verabschiedet hat. Sie hörten unten die Haustür gehen und einen Wagen anfahren. Was war dann?«

Karin Lund strich sich die Haare aus der Stirn. »Ich saß im Dunkeln«, sagte sie. »Das hatte ich mit Mister Vorse so verabredet. Es sollte ja niemand merken, dass ich hier war. Dann hörte ich ein Geräusch.«

»Draußen?«, fragte Michael gespannt.

»Nein, im Haus. Ich hatte Angst. Ich wollte das Licht einschalten. Aber es ging nicht.«

»Die Hauptsicherung wird ausgedreht gewesen sein«, vermutete Inspektor Parker.

»Dann war jemand an meiner Tür«, sagte Karin. Ihre Stimme zitterte. »Ich hatte nicht abgeschlossen. Ich spürte den Luftzug, als der Mann ins Zimmer kam. Ich wollte um Hilfe rufen, aber ich brachte vor Angst keinen Ton heraus. Und es war ja auch niemand im Haus, der mich hören konnte.«

Michael beobachtete die Gesichter von Victor Vorse und Ben Dickens. »Ich habe den Aschenbecher nach ihm geworfen«, berichtete Karin weiter. »Ich glaube nicht, dass ich ihn getroffen habe. Aber dann begriff ich plötzlich, dass er ja auch nicht besser sehen konnte als ich. Da bin ich an ihm vorbeigehuscht und zur Tür hinaus. Er war hinter mir. Als ich am unteren Ende der Treppe war, habe ich seine Hände an meinem Hals gespürt. Da habe ich geschrien und um mich geschlagen. Ich bin von ihm losgekommen und in die erste Tür gerannt, die ich finden konnte. Es war die Tür zur Kellertreppe. Umkehren konnte ich nicht. Da bin ich leise hinuntergeschlichen und habe mich versteckt. Ich dachte, er würde mich nicht finden. Aber unten bin ich gestolpert. Er hat es gehört und kam hinter mir her.«

Alle Augen waren gespannt auf sie gerichtet. Sogar Ben Dickens schien neugierig zu sein, was sie jetzt sagen wurde.

»Ich stand ganz in die Ecke gedrückt«, sagte sie. »Ich hörte seinen Atem. Dann war er wieder an der Tür. Ich glaube, er wollte Licht machen, weil er mich im Dunkeln nicht fand.«

»Aber die Sicherung«, unterbrach sie der Inspektor.

»Muss er wieder hineingedreht haben, bevor er Miss Lund in den Keller folgte«, sagte Michael. »Bitte, erzählen Sie weiter.«

»Vielleicht wollte er Licht machen«, fuhr Karin fort. »Ich weiß nicht. Jedenfalls ist er an der Tür mit dem anderen Mann zusammengestoßen. Sie schlugen sich.«

»Das warst du, Michael?«, fragte Parker.

Michael schüttelte den Kopf. »Ich glaube nicht Karin, zwischendurch ging doch die Tür auf, und ein Lichtschein fiel in den Keller. War das vor oder nach dem Kampf zwischen den beiden Männern?«

»Vorher«, sagte sie.

»Also waren zwei Männer mit Ihnen im Keller, bevor ich kam?«

»Ja.«

Parker beugte sich vor. »Sie wissen nicht, wer der andere war?«

»Ich weiß von beiden nicht, wer sie waren. Es war doch dunkel. Und Michaels Taschenlampe ging doch gleich kaputt. Ich merkte nur, dass noch jemand kam.

Dann packte mich jemand. Ich bin fast gestorben vor Schreck. Bis ich Michaels Stimme erkannte. Ja, und dann wurde es plötzlich hell...«

»Und ich stand in der Tür«, ergänzte Ben Dickens. »Mit einem Messer in der Hand. Du hast es doch schon dem Inspektor erzählt, Michael.«

Der nickte. »Selbstverständlich. Aber ich glaube, das letzte Mitglied unserer illustren Versammlung kommt.«

In der Tür erschien, schwer auf zwei Polizisten gestützt, Tony Argento, der Wirt aus der Osteria. Dickens warf Michael einen überraschten Blick zu. »Alle Achtung«, sagte er leise.

Michael antwortete ihm nicht. Er wandte sich an Vorse: »Mister Vorse, haben Sie einen schönen, bequemen Sessel für unseren Verwundeten?«

»Nebenan«, knurrte Vorse. Es war ihm anzusehen, dass er sich lieber die Zunge abgebissen hätte, als das zu sagen.

Einer der Polizisten holte den Sessel. Tony versank darin. Er schien darauf gewartet zu haben wie auf ein Stichwort. »Ich werde mich über Sie beschweren, Inspektor«, rief er mit klagender Stimme. »Ich bin ein kranker Mann. Sie können mich nicht mitten in der Nacht in London umherschleppen lassen. Ich werde Ihre Vorgesetzten davon...«

»Nehmen Sie den Whisky mit oder ohne Soda?«, unterbrach ihn Michael sachlich.

Tony war so verblüfft, dass er darauf einging. »Mit viel Soda, bitte«, sagte er. Dann kniff er die Lippen zusammen und schwieg. Sein Auftritt war verpatzt.

Tom Parker sah zu Michael hinüber. Er wusste nicht recht, wie er anfangen sollte. Diese »Versammlung«, wie der Freund sie genannt hatte, war nicht seine Idee. Michael nickte ihm verstohlen zu. »Fang an«, hieß das. »Ich helfe dir dann.«

130

»Also gut«, sagte der Inspektor. »Mister Vorse: Als Sie heute gegen Mitternacht das Haus verließen, haben Sie da die Tür hinter sich abgeschlossen?«

»Ja.«

»Sie haben ein gutes Sicherheitsschloss an der Tür, nicht wahr?«

»Ja.«

Vorses Stimme klang schroff.

»Sie haben auch die Tür zum Garten geschlossen?«

»Ja.«

»Wie erklären Sie sich dann«, ließ der Inspektor die Falle zuschnappen, »dass wenige Minuten nach Ihrem Weggehen Miss Lund in Ihrem Zimmer überfallen wurde? Wie erklären Sie, dass zur gleichen Zeit bereits beide Türen offen waren?«

Vorse sah ihn mit verkniffenem Gesicht an. »Sind die Türen beschädigt?«, fragte er. »Dann«, sagte Vorse, und seine Stimme klang merkwürdig unsicher, »dann – mein Gott, dann hat jemand die Schlüssel für die Haustür gehabt.« Er griff in die Tasche. Tom Parkers Hand verschwand unter dem Jackett.

Aber Vorse zog nur einen Schlüsselbund heraus und warf ihn auf den Tisch. »Da. Das ist meiner. Es gibt nur noch einen zweiten.«

Dann stand er mit einem Satz vor Tony Argento und schmetterte ihm die Faust ins Gesicht. Drei, vier Mal. Bis Inspektor Parker ihm mit einem Polizeigriff den Arm auf den Rücken drehte und den Keuchenden in die entgegengesetzte Ecke des Zimmers stieß.

»Noch einmal, dann lasse ich Ihnen Handschellen anlegen«, verwarnte er ihn.

Parker öffnete die Tür. Er sprach kurz mit den beiden Beamten, die draußen stehengeblieben waren. Einer von ihnen ging fort und kam gleich darauf mit einem Schlüsselbund wieder.

Parker schloss die Tür und ging auf Vorse zu. »Ist dies der andere Schlüsselbund?«

Obwohl Vorse im Schatten stand, glaubte Michael zu sehen, wie er blass wurde.

»Ja, das ist er«, sagte er schließlich mühsam.

Der Inspektor legte die Schlüssel zu den anderen. Dann wandte er sich an Tony Argento, der ihn mit aufquellenden Lippen verzerrt anlächelte.

»Alles in Ordnung, Tony?«

Der Wirt schüttelte den Kopf. »Mir – ist nicht gut«, sagte er schwach. »Wenn ich einen Augenblick ans Fenster gehen darf... «

Er stand mühsam auf und machte zwei Schritte auf das Fenster zu. Sein Fuß verfing sich in der Schnur der Stehlampe.

In diesem Augenblick geschah es. Vorse sprang förmlich vorwärts. Blitzschnell stand er neben der Tür und kippte den Lichtschalter hoch. Im gleichen Moment, als die Stehlampe erlosch, flammte die Deckenbeleuchtung auf. Sie beleuchtete Vorse, der mit dem Rücken zur Tür stand, die Fäuste kampfbereit erhoben.

Zugleich glitt Ben Dickens von seinem Stuhl hoch. In der Hand hielt er einen geschliffenen Brieföffner. Die Spitze zeigte auf Argento. »Nicht durchs Fenster, Tony«, sagte er spöttisch.

 Michael bremste den Schwung, mit dem er sich auf den Wirt werfen wollte. Stattdessen packte er Argento an beiden Armen und stieß ihn in den Sessel zurück.

Das alles ging so blitzschnell, dass Tom Parker völlig überrascht wurde. Dennoch verlor er den Überblick nicht. »Danke«, sagte er trocken. »Auch wenn es nicht nötig war. Draußen vor dem Fenster stehen nämlich auch zwei Polizisten. Genau wie vor der Tür. Nur ein Selbstmörder könnte versuchen, da rauszukommen.«

»Oder ein Mörder«, stellte Michael fest. »Nicht wahr,

Argento?«

»Sie sind verrückt.« Der Wirt schnellte mit erstaunlicher Gewandtheit hoch. Ein Schritt...

Weiter kam er nicht. Michael legte in den rechten Haken alle Erbitterung der letzten Tage. Halb betäubt fiel Argento in den Sessel zurück und starrte die Männer aus glasigen Augen an.

Parker riss die Tür auf. »Handschellen«, befahl er und zeigte auf den Wirt. »Und bleiben Sie hier drinnen. An der Tür, Mister Vorse.« Aber der ging schon freiwillig auf seinen Platz zurück.

»So, Michael«, sagte der Inspektor, »und jetzt darf ich dich wohl um eine Erklärung bitten.«

»Gern. Du wirst vor allem wissen wollen, wie ich darauf gekommen bin, dass Argento unser Mörder – beziehungsweise der Anstifter ist. Ganz begriffen habe ich es erst hier im Zimmer. Da fügten sich die Stücke auf einmal zusammen wie ein Mosaik. Aber angefangen hat es früher. Wann, Vorse?«

»Vor anderthalb Jahren«, sagte Victor Vorse, »als Tony auf die Idee kam, den Rauschgiftschmuggel zu organisieren.«

»Es war seine Idee, das Zeug durch Luftstewardessen ins Land bringen zu lassen?«, fragte Michael.

»Ja. Er kannte drei, die immer bei ihm aßen, wenn sie in London waren. Die hat er überredet. Von da an durften sie natürlich nicht mehr bei ihm gesehen werden.«

»Deshalb suchte er jemanden, zu dem die Mädchen regelmäßig gehen konnten, ohne dass es auffiel«, stellte Michael fest. »Eine Tanzschule war dafür ideal, nicht wahr? Die Mädchen brachten Ihnen das Rauschgift. Wer holte es ab? Argento selbst?«

»Einer seiner Leute. Entweder der Ire, O'Connor heißt er, oder Smith.«

»Smith ist tot«, sagte Michael schnell. »Der andere hat einen Lungenschuss.«

»Dann ist die Bande aufgeflogen«, sagte Vorse nüchtern. »Gut so.«

»Aber ich...«

»Mister Vorse«, unterbrach ihn der Inspektor, »was Sie hier aussagen, werden Sie vor Gericht verantworten müssen...«

»Danke für die Warnung, Inspektor.« Vorse sah auf seine verkrampften Hände hinunter. »Aber jetzt ist sowieso alles egal.«

»Außerdem werdet ihr ihn als Kronzeugen brauchen«, erinnerte Michael.

»Das allerdings«, gab Parker zu. »Sehr schlimm kann es nicht werden für ihn. Sprechen Sie weiter, Verse. Eine der Stewardessen war Birgit Lund, nicht wahr?«

Michael setzte sich neben Karin und legte den Arm um ihre Schulter. Vorse folgte ihm mit den Augen.

»Birgit war ein prächtiger Kerl«, sagte er. »Sicher, sie war verrückt nach Geld, wollte es mit Gewalt zu etwas bringen. Pelze, Schmuck, schöne Kleider. Erfolg haben. Aber sonst war sie in Ordnung. Wir sind öfters zusammen ausgegangen. Groß ausgegangen. Wir hatten ja Geld. Dann kam Julia. Bei mir war es so was wie Liebe auf den ersten Blick. Na, und bei ihr wohl auch. Aber eingestanden haben wir es uns erst viel später. Zuerst kannte ich sie nur als Tanzlehrerin Connie Halliday. Aber als es dann mit uns ernst wurde, hat sie mir die Wahrheit gesagt. Dass sie in Wirklichkeit Julia Wilding hieß. Dass sie Privatdetektivin war und für Birgits Schwester arbeitete. Ich habe ihr versprochen, dass ich nie mehr was mit Rauschgift zu tun haben würde. Das habe ich auch gehalten.«

Er sah auf. »Tony hat mir gedroht. Ich habe ihn nur ausgelacht. Er konnte mich nicht zwingen, weiterzumachen. Ich habe auch Birgit gewarnt. Deshalb hatte nur sie kein Rauschgift bei sich, als die Kontrolle kam. Birgit habe ich auch nachher noch getroffen. Sie wollte auch nicht mehr. Aber sie hatte Angst vor Tony. Bis ihre Schwester kam. Da sagte sie ihm endgültig: Es ist aus.«

»Haben Sie Miss Wilding von Tony erzählt?«, fragte Parker.

»Nie. Sie hat es geahnt. Aber gesagt habe ich ihr nichts. Ich wollte, dass sie draußen blieb.«

»Aber sie hat trotzdem nicht aufgegeben?«

»Es ließ ihr keine Ruhe. Sie liebte mich. Aber sie liebte auch ihre Arbeit. Und sie wollte Karin Lund helfen. Das konnte nicht gutgehen. Als sie heute Abend nicht zurückkam, habe ich mir vorgenommen, Schluss zu machen. Nicht mit ihr – mit der Ungewissheit. Ich rief im Yard an. Der Mann in der Zentrale sagte mir, Sie wären im Haus, Inspektor. Deshalb fuhr ich hin.«

»Als Sie hinkamen, war ich fort, ja? Sie haben auf mich gewartet?«

»Eine halbe Stunde vielleicht. Dann hörte ich zwei Beamte von einem neuen Mord sprechen. An einer Frau. Ich bin sofort hergefahren. Es konnte ja nur Miss Lund oder – oder Julia sein. Als ich Miss Lund hier sitzen sah, ahnte ich, dass Julia tot war. Aber ich wollte es nicht glauben. Bis ich begriff, dass die Bande Julias Schlüssel hatte.«

»Wer hat die Morde begangen?«, fragte Parker.

Ben Dickens drehte sich auf seinem Stuhl herum. »Die Frage werde besser ich beantworten«, sagte er. »Sie wissen, dass ich seit fünfundzwanzig Jahren Polizeireporter bin. Das ist eine lange Zeit, wenn man ein gutes Gedächtnis – und ein gutes Archiv hat. Ich habe Tony Argento das erste Mal gesehen, als er vor achtzehn Jahren ins Zuchthaus kam. Er hatte seine Freundin erstochen.«

Der Wirt bewegte sich in seinem Sessel. Dickens beachtete ihn nicht. »Leider war ihm keine Mordabsicht nachzuweisen. Er kam mit Totschlag davon. Als er wieder frei war, machte er das Lokal auf. Ich habe mich nicht weiter um ihn gekümmert. Bis mir auffiel, dass so viele Süchtige bei ihm verkehrten. Darunter Gary Mason. Er wurde erschossen – in Gegenwart von Karin Lund. Das war für mich eine Sensation, denn ich wusste, dass Karins Schwester Birgit mit Tony in Verbindung stand, also mit Masons Morphiumlieferanten. Der Fall interessierte mich so sehr, dass ich Urlaub nahm, um mich ganz darauf zu konzentrieren. Ich muss zugeben, dass ich noch ein anderes Motiv hatte. Da saß nämlich bei mir in der Redaktion ein junger Mann, der glaubte, er wäre ein besserer Polizeireporter als ich – wenn ihn nur jemand ranlassen würde an die Arbeit. Nichts für ungut, Michael, aber ich fand, du solltest dir an dem Fall ruhig mal die Zähne ausbeißen.«

Michael lächelte. »Und außerdem wolltest du dem vorlauten jungen Mann mal zeigen, wie man so einen Fall löst...«

»Auch das. Leider kam ich zu spät darauf, weshalb Gary Mason sterben musste. Sonst wären die anderen Morde nicht passiert. Tony konnte Mason nicht mehr beliefern, weil die Mädchen ausgefallen waren. Mason versuchte, ihn zu erpressen. Er wollte seinen Stoff. Er wusste alles, auch über Birgit Lund. Wahrscheinlich hat er gedroht, alles ihrer Schwester zu sagen, die er vom Film her kannte.«

Karin hob den Kopf von Michaels Schulter. »Ach, deshalb hat er versucht, heimlich mit mir zu sprechen. Ich bin ihm ausgewichen. Er war so unheimlich. Wie im Fieber.«

»Der Stoff fehlte ihm«, sagte Ben.

»Jedenfalls hat Tony ihn beobachten lassen. Als er

136

gefährlich wurde – Peng! Wer war es übrigens?«

»Die Kugeln stammten aus der Pistole von Smith«, sagte der Inspektor. »Aber was war mit Birgit Lund? Und mit Howard?«

»Das weiß ich seit heute. Seit ich auf den Gedanken kam, nachzusehen, wem das Haus gehört. Es gehört Tony Argento. Howard war sein Helfer. Er bespitzelte Birgit, der Tony selbst die Wohnung verschafft hatte. Nicht wahr. Tony?«

Argento richtete sich auf. »Ich habe das läppische Gerede satt«, sagte er heiser. »Nichts ist wahr. Ihr lügt alle. Birgit Lund...«

»Haben Sie selbst erstochen«, sagte Ben scharf.

»Das ist eine Lüge!«, schrie Argento. »Smith und O'Connor haben alles allein gemacht.«

Dickens sah ihn kalt an. »Und wer hat sich heute Nachmittag mit den beiden getroffen? Wer hat ihnen das Messer in die Hand gedrückt, mit dem er ein paar Stunden vorher Julia Wilding getötet hatte? Wer hat ihnen den Auftrag gegeben, mit diesem Messer Karin Lund zu erstechen, während er im Krankenhaus lag?«

Argento starrte ihn an wie eine Erscheinung. Seine verquollenen Lippen zitterten. Michael begriff, dass Ben Dickens nur geblufft hatte. Er stieß nach, bevor Argento sich fassen konnte.

»Howard hat gestanden«, sagte er. »Er weiß, dass Sie Birgit Lund und Julia Wilding ermordet haben. Er will nichts damit zu tun haben. Der Mörder sind Sie, Argento!«

Der Wirt hob die gefesselten Hände an den Kopf.

»Die Feiglinge haben mich verraten«, sagte er heiser. Dann sagte er plötzlich: »Ja, es ist wahr. Es ist alles wahr. Und jetzt schafft mich weg. Schnell.«

Der Inspektor holte die beiden Polizisten herein. »Abführen!«, befahl er.

Dann drehte er sich zu Dickens um. »Haben Sie sich das eben alles ausgedacht?«

Ben schüttelte den Kopf. »Nicht ganz. Einiges wusste ich. Jedenfalls hörte ich am Nachmittag, dass Argento in der Stadt war und sich mit Smith und O'Connor getroffen hatte. Er war schon wieder weg. Da bin ich den beiden gefolgt. Bis hierher ins Haus.«

»Wo du gerade zurechtkamst, um Karin das Leben zu retten«, sagte Michael.

»Wir beide«, sagte Ben lächelnd. »Du und ich. Du hast den Gangster...«

»Smith«, ergänzte der Inspektor, »... an der Tür abgefangen«, beendete Ben seinen Satz. »Er verlor sein Messer dabei…«

»Natürlich«, erinnerte sich Michael. »Ich hörte etwas fallen. Und du hast das Messer aufgehoben?«

»Zum Glück. Dann machte ich Licht. Du sahst mich und warst jetzt endgültig überzeugt, dass ich der Mörder war. Ja, schäm dich ruhig. Jedenfalls war dann jemand oben am Fenster.«

»O'Connor«, sagte der Inspektor. »Natürlich. Ich dachte, er würde schießen. Deshalb machte ich das Licht aus. Aber er warf eine Handgranate. Ich wollte euch warnen, aber ihr wart schon draußen. An der Treppe bin ich dann noch einmal auf Smith gestoßen. Das war sein Pech. Diesmal hatte ich das Messer.«

Parker nickte. »Einwandfrei Notwehr. Aber die Handgranate in der Osteria? Sollte das auch ein Alibi für Argento sein?«

»Sicher«, sagte Michael. »Wahrscheinlich sollte sie hinter die Theke fallen. Stattdessen prallte sie dagegen und kam zurückgerollt.«

»Das wäre soweit klar«, sagte der Inspektor zufrieden. »Aber mit Ihnen muss ich noch etwas besprechen, Mister Vorse. Sie müssen sich selbstverständlich zu unserer Verfügung halten...«

Er zog ihn in eine Ecke und sprach leise mit ihm.

Michael sah Karin an. »Etwas möchte ich noch wissen«, sagte er. »Wenn du – Verzeihung, wenn Sie…«

Sie sah ihn mit großen Augen erwartungsvoll an.

Er suchte nach Worten.

Das Klappern der Schreibmaschine unterbrach ihn. »Was schreibst du denn da, Ben?«

»Den Bericht für den *Comet*«, sagte Ben ohne sich umzusehen.

»Machst du keinen Urlaub mehr?« Ben Dickens drehte seinen Stuhl herum und blickte die beiden jungen Leute an.

»Den Urlaub muss ich leider abbrechen«, sagte er mit gespieltem Bedauern. »Wie ich sehe, bist du mit wichtigeren Dingen beschäftigt. Außerdem bin schließlich *ich* der Polizeireporter des *Comet.*«

»War ich so schlecht?«, fragte Michael.

Ben feixte über das ganze Gesicht. »Das nicht. Aber du wirst trotzdem beim Film bleiben müssen. Ich glaube nicht, dass Miss Lund einen Mann haben will, der hinter Mördern herläuft – statt bei ihr zu sein.« Er drehte sich um und schrieb gleich darauf weiter.

Karins Ohren brannten, so rot war sie geworden. »Er hat recht«, sagte sie leise. »Du wirst beim Film bleiben müssen.«

ENDE

Francis Durbridge
DER MANN,
DER DAS QUIZ GEWANN

Kriminalroman
aus dem Englischen übersetzt von
Dr. Georg Pagitz

Die handelnden Personen:

Michael Lance	Journalist
Jack Gaylord	Kriminalinspektor
Carel Helvin	Schauspielerin
Victor Vorse	Tanzschulbetreiber
Connie Halliday	Tanzschullehrerin
Paula Helvin	Schwester von Carel
Bert Howard	Hausmeister
Mrs. Prothero	Vermieterin

Die Handlung spielt in London im Jahr 1955.

1

Michael Lance schob seinen weichen Filzhut ein paar Zentimeter zurück und wartete darauf, dass der Portier die Tore der *Commodore Film Studios* öffnete. »Wie läuft's, Fred?«, fragte er, als das Auto vor dem uniformierten Mann anhielt.

»Sie sind immer noch mit den Dreharbeiten beschäftigt, Mr. Lance. Das schwedische Mädchen hat gestern damit begonnen.«

»Danke für den Tipp, Fred«, antwortete Michael feierlich, löste langsam die Kupplung und lenkte sein Auto auf die größte der Tonbühnen zu. Ein kaum wahrnehmbares Stirnrunzeln zeichnete sich ab, als er versuchte, sich daran zu erinnern, was er über diese neue Schauspielerin gelesen hatte.

Ihr Name war Carel Irgendwie, und nach ihrem Erfolg in einer sensationellen schwedischen Produktion hatte das *Commodore*-Studio ihr eine Nebenrolle in einem aktuellen Monumentalfilm angeboten. Im Stillen machte er sich den Vorwurf, dass er sich nicht an mehr Einzelheiten über das Mädchen erinnern konnte. Das Problem war, dass sein Herz nicht mehr an diesem Job hing – nicht mehr daran, über die glamouröse Unterhaltungsindustrie zu berichten. Fünf Jahre lang tat er dies schon und er brauchte jetzt eine Veränderung. Seine Kolumne über das Showbusiness war ein riesiger Erfolg und daher brachten alle Bitten an den Herausgeber des *Evening Comet*, etwas anderes machen zu können, nichts.

Michael Lance sehnte sich nach den schmutzigen Wahrheiten des Lebens und war ehrlich gesagt gelangweilt von den künstlerischen Extravaganzen, von denen er Woche für Woche berichtete. Eigentlich wollte er schon immer Kriminalreporter werden. Während der drei Jahre, die er in Oxford verbracht hatte, hatte er viel über das Thema Kriminologie gelesen und es faszinierte ihn heute immer noch. Leider gab es jedoch keine freie Stelle für einen Kriminalexperten beim *Evening Comet*. Ein älterer Journalist namens Ben Dickens hatte diesen Job schon über fünfundzwanzig Jahre lang inne und war so fit, dass er diesen noch ein weiteres Vierteljahrhundert gut ausüben konnte. Ben war ein erfahrener Reporter, der nur Fakten verwendete, die ihm von der Polizei zur Verfügung gestellt wurden.

Michael empfand dies als einen altmodischen Ansatz und war der Auffassung, dass ein moderner Kriminalreporter die ganze Phantasie und alle unorthodoxen Methoden eines professionellen Kriminalermittlers in die Arbeit mit einbringen sollte. Er hatte nicht den Wunsch, den *Comet* zu verlassen, da er den Herausgeber mochte und dort auch eine Reihe enger Freunde hatte. Darüber hinaus war sein Job nicht anspruchsvoll, da von ihm nur erwartet wurde, dass er seine wöchentlichen Nachrichten aus der Showwelt und gelegentlich einen Artikel oder eine Reportage ablieferte.

Chester Lyle, der Pressesprecher der Studios, wartete auf Michael und nahm ihn zum Set mit. Dort führte er ein Gespräch mit Harvey Gray, der den Film inszenierte, und machte ein kurzes Interview mit der Hauptdarstellerin Jean Maybury. Er war so mit dem Studioklatsch beschäftigt, dass er die Sache mit der schwedischen Schauspielerin vergaß. Erst als er mit Lyle in die Kantine ging, dachte er wieder daran.

Er sah sie sofort, als er durch die Tür ging. Sie saß allein an einem Ecktisch und sah zu ihm hoch, als er vorbeiging. »Nur eine Minute«, sagte Lyle. »Ich möchte, dass Sie Carel Helvin kennenlernen. Sie hat eine ganz nette kleine Rolle in diesem Film.«

Carel Helvin hob ihre dunkelblauen Augen. »*Ganz klein* stimmt«, sagte sie in einem seltsamen, emotionslosen Ton. »Zwei Szenen und eine Nahaufnahme.«

Lyle zog zwei Stühle von einem nahe gelegenen Tisch hinzu. »Vielleicht können wir uns eine Geschichte über Sie für Mr. Lances Kolumne ausdenken«, schlug er vor.

Das Mädchen zuckte mit den Schultern. »Ich habe Ihnen schon alles berichtet, was es zu erzählen gibt«, sagte sie leise.

Michael war fasziniert. Eine Schauspielerin, die die Öffentlichkeit mied! Das war in der Tat ungewöhnlich. Er stellte ihr eine Reihe von Fragen, auf die sie leise und mit einem geringschätzigen Ton antwortete. Sie zündete sich eine Zigarette an. Als sie ihr Feuerzeug bediente, bemerkte er, dass sie einen ungewöhnlichen Ring trug. Er war ziemlich groß, wirkte aber nicht protzig. Der Kopf eines Falken auf goldenem Hintergrund war darauf zu sehen. Er vermutete, dass er ausländischer Herkunft war.

Als sie ins Studio zurückkehrten, entschuldigte sich Lyle für Carels Verhalten. »Tut mir leid, dass das ein Reinfall war«, sagte er. »Sie hat sich bei den drei anderen Journalisten auch so verhalten. Ich dachte, dass Sie vielleicht mehr Glück hätten, aber offensichtlich ist sie einfach nur dumm.«

»Im Gegenteil«, sagte Michael leise. »Ich glaube, dass sich hinter ihren Augen eine sehr gute Geschichte verbirgt – eine sehr gute Geschichte!«

Er sah sich in dieser Auffassung bestätigt, als er Carel Helvin eine kurze Szene mit Jean Maybury spielen sah. Das schwedische Mädchen ließ den Star wie eine Frischabgängerin aus einer Schauspielschule aussehen.

Jede noch so kleine Bewegung, jedes Zucken des Mundes und jedes Heben der Augen unterstrichen ihre Ausstrahlung und verdoppelten die Intensität ihrer Darstellung. Michael hätte sein Gespräch mit ihr gerne fortgesetzt, aber sobald die Szene vorbei war, ging sie direkt vom Set. Da Lyle darauf bedacht war, dass Michael den männlichen Hauptdarsteller Jeff Dixon interviewte, machte er keinen Versuch, ihr zu nachzugehen.

Nach seiner Rückkehr in die Stadt ging Michael die Standbilder durch, die er aus dem Studio mitgebracht hatte und wählte ein Foto des schwedischen Mädchens mit Jeff Dixon aus. Vorsichtig schnitt er den Mädchenschwarm aus dem Bild aus und schrieb darunter: »Der kommende Star – Carel Helvin.« Er sah sich seine Arbeit mit großer Zufriedenheit an. Das Bild war weitaus effektiver und aussagender als der böseste Klatschartikel.

Er brauchte etwas mehr als eine Stunde, um den Rest seiner Kolumne zu tippen, dann legte er die Abdeckung vorsichtig über seine Schreibmaschine und brachte den Artikel zu Barry Ford, dem Feuilletonredakteur. Wie üblich lutschte Barry ein Pfefferminzbonbon und sah sehr besorgt aus. Er schleuderte Michaels Text in seinen Posteingangskorb, ohne ihn auch nur anzusehen. »Sie sind der Kerl, der seine Chance als Kriminalreporter wahrnehmen wird«, sagte er.

»Davon kann ich doch nur träumen, oder?«, erwiderte Michael.

»Tja, sieht so aus, als ob Ihr Traum in Erfüllung geht. Ben Dickens hatte einen Herzinfarkt und wird mindestens zwei oder drei Wochen nicht da sein. Möchten Sie unter Beweis stellen, dass Sie dieses Metier beherrschen?«

»Natürlich will ich das«, sagte Michael. »Und ich

kann auch meine eigene Kolumne weiterführen, vorausgesetzt, Sie entlasten mich etwas hinsichtlich der täglichen Termine.«

Der Redakteur nickte. »Wir probieren es – sagen wir – eine Woche lang. Wenn es nicht klappen sollte, dann kann ich Ihnen vielleicht noch jemanden zur Unterstützung geben.«

»Passt mir gut«, sagte Michael und sah dabei sehr zufrieden aus.

Barry Ford lächelte, da er wusste, dass dies die Chance war, auf die Michael gewartet hatte. »Ich hoffe, Sie kriegen einen schönen Kriminalfall, Mr. Lance«, sagte er.

Kurz nach elf am nächsten Morgen sah Michael die Morgenausgabe der Zeitung durch. Er war sehr zufrieden mit seiner Kolumne, die ziemlich gut geworden war, besonders mit dem Bild von Carel Helvin.

Er las die Kolumne zum zweiten Mal, als das Telefon klingelte. »Hier spricht Carel Helvin«, sagte eine Stimme am anderen Ende der Leitung. »Ich möchte Ihnen für die hervorragende Publicity danken, die Sie mir gegeben haben.«

»Ich dachte, Sie mögen das nicht«, sagte Michael und lächelte vor sich hin. Das kleine Lachen am anderen Ende ermutigte ihn zu fragen, ob sie aus dem Studio spreche.

»Nein, ich habe bis Dienstag frei.«

»Warum essen Sie dann nicht mit mir zu Mittag?"

»Heute?«

»Die beste Zeit ist immer jetzt, Miss Helvin«, sagte Michael. »Angenommen, wir treffen uns um ein Uhr bei Pinellio?« Sie zögerte einen Moment und nahm dann seine Einladung an.

Michael genoss seine erste »Verabredung« mit Carel Helvin, obwohl diese seltsam zögerlich wirkte, wenn es um persönliche Dinge ging. Abgesehen davon, dass sie allein in einer kleinen Wohnung in Notting Hill Gate lebte, die sie für sechs Monate gemietet hatte, und dass sie nach der Fertigstellung des aktuellen Films keine Pläne hatte, erfuhr er wenig Wichtiges über sie.

Die nächsten zwei Tage konnte Michael Carel Helvin nicht aus dem Kopf bekommen. Plötzlich, aus einem Impuls heraus, rief er in ihrer Wohnung an, um sie einzuladen, mit ihm zu einer Theaterpremiere zu gehen.

Etwas widerwillig ging er jedoch alleine ins Theater. Es war ein musikalisches Stück, das mit romantischen Szenen gespickt war. Da er sich deutlich langweilte, trieb es ihn bei der ersten Gelegenheit in die Bar. Diese war überfüllt mit den üblichen Premierengästen. Michael nippte übellaunig an einem Gin Tonic, als er Carel am anderen Ende der Bar erblickte. Ihr helles Haar fiel locker auf ihre Schultern. Sie trug ein blaues Kleid und sprach lebhaft mit einem stark gebauten Mann im Smoking. Michael bemerkte, dass die Jacke einen Schalkragen und Samtmanschetten hatte. Irgendetwas an seiner Gestik und Mimik sorgte dafür, dass er wie ein Ausländer wirkte.

Michael wunderte sich über sich selbst, als er einen Hauch von Eifersucht verspürte. Er sagte sich, dass dies absurd sei. Er hatte das Mädchen nur zwei Mal gesehen. Außerdem war der Mann wahrscheinlich ihr Agent oder der Manager einer ausländischen Filmfirma.

Er überlegte gerade, ob er zu ihr hingehen sollte. Da ertönte die Glocke und Carel und ihre Begleitung kamen auf ihn zu. Er wartete darauf, dass sie ihn ansah. Als sie auf gleicher Höhe waren, blickte sie plötzlich auf. Zu Michaels Erstaunen drehte sie den Kopf jedoch absichtlich weg und sprach mit ihrem Begleiter weiter. Sie unterhielten sich in einer Sprache, die Michael nicht verstehen konnte. Er beobachtete, wie sie im Foyer verschwanden, dann drehte er sich abrupt um und trank sein Glas aus.

Der Vorfall ließ ihn so verdutzt zurück, dass er große Schwierigkeiten hatte, sich auf den letzten Akt zu konzentrieren. Er hatte sich über Carel Helvin getäuscht. Er hätte schwören können, dass sie nicht die Art von Mädchen war, die eine Zufallsbekanntschaft nach einer Begegnung nicht mehr erkannte.

Er dachte immer noch darüber nach, als er in dieser Nacht im Bett lag und darüber mutmaßte, wer Carels Begleiter gewesen sein könnte. Schließlich fiel er in einen unruhigen und leichten Schlaf. Er träumte, dass Carel ihn Tag und Nacht anrief und dass er sich weigerte, die Anrufe entgegenzunehmen. Plötzlich wachte er erschrocken auf. Das Telefon neben seinem Bett klingelte.

Er blickte auf seine Armbanduhr. Es war vier Uhr dreißig. Sobald er den Hörer abgehoben hatte, hörte er die Stimme von Hammond, dem Nachtredakteur. »Barry Ford hat Ihre Telefonnummer bei mir hinterlassen – er sagte, dass Sie für jeden Kriminalfall, der sich ereignet, zuständig sind.«

»Das ist richtig«, stimmte Michael schläfrig zu.

»Dann fahren Sie zur Ronway Mansions, Junge – das ist in der Bayswater Road.«

»Was ist passiert, Mac?«

»Ein Mädchen wurde ermordet. Weiteres ist noch nicht bekannt. Rufen Sie mich sobald Sie können mit ein paar Zeilen für die Frühausgabe an.«

Michael hatte das Glück, ein vorbeifahrendes Taxi in der Kings Road zu finden und war zehn Minuten später in der Wohnung in der Bayswater Road. In der Eingangshalle stand eine kleine Gruppe bestehend aus Polizisten und Journalisten. Er war überrascht, dort auch einen alten Freund aus Oxford zu sehen.

»Tja, schön«, sagte Kriminalinspektor Jack Gaylord. »Was bringt dich denn zu dieser nächtlichen Stunde hierher, Michael?« Michael und Jack Gaylord hatten während ihrer Zeit in Oxford oft ihre Mitschriften aus der Kriminologie-Vorlesung verglichen. Seit damals trafen sie sich öfters zum Essen oder auf einen Drink. »Das hier wird aber ganz anders als deine Berichterstattung über den neuesten Filmklatsch«, sagte Gaylord ziemlich grimmig, als er in das Schlafzimmer der Wohnung vorausging. »Leider wurde das arme Mädchen so zugerichtet, dass wir sie nicht einmal identifizieren können.«

»Wem gehört denn die Wohnung?«

»Laut dem Hausmeister Bert Howard gehört sie einem Mann namens Eric Shroeman. Er ist geschäftlich in Holland – deshalb war Howard auch so aufgebracht, als er das Mädchen schreien hörte. Die Wohnung hätte eigentlich leer sein sollen. Der Hausmeister verständigte die Kollegen vom Revier. Sie kamen, brachen die Tür auf und fanden sie.«

Er zeigte auf den leblosen Körper auf dem Bett. Ein Handtuch war über das Gesicht des Mädchens geworfen worden und der Inspektor machte keine Anstalten, dieses zu entfernen. »Nun, jetzt weißt du so viel wie wir, Michael«, sagte er, «also kannst du gleich starten und all die Theorien ausprobieren, über die du in Oxford immer so gerne gesprochen hast.«

Michael antwortete nicht. Er hob die linke Hand des Mädchens hoch, untersuchte sie sorgfältig und ließ sie dann leblos auf das Bett fallen. Was den Ring betraf, den das Mädchen trug, gab es keinen Zweifel. »Interessiert es dich, zu erfahren, wer das Mädchen ist?«, fragte er.

»Selbstverständlich«, rief Gaylord, »aber wie zum

Teufel…«

»Ihr Name ist Carel Helvin«, sagte Michael Lance.

Michael lud Gaylord zum Frühstück ein und erzählte ihm alles, was er über Carel Helvin wusste. »Klingt alles sehr mysteriös«, sinnierte Gaylord. »Wir müssen alles tun, um diesen Shroeman zu finden. Ich habe nach Amsterdam telefoniert. Die niederländische Polizei überprüft ihre Akten.«

Michael verabschiedete sich vom Inspektor und kehrte dann zu seinem Schreibtisch zurück. Er begann mit der Arbeit an seinem ersten Kriminalfall. Achtzehn Zigarettenstummel lagen im Aschenbecher, als der Artikel fertig war.

Obwohl er in den nächsten zwei Tagen ständig mit Gaylord in Kontakt stand, hatte Scotland Yard immer noch keine Spur von dem nicht auffindbaren Mr. Shroeman. Michael verbrachte einen ganzen Vormittag im Yard und sah sich Dutzende Fotos durch, in der Hoffnung, den Mann zu finden, den er mit Carel Helvin im Theater gesehen hatte. Ein oder zwei Mal zögerte er bei einem Foto, aber er war sich nicht sicher.

Als er am Ende der Woche seinen Kopf durch die Tür von Barry Fords Büro steckte, um zu sehen, ob es weitere Aufträge gab, winkte ihn der Feuilletonredakteur hinein. »Was ist mit diesem neuen Gesellschaftsspiel im Fernsehen morgen Abend?«, fragte er.

»Du meinst *Geburtsortraten*?«

»Genau. Schreiben Sie ein paar hundert Worte darüber.«

Der Sonntagnachmittag war feucht und neblig. Michael bedauerte es daher nicht, einen Auftrag zu haben, den er erfüllen konnte, ohne das Haus zu verlassen.

Er rief Jack Gaylord an und lud ihn auf einen Drink

ein. Draußen war dichter Nebel und sie zogen die Vorhänge zu. Sie setzten sich mit ihren Getränken vor den Kamin und plauderten über den Mordfall in der Bayswater Road.

Um acht Uhr schaltete Michael den Fernseher ein, um das neue Quiz nicht zu verpassen. Es war gerade rechtzeitig, um zu hören, wie der Moderator das Rateteam vorstellte. Etwa fünfzehn Minuten lang sahen sie schweigend zu. Das neue Spiel war raffiniert und versprach ein Erfolg zu werden.

Nach der Prominentenrunde ging Michael zur Anrichte, um ihre Gläser aufzufüllen. Er schrie auf und drehte sich um, als er den aktuellen Kandidaten auf dem Bildschirm erblickte.

»Was ist los?«, fragte Gaylord.

»Ich könnte schwören, dass ich diesen Mann kenne«, sagte Michael. Während er sprach, machte die Kamera eine plötzliche Nahaufnahme. Es gab keinen Zweifel – der Kandidat war der Mann, den er mit Carel Helvin im Theater gesehen hatte.

2

Als Michael Lance Jack Gaylord sagte, wer der Kandidat sei, zweifelte der Inspektor daran.

»Du hast doch gesagt, dass der Mann im Theater wie ein Ausländer aussah und eine andere Sprache sprach«, argumentierte er. »Dieser Kerl hat keinen Akzent.«

Der Mann, der laut Moderator Victor Vorse hieß, beantwortete die Fragen gekonnt. Nach acht Fragen hatte das Rateteam seine Herkunft auf die Grafschaft Cornwall eingegrenzt, konnte aber seine Heimatstadt, die Fowey war, nicht erraten. »Mr. Victor Vorse ist der erste Kandidat, der unser Rateteam besiegt hat«, verkündete der Juryvorsitzende unter großem Applaus. »Er gewinnt eine unserer besonderen Geburtsortplaketten.« Er überreichte dem erfolgreichen Kandidaten eine Medaille in der Größe eines Frühstückstellers. Vorse verbeugte sich vor dem Rateteam und in Richtung Publikum.

»Ich bin mir sicher, dass das der Mann ist«, erklärte Michael. »Können wir nicht irgendetwas unternehmen?«

»Was schlägst du vor? Schließlich ist es kein Verbrechen, mit einer Frau ins Theater zu gehen, die danach ermordet wird.«

»Könnten wir nicht zum Fernsehstudio fahren und mit ihm sprechen?«

»Bei dem dichten Nebel würden wir niemals rechtzeitig dort ankommen. Nein, ich denke, du solltest die Angelegenheit besser mir überlassen. Die Fernsehleute werden mir seine Adresse geben. Es ist besser, wenn er dich nicht sieht.«

Das Ratespiel ging weiter, aber wie sich herausstellte, war Victor Vorse der einzige erfolgreiche Kandidat. Nachdem Gaylord gegangen war, setzte sich Michael hin, um seine zweihundert Worte über das neue Quiz zu schreiben. Er fand es aber extrem schwierig, sich zu konzentrieren. Wie kam Victor Vorse in das Fernsehstudio? Hatte das irgendetwas zu bedeuten? Würde ein Mann, der einen Mord begangen hatte, es wagen, zehn Millionen Zuschauern sein Gesicht zu zeigen? Am nächsten Morgen sahen fünf Millionen Leser des *Daily Pictorial* dieses Gesicht. Bildunterschrift: »Der Mann, der das Quiz gewann!«

Jack Gaylord rief Michael im Büro an und sagte, er hätte Neuigkeiten für ihn. Sie verabredeten sich zum Mittagessen. Und bald, kurz nach halb eins, machte sich Michael auf den Weg in den eichengetäfelten Speisesaal eines Gasthauses in der Nähe von Whitehall. Gaylord stand vor der kleinen Bar und trank gerade den letzten Schluck seines Glases hellen Ales. Er bestellte zwei weitere Biere und sie trugen sie zu einem abgelegenen Tisch.

»Tja, ich habe mit deinem Mr. Vorse gesprochen«, lächelte Gaylord.

»Willst du damit sagen, dass du in Cornwall gewesen bist?«

»Aber nein! Das war doch sein Geburtsort.«

»Das behauptete er zumindest.«

»Ich habe seine Adresse von den Fernsehleuten bekommen. Er lebt in Ealing und betreibt eine Tanzschule mit einer Frau namens Connie Halliday. Sie war gestern Abend auch in der Sendung.«

»Ja, ich erinnere mich an sie«, sagte Michael. »Diese Platinblonde.«

Der Inspektor nickte. »Ja, das ist das Mädchen – und ich kann mir nicht helfen, aber sie erinnert mich an jemanden. Jedenfalls war er gestern Abend mit ihr im Studio. Als ein paar Kandidaten wegen des Nebels nicht auftauchten, überredete der Produzent Vorse, in die Bresche zu springen.«

»Ich habe mir sein Bild im *Daily Pictorial* nochmals angesehen«, sagte Michael. »Ich denke immer noch, dass es derselbe Mann ist.«

»Vielleicht hast du recht. Wenn ja, dann deutet die Tatsache, dass er sich gestern vor einem Millionenpublikum als Kandidat dem Rateteam gestellt hat, eher darauf hin, dass er unschuldig ist.«

»Da bin ich mir nicht so sicher«, sagte Michael. »Vielleicht glaubt er, dass ihn an besagtem Abend niemand mit Carel Helvin zusammen gesehen hat.«

»Er sagt, dass er noch nie von Miss Helvin gehört hat«, sagte Gaylord unverblümt. »Und er ist mir nicht so sehr wie ein Ausländer vorgekommen. Er hat all meine Fragen ohne viel Aufhebens beantwortet. Ich lasse ihn natürlich überprüfen und nachsehen, ob er schon aktenkundig geworden ist.«

Nachdem sie das Mittagessen bestellt hatten, erinnerte sich Michael an den nicht aufzufindenden Besitzer der Wohnung, in der Carel Helvin ermordet wurde. Er fragte daher: »Gibt es Neuigkeiten von Eric Shroeman?«

»Gar keine. Wenn er wirklich – so wie der Hausmeister Bert Howard es behauptet – in Holland ist, dann scheint er verschwunden zu sein.«

»Hat der Hausmeister gewusst, ob Shroeman jemals Carel Helvin besucht hat?«

»Er betonte nachdrücklich, dass er sie nie gesehen hatte. Er sagt, er habe in der Nacht, in der sie ermordet wurde, niemanden in die Wohnung gehen sehen. Er vermutet, dass das Mädchen über die Feuerleiter kam.«

Als Michael zurück im Büro war, sah der Feuilletonredakteur Barry Ford besorgter aus als je zuvor. »Ich ziehe Sie aus der Filmredaktion ab«, sagte er zu Michael. »Samson wird sie übernehmen. Bitte erklären Sie ihm alles. Sie werden als Kriminalreporter weitermachen.«

»Was ist geschehen?«

»Ben Dickens ist heute Morgen um halb sieben gestorben«, sagte Ford leise. »Sie übersiedeln am besten in sein Büro.«

Michael nickte und ging in den kleinen Raum am Ende des Korridors, in dem Dickens über zwanzig Jahre lang seine Kriminalgeschichten getippt hatte. Die Wand war voller Karten – darauf die Sektorgrenzen der Stadtpolizei und das Themseufergebiet. Es gab auch eine detaillierte handgezeichnete Karte der Gegend um Piccadilly.

Michael blickte auf den billigen kleinen Schreibtisch hinab, der immer noch mit Stapeln von Zeitungsausschnitten, Akten und verschiedenen Notizzetteln übersät war. Da fiel ihm plötzlich ein, dass sich möglicherweise einige von Bens persönlichen Besitztümern auf dem Schreibtisch befinden könnten. Er fand ein großes Stück Packpapier und fing an, die Schubladen herauszuziehen. Darin war jedoch nichts Bedeutsames.

Er hantierte immer noch an der Rückseite der obersten Schublade, als er auf etwas stieß, das wie eine kleine Broschüre aussah. Er drehte sie um und sah, dass es eine Werbung war: für die Tanzschule Victor Vorse in Lansdale Grove, Ealing. In einer Ecke befand sich ein Bild von Victor Vorse, der laut Text 1951 den nationalen britischen Walzerwettbewerb gewonnen hatte.

Auf einen plötzlichen Impuls hin griff Michael zum Telefon und gab die Nummer durch, die auf der Broschüre stand. Eine Frauenstimme antwortete ihm in künstlichem und übermäßig höflichem Ton, besonders als er sagte, er interessiere sich für Tanzunterricht.

»Wann möchten Sie gerne anfangen?«, fragte sie.

»So schnell wie möglich.«

»Jemand hat für heute Abend abgesagt. Wenn es für Sie passt – um halb acht?"

»Das passt sehr gut.«

»Wie heißen Sie bitte?«

Michael gab seinen Namen durch, zögerte dann jedoch einen Moment, ehe er fragte: »Ich nehme an, dass Miss Connie Halliday meine Tanzlehrerin sein wird?«

»Das ist richtig«, sagte die Stimme. »Ich bin Miss Halliday. Ich erwarte Sie um halb acht.«

Michael ging den Korridor entlang und in das Großraumbüro, wo er mit einer älteren Schreibkraft namens Miss Derwent sprach. Er wusste, dass sie Ben Dickens gelegentlich half, wenn er etwas zu verschriftlichen hatte.

»Sagt Ihnen das etwas, Miss Derwent?«, fragte er und zeigte ihr die Broschüre. »Ich habe das hier in der Schublade von Mr. Dickens gefunden.«

Sie blätterte den Prospekt langsam durch und schüttelte dann den Kopf.

»Er hat mir gegenüber niemals etwas davon erwähnt«, sagte sie traurig. »Aber Mr. Dickens unterhielt sich nie über solche Kleinigkeiten.«

Jetzt werden wir es nie erfahren, dachte Michael, als er sich bei ihr bedankte und die Broschüre in seine Jackentasche steckte.

Er musste feststellen, dass es in der Tanzschule von Victor Vorse nichts Ungewöhnliches gab. Er ging langsam durch den großen Tanzsaal, in dem Musik aus einem Lautsprecher erklang. Er erkannte Connie Halliday, sie sah so aus, wie auf dem Bildschirm, wirkte aus nächster Nähe jedoch etwas älter. Um ihren Mund zeichnete sich eine leichte Härte ab, die die Augen betonten.

Während sie eine neue Platte auflegte, fragte sie ihn,

wie er von der Schule erfahren habe. »Ich habe vor einiger Zeit eine Ihrer Werbeanzeigen gelesen. Als ich Sie gestern Abend im Fernsehen sah, erinnerte ich mich wieder daran«, antwortete er schlagfertig.

»Das war wirklich eine wunderbare Werbung«, nickte sie. »Wir hatten heute schon über zwanzig Anrufe.«

»Bekommen Sie auch manchmal Anfragen von Schauspielern oder Filmleuten?«, fragte er beiläufig.

»Gelegentlich ja.«

»Man kann kaum glauben, wie viele von ihnen nicht gut tanzen können«, fuhr er fort. »Ich habe kürzlich mit einer Filmschauspielerin gesprochen, die sich für ein paar Tanzstunden interessiert hat. Ein Mädchen namens Carel Helvin.«

Sie tanzten gerade miteinander und er konnte fühlen, wie sich die Muskeln ihrer linken Hand unwillkürlich verkrampften. »Sind Sie ihr jemals begegnet?«, fragte er.

»Nein«, antwortete sie eintönig. »Ich habe noch nie von ihr gehört.«

In diesem Moment öffnete sich die Tür und ein Mann kam herein und trug einen großen roten Terminkalender in der Hand. Michael erkannte ihn sofort als Victor Vorse. Dieser entschuldigte sich dafür, den Unterricht unterbrechen zu müssen und zog Connie zur Seite. Anscheinend erkundigte er sich nach einer Eintragung in dem Kalender. Während sie sich unterhielten, stand Michael ein paar Meter entfernt und beäugte den Mann vorsichtig. Er war nun ziemlich davon überzeugt, dass dies der Mann war, den er mit Carel Helvin im Theater gesehen hatte.

Auf dem Heimweg kaufte Michael eine Abendzeitung und stellte fest, dass sie ein Foto von Victor Vorse

– dem Mann, der das Quiz gewann – enthielt. Er starrte auf das Foto, als ihm plötzlich einfiel dass es eine gute Idee sein könnte, die Wohnung in der Bayswater Road aufzusuchen.

Bert Howard, der Hausmeister, war im Dienst und erinnerte sich an Michaels Besuch in der Nacht des Mordes.

»Gibt es schon Neuigkeiten von Mr. Shroeman?«, fragte Michael und bot ihm eine Zigarette an.

»Nichts, Sir. In dieser ganzen Angelegenheit stimmt etwas nicht, wenn Sie mich fragen.«

»Das ist oft so, wenn es um Mord geht«, sagte Michael, nahm die Abendzeitung aus seiner Tasche und klappte sie auf, so dass man Vorses Bild sehen konnte. »Hat dieser Mann zufällig Mr. Shroeman einmal besucht?«

Howard schien zu zögern, schüttelte aber schließlich den Kopf. »So viele Leute kommen hierher«, sagte er schroff. »An die Hälfte kann ich mich nicht erinnern.«

»Natürlich, das verstehe ich gut«, antwortete Michael sanft und stopfte die Zeitung wieder in seine Tasche zurück.

»Ich habe diesen Kerl aber gestern Abend im Fernsehen gesehen«, sagte der Hausmeister. »Wenn ich ihn als Freund von Mr. Shroeman erkannt hätte, hätte ich die Polizei angerufen. Die baten mich, sie über so etwas zu informieren.«

Michael nickte und wünschte Howard gute Nacht. Er kam kurz nach zehn Uhr in seine Wohnung zurück und hatte das Wasser für ein heißes Bad aufgedreht, als das Telefon klingelte.

Zuerst erkannte er die Stimme nicht, dann wusste er plötzlich, dass es Connie Halliday war, die sprach.

»Wie sehr interessieren Sie sich für Carel Helvin, Mr. Lance?«

»Sehr«, sagte Michael leise.

»Das dachte ich.«

»Dann kennen Sie sie doch?«

»Ich konnte es Ihnen nicht sagen – jemand hätte uns belauschen können. Aber ich spreche gerne jetzt darüber, wenn wir uns treffen können.«

»Heute Abend?«

»Warum denn nicht heute Abend?«

»Könnten wir uns in der Stadt treffen?«

»Es gibt da ein kleines Restaurant in Soho namens *Espadalo*. Ich werde so gegen elf dort sein. Kennen Sie es?«

»Nein, aber ich werde es finden«, sagte Michael.

»Es ist in der Melkin Street, eine Seitenstraße der Poland Street.«

»Ich werde um elf da sein«, versprach er und legte den Hörer auf.

Eine nächtliche Brise wühlte einige Papierfetzen in der Gosse auf, als Michael am Anfang der Melkin Street stand. Diese erwies sich als schmale Einbahnstraße zwischen hohen Gebäuden. Es gab keinen Bürgersteig und kaum Platz für ein kleines Auto. Er stand an der Ecke unter einer Lampe und blickte die Straße entlang. Es gab keine Spur von einem beleuchteten Restaurant.

Er ging etwas vorsichtig die Straße entlang. Die hohen Gebäude sorgten für einen düsteren, unheilvollen Eindruck. Nichts rührte sich in der Straße und er war beinah auf halber Strecke, als er bemerkte, dass ein Auto um die Ecke gebogen war, das ihm folgte. Obwohl es ihn überholte, schien der Fahrer keine große Eile zu haben.

Mächtige Scheinwerfer wurden plötzlich eingeschaltet und er drückte sich instinktiv gegen die Wand eines Lagerhauses. Der Wagen kam näher. Michael begann zu rennen und suchte nach einer Luke, in der er Schutz finden konnte. Plötzlich überkam ihn ein Gefühl der Panik. Der Motor des Wagens heulte und Michael begann zu laufen.

Als er ans Ende der Straße kam, strahlten die Scheinwerfer des Autos auf eine kleine Öffnung, die eindeutig ein Hintereingang zum Lagerhaus war. Michael stürzte in diese Luke. Die Tür war verschlossen, aber die Einbuchtung bot ihm kurzzeitig Schutz vor dem gnadenlosen Aufblenden der entgegenkommenden Scheinwerfer.

Er kauerte im Schatten, als das Auto vorbeibrauste. Aus dem hinteren Fenster kam ein Schuss und eine Kugel pfiff an seinem Kopf vorbei. Michael warf sich in einer, wie er hoffte, realistischen Weise auf den Boden und sank auf dem Bürgersteig zusammen.

Er hörte, wie das Auto langsamer wurde und fragte sich, ob der Mann mit der Waffe wieder schießen würde.

3

Das Auto war bei laufendem Motor stehen geblieben. Dann schien es mit brummenden Geräuschen auf ihn zuzukommen. Mit einem sanften Quietschen der Bremsen stoppte es. Die Hinterräder waren auf Augenhöhe mit Michael. Er wagte es nicht, sich zu bewegen. Er war sich bewusst, dass eine Taschenlampe auf ihn gerichtet war. Dann beschleunigte der Motor plötzlich und das Auto fuhr davon.

Als es um die Ecke bog, fuhr es an einer Straßenlaterne vorbei. So konnte Michael einen kurzen Blick auf den Fahrer erhaschen. Die Gesichtszüge des Mannes konnte er nicht klar sehen, aber irgendetwas an seiner Schulter erinnerte ihn an Victor Vorse.

Michael lag da, bis er das Auto nicht mehr hören konnte, dann erhob er sich vorsichtig und hielt sich weiterhin im Schatten der Mauer versteckt. Als er seine Kleidung abklopfte, hörte er plötzlich den Klang laufender Schritte vom anderen Ende der Straße. Ein Mann in einem weißen Overall erschien. Er war Ausländer und kam offensichtlich aus einem nahe gelegenen Café. »Haben Sie den Schuss gehört, Mister?«, rief er Michael zu.

»Ich habe nichts gehört.«

Der Mann schüttelte den Kopf. »Ich mag diese Straße nicht. Sie sind nicht aus der Gegend hier, stimmt's?«

»Nicht ganz«, sagte Michael. »Ich wohne etwa eine Meile entfernt.«

Ein anderer Mann kam angerannt. Er trug einen Abendanzug unter seinem Mantel und war wohl ein Musiker auf dem Weg zu seinem Auftritt. »Was'n los hier?«, fragte er mit Cockney-Akzent.

»Ich habe Schüsse gehört«, sagte der Ausländer.

Der Neuankömmling beäugte Michael neugierig. »Haben Sie etwas gehört?«, fragte er.

»Tja, es könnte auch ein Auto mit Fehlzündungen gewesen sein«, wich Michael aus.

Der Mann im Anzug blickte die Straße hinauf und hinunter. »Scheint niemand hier zu sein«, sagte er.

»Ich habe die Polizei angerufen, als ich die Schüsse hörte«, sagte der Ausländer aufgeregt. »Sie werden bald hier sein.«

»Ich muss sehen, dass ich weiter komme«, sagte Michael zu ihnen. »Ich bin zu meiner Verabredung ohnehin schon zu spät.«

Der Ausländer wollte gerade dagegen protestieren, aber Michael wünschte ihnen knapp eine gute Nacht und machte sich auf den Weg zur Straßenecke. Er wollte jetzt nicht mit der Polizei zu tun bekommen. Später würde es wahrscheinlich eine Untersuchung geben müssen, aber zuerst war er bestrebt zu erfahren, wer es war, der ihn aus dem Weg räumen wollte.

In der Wardour Street nahm er ein Taxi und sank etwas atemlos auf den Rücksitz. Die Ereignisse der letzten halben Stunde schossen ihm wie ein endloses Kaleidoskop durch den Kopf. Er war ein Narr gewesen, auf diesen Termin einzugehen, da es eindeutig ein Trick von Connie Halliday oder Vorse gewesen war, um ihn still und leise aus dem Weg zu räumen. Bedeutete dies, dass sie beide in den Mord an Carel Helvin verwickelt waren?

Als das Taxi an der Ampel anhielt, stand ein Polizeiwagen daneben. Michael erkannte plötzlich, dass ihm ein Mann auf dem Rücksitz Zeichen machte – es war Jack Gaylord. Michael bezahlte seinen Fahrer und kletterte schnell in den hinteren Teil des Polizeiautos. »Was zum Teufel machst du in dieser dubiosen Gegend?«, fragte Gaylord. »Ermittlungen zu einem weiteren Mord?«

»Zufälligerweise wäre ich beinahe selbst das Opfer geworden«, sagte ihm Michael und erzählte dann von dem Vorfall in der Melkin Street.

»Nun, das ist ja alles sehr interessant«, murmelte Gaylord. »Du scheinst jemandem zu gefährlich geworden zu sein, Michael.«

»Was denkst du, sollte ich als nächstes tun?«

»Du könntest eine ganze Reihe von Dingen ausprobieren. Aber ich denke, das Beste wäre, eine weitere Tanzstunde zu nehmen. So kannst du herausfinden, warum dich diese Miss Halliday angerufen hat. Es wäre interessant zu erfahren, ob das von ihr ausging oder sie nur auf Befehl gehandelt hat.«

»Natürlich könnte auch jemand das Gespräch belauscht haben«, betonte Michael.

»Warum ist Miss Halliday dann aber nicht bei dem Treffen aufgetaucht?«

»Vielleicht ist sie von den Schüssen abgeschreckt worden?«

»Das ist möglich. Ich wette, sie wird abstreiten, dass sie dich angerufen hat.«

Er wurde von einer Stimme aus dem Funkgerät unterbrochen. »Inspektor Gaylord im Wagen WZ2387 bitte kommen. Bitte fahren Sie sofort zur Polizeistation Hammersmith. Man hat im Fluss eine Leiche gefunden. Mord.«

Gaylord beugte sich nach vorne, drückte einen Schalter und bestätigte, den Befehl verstanden zu haben. Dann wandte er sich an Michael. »Wo kann ich dich absetzen?«, fragte er.

»An der Polizeistation Hammersmith«, antwortete Michael freundlich. »Ich bin doch jetzt Kriminalreporter, erinnerst du dich?«

164

Gaylord runzelte einen Moment lang die Stirn, dann erhellte sich sein Gesichtsausdruck. »Du kannst nie genug kriegen«, antwortete er. »Aber ich warne dich vor, wahrscheinlich ist es nur eine Routinesache, die wochenlange, langweilige Befragungen nach sich zieht.«

»Ein Mord ist ein Mord«, sagte Michael und bot ihm eine Zigarette an.

Als Gaylord sie anzündete, fragte er: »Du hast wohl keine Ahnung, ob heute Abend ein Mann oder eine Frau auf dich geschossen hat?«

»Ich habe keine Frau gesehen. Aber der Mann, der das Auto fuhr, sah wie Vorse aus, obwohl ich es nicht schwören kann.«

»War bis jetzt kein sehr vielversprechender Abend für dich«, grinste Gaylord.

»Zumindest weiß ich jetzt, dass es jemand auf mich abgesehen hat.«

»Tja, das war es dann wohl wert, denke ich«, sinnierte der Inspektor. »Gib in nächster Zeit bloß auf dich acht!«

Sie fuhren durch ruhige Straßen zu der kleinen Leichenhalle, die von der Flusspolizei benutzt wurde. Es war eine stillgelegte Kapelle, in der durch die Feuchtigkeit die Farbe von den Wänden abblätterte. Ein uniformierter Sergeant zog das Tuch zurück, das die Leiche bedeckte. Der Tote lag in einer Ecke neben der Tür.

Michael ergriff Gaylords Arm. »Das ist Bert Howard!«, rief er.

Der Sergeant sah ihn neugierig an. »Können Sie diesen Mann denn identifizieren, Sir?«

»Wir können ihn beide identifizieren«, antwortete Gaylord. »Er hieß Howard, war Hausmeister eines Wohnblocks namens Ronway Mansions in Bayswater. Hatte er denn keinerlei Ausweise bei sich?"

Der Sergeant schüttelte den Kopf und rieb dann

nachdenklich sein Kinn. »Ronway Mansions«, wiederholte er. »War das nicht der Ort, an dem eine junge Frau ermordet wurde – ein Filmstar namens Carel Irgendwie?"

»Ganz richtig, Sergeant. «

»Glauben Sie, dass es eine Verbindung zwischen den beiden Morden gibt, Sir?«

Gaylord zuckte mit den Schultern. »Das ist nur eines von vielen kleinen Dingen, die wir klären müssen. Komm einfach mit zur Ronway Mansions und sieh dich um, ob du dort etwas finden kannst. Sag mir dann bitte Bescheid!«

Gaylord und Michael fuhren zur Polizeistation und unterhielten sich mit dem verantwortlichen Inspektor, der kein erhellendes Licht auf den Mordfall werfen konnte. Gaylord sah sich schnell den Bericht über den Leichenfund durch und wandte sich dann an Michael. »Lass uns in die Kantine gehen, um eine Tasse Kaffee zu trinken. Danach sehen wir uns an, ob in seiner Wohnung etwas gefunden wurde.«

Sie gingen hinunter in die Kantine, die fast menschenleer war, und Gaylord holte zwei riesige Tassen Kaffee. »Nun, es ist höchste Zeit, dass wir uns über ein oder zwei Dinge Gedanken machen«, grübelte Gaylord, während er seinen Kaffee umrührte und eine Schachtel Zigaretten hervorholte.

»Glaubst du, dass diese Angelegenheit mit dem Mord an Carel Helvin zu tun hat?«

»Was denkst du?«

»Ich weiß nur, dass ich das Gefühl hatte, dass Bert Howard mich belogen hat, als ich ihn nach dem mysteriösen Mr. Shroeman und nach etwaigen Besuchern in der Wohnung gefragt habe. Er sagte, er hätte Victor Vorse nie gesehen. Das habe ich ihm nicht geglaubt. Irgendetwas war sehr verdächtig an Howard – übrigens, hast du

166

eigentlich überprüft, ob er vorbestraft war?«

Gaylord grinste. »Jetzt wirst du mir etwas zu tüchtig, Michael. Ich finde, du nimmst diesen neuen Job ein bisschen zu ernst. Übrigens, wolltest du nicht telefonisch einen Bericht durchgeben?«

»Dafür ist später noch genug Zeit, wenn wir in den Ronway Mansions vorbeigeschaut haben.«, sagte Michael. »Danach kann ich einen vollständigen Bericht durchgeben.«

Gaylord nippte an seinem Kaffee und lächelte nachsichtig.

»Weißt du, Michael, ich habe den Eindruck, dass du glaubst, du kannst an diese Sache ganz einfach herangehen und ganz gezielt mit coolen, durchdachten Schlussfolgerungen Mörder dingfest machen. Aber so funktioniert es nicht. Dafür braucht man Fakten. Und um die richtigen Fakten zu finden, braucht man höchste geistige Anstrengung. Man muss sich den Kopf zerbrechen. Das mag alles so einfach klingen, aber es ist sehr schwierig. Die Theorie bringt dich nicht weiter.«

Michael nickte und rührte seinen Kaffee um. »Wie auch immer, es gibt eine Theorie, die ich in die Praxis umsetzen werde. Ich werde so schnell wie möglich eine weitere Tanzstunde vereinbaren.«

Eine seltsame Frauenstimme antwortete Michael, als er in der Tanzschule Victor Vorse anrief. Sie sagte ihm, dass Miss Halliday nicht zum Telefon kommen könne, aber dass er an diesem Nachmittag um halb vier eine Stunde nehmen könne. Er bedankte sich höflich bei der jungen Frau und legte auf.

Er war ein wenig überrascht, als Victor Vorse selbst die Tür öffnete. Vorse tat sein Möglichstes, um seine eigene Überraschung zu übertünchen, konnte aber die sich weitenden Augen und das leichte Zucken seiner

Kiefermuskulatur nicht verbergen. Er führte Michael kommentarlos in den Tanzsaal und stellte ihn einer schlanken Brünetten vor, die er als Miss Jackson ansprach.

Als sie alleine waren, fragte Michael die junge Frau: »Was ist aus meiner ehemaligen Lehrerin geworden?«

»Sie meinen Miss Halliday? Sie musste dringend in die Stadt. Ich vertrete sie immer.« Sie hantierte am Grammophon. Michael war ein wenig besorgt. Offensichtlich hatte Connie Halliday Angst, ihn zu treffen.

Der Unterricht verlief reibungslos und Miss Jackson war eine sympathischere Lehrerin als Connie Halliday. Aber obwohl er ihr mehrere Gelegenheiten gab, über ihren Arbeitgeber zu sprechen, schaffte sie es irgendwie, alle seine Fragen zu umgehen. Michael kam schließlich zu dem Schluss, dass sie vorgewarnt worden war.

Er kehrte ohne weitere Zwischenfälle in seine Wohnung zurück. Er hatte zwar versucht, einen Termin für eine weitere Unterrichtseinheit zu vereinbaren, allerdings war Miss Jackson diesbezüglich äußerst vage geblieben und hatte lediglich vorgeschlagen, diesen telefonisch zu fixieren. Auf dem Heimweg kaufte er eine Zeitung und stellte fest, dass Bert Howards Tod darin in wenigen Zeilen abgehandelt wurde, wahrscheinlich weil es keine weiteren Fakten gab als jene, die ohnehin bekannt waren.

Er fragte sich, ob er Gaylord anrufen sollte, steckte seinen Schlüssel in das Schloss und schwang die Tür seiner Wohnung auf. Als er sie wieder schloss, erblickte er einen zerknitterten Zettel, der durch den Briefkasten ragte. Er glättete ihn sorgfältig und sah, dass eine weibliche Handschrift etwas auf blaues Notizpapier geschrieben hatte. Die Nachricht lautete: »Ich muss Sie unbedingt sehen. Treffen Sie mich morgen Vormittag um elf Uhr in der U-Bahnstation Piccadilly. Bitte kommen Sie alleine und erzählen Sie niemandem davon. Ich verlasse mich auf Sie.«

Er faltete das Papier langsam wieder zusammen und ging in die Lounge. War es Connie Halliday wirklich so wichtig, ihn zu sehen? Hatte sie irgendwelche Informationen über den Bayswater-Mord oder den Tod von Bert Howard? Natürlich könnte es auch ein weiterer Versuch sein, ihn loszuwerden, überlegte Michael. In diesem Falle hätte sie aber mit Sicherheit einen weniger auffälligen Treffpunkt als die U-Bahnstation Piccadilly gewählt.

Er beschloss, ihr keine bösen Absichten zu unterstellen. Schließlich konnte sie nichts von dem Attentat auf sein Leben in der Melkin Street wissen. Ein oder zwei Mal wollte er zum Telefon, um Gaylord zu kontaktieren und ihn um Rat zu fragen. Ein Mal hatte er sogar den Hörer schon in der Hand, aber nach einem Moment des Nachdenkens legte er ihn wieder auf die Gabel. Michael entschied sich dafür, niemandem etwas zu sagen und zu tun, worum sie ihn gebeten hatte.

Es war fünf Minuten vor elf, als Michael sich der U-Bahnstation von der Shaftesbury Avenue aus näherte. Keine Spur von Connie Halliday! Er zögerte einen Augenblick und erblickte dann die beruhigende, stoische Gestalt eines Polizisten, der an der Fahrkartenkontrolle stand.

Jetzt fühlte er sich in Sicherheit und schlenderte langsam die Schaufenster entlang. Niemand schien auch nur die geringste Notiz von ihm zu nehmen. Fünf Minuten später spazierte er langsam an einer langen Reihe von Telefonzellen vorbei, die alle besetzt waren. Plötzlich erblickte er eine junge Frau darin, deren Rückansicht ihm vage vertraut vorkam. Was seine Aufmerksamkeit eigentlich erregte, war der Umstand, dass das Mädchen das Telefon überhaupt nicht benutzte, sondern einfach in der Zelle stand und in den kleinen Spiegel blickte. Sie betrachtete jedoch nicht sich selbst, sondern benutzte ihn, um die Leute zu beobachten, die vorbeigingen.

Als sich ihre Blicke plötzlich begegneten, drehte sie sich rasch um. Die Tür der Telefonzelle wurde aufgestoßen und das Mädchen trat heraus. Sie deutete mit einem kaum erkennbaren Lächeln im Mundwinkel an, dass sie ihn erkannt hatte und kam auf ihn zu.

Es war Carel Helvin.

4

Michaels erster Eindruck von Carel Helvin war, dass sie blass und bekümmert aussah. Sie lächelte zaghaft, als sie auf ihn zukam und sagte mit ihrer heiseren Stimme: »Ich bin so froh, dass du kommen konntest.«

Michael fand endlich seine Sprache wieder. »Ich – Ich – dachte...«, stammelte er.

»Du dachtest, ich sei ermordet worden?« Sie stand da, schwankte auf ihren hohen Absätzen etwas und blickte leicht ängstlich nach rechts und links.

Er zog sie in eine kleine Nische zwischen zwei Schaufenstern. »Hast du mir diese Nachricht geschickt, in der ich darum gebeten wurde, dich heute Morgen hier zu treffen?«, fragte er.

Ihre Augen weiteten sich. »Selbstverständlich! Wer hätte sie deiner Meinung nach sonst senden sollen?«

»Ich dachte eigentlich, sie käme von einer jungen Frau namens Connie Halliday«, sagte er langsam.

Sie schüttelte hilflos den Kopf. »Diesen Namen habe ich noch nie gehört. Wer ist diese Miss Halliday?«

»Das ist jetzt nicht wichtig. Was ist mit dir? Weißt du denn nicht, dass alle Zeitungen über deine Ermordung berichtet haben? Scotland Yard arbeitet Tag und Nacht daran, diese Tat aufzuklären! Und jetzt stehst du plötzlich vor mir wie das blühende Leben.« Ihm fehlten die Worte.

»Hier möchte ich nicht darüber reden«, antwortete sie nervös. »Ich habe Angst, dass ich erkannt werde. Können wir nicht woanders hingehen?«

»Aber selbstverständlich.« Er nahm ihren Arm und sie gingen die Treppe hinauf. Sie nahmen den Ausgang zur Regent Street, wo er schnell auf ein Taxi zusteuerte. Während er die Tür für das Mädchen zum Einsteigen aufhielt, nannte er dem Fahrer die Adresse seiner Wohnung. Nachdem sie losgefahren waren, schloss er die Trennscheibe zum Fahrer und drehte sich zu ihr.

»Die Polizei fand die Leiche eines Mädchens, das einen Ring trug, der genauso aussah wie deiner. Wer war das?«

Carel Helvin rutschte ängstlich hin und her. »Das werde ich dir später erklären.«

»Ich kann auch nicht verstehen, weshalb du die Polizei weiter in dem Glauben lässt, dass du die Tote bist. Das macht einfach keinen Sinn. Was soll das alles?«

»Später... später werde ich dir alles erzählen«, sagte sie leise.

Den Rest der Fahrt unterhielten sie sich kaum und saßen in ihren jeweiligen Ecken. Nachdem sie in der Wohnung angekommen waren, setzte er sie in einen bequemen Sessel und ging zum Cocktailschrank. »Eigentlich ist es zu früh für einen Drink, aber ich denke, wir brauchen beide ziemlich dringend einen«, sagte er.

Sie bat um einen kleinen Gin mit Wermut, und er schenkte sich einen Whisky-und-Soda ein. Dann machte er den elektrischen Kamin an und setzte sich auf den Arm des Sofas. Carel nippte an ihrem Getränk und sah sich im Zimmer um.

»Was ist?«, sagte Michael schließlich. »Ich warte noch immer darauf, alles zu hören.«

»Kann ich eine Zigarette haben?«

Michael nickte, holte sein Zigarettenetui heraus und betätigte sein Feuerzeug.

»Bist du dir denn sicher, dass uns niemand belauschen kann?«, fragte sie.

»Absolut sicher.«

»Es tut mir leid, so vorsichtig zu sein, aber ich bin

so schrecklich in Angst und Sorge. Ich befinde mich – wie sagt man das? – am Rande des Nervenzusammenbruchs. Ich bin fremd in diesem Land und kenne hier niemanden wirklich gut. Immer wieder habe ich versucht, jemanden zu finden, der vertrauensvoll ist und an den ich mich wenden kann.« Sie hielt inne und klopfte die Asche von ihrer Zigarette. »Dann erinnerte ich mich plötzlich an dich. Wie du mir an jenem Tag beim Mittagessen alles über dich erzählt hast, über deinen Wunsch, Kriminalreporter zu werden.«

»Das bin ich jetzt auch, ich bin Kriminalreporter«, sagte er.

Ihre Augen funkelten plötzlich. »Wirklich? Dann hat mich mein Gefühl nicht getäuscht, als ich mir sagte, dass du die richtige Person bist, um mir mit Rat und Tat zur Seite zu stehen.«

Michael nippte an seinem Whisky. Das war alles sehr erfreulich, aber sie hatte seine Neugier nicht befriedigt.

»Nacht für Nacht bin ich in meinem Zimmer auf und ab gegangen und habe mir überlegt, wie ich aus der Sache heraus komme«, sagte sie.

»Wo wohnst du jetzt?«

»In der Canterbury Road, St. John's Wood. Von meinem Zimmer aus habe ich Sicht auf eine kleine Kapelle. In meiner Verzweiflung bin ich oft am Fenster gestanden und habe die Ziegelreihen auf dem Dach gezählt.«

»Gut, aber was ist mit dem ermordeten Mädchen?«, unterbrach er sie ungeduldig. »Weißt du, wer sie war?«

Carel nickte. »Ja, das weiß ich«, sagte sie leise. »Sie war meine Schwester Paula.«

»Deine Schwester!«, rief Michael.

»Sie sah mir sehr ähnlich, manchmal wurde sie in Schweden sogar statt mir in Filmen eingesetzt. Normalerweise wurde sie vor dem Ende der Produktion aber schon wieder gefeuert.« Carel Helvin seufzte. »Weißt du, Paula war sehr unzuverlässig. Sie sah gut aus, hatte aber wenig Talent, und sie mochte das süße, leichte Leben. Es gab also oft Ärger mit ihr.«

Michael betrachtete ihre traurigen nordischen Gesichtszüge, die hohen Wangenknochen, den großen und ausdrucksstarken Mund und hatte plötzlich großes Mitleid mit ihr. »Hast du deine Schwester sehr gemocht?«

»Ich habe mich immer um sie gekümmert. Wir haben schon im Kindesalter unsere Mutter verloren. Ich war ein Jahr älter und sie war immer auf mich angewiesen, um ihr aus der Patsche zu helfen. Ihr hat es nie gefallen, dass ich mit Filmen gutes Geld verdiente, denn sie dachte, sie sei eine viel bessere Schauspielerin. Sie wusste nicht, dass sie ohne mich überhaupt keine Arbeit bekommen hätte.«

»Das muss dich alles sehr belastet haben.«

»Ich war daran gewöhnt. Normalerweise hatte ich sie im Griff – bis Lengaard auf den Plan trat. Ihm gelang es, sie in seinen Bann zu ziehen. Danach konnte ich nichts mehr tun.«

»Wer ist dieser Lengaard?«

»Ein Krimineller. Es fing damit an, dass Paula plötzlich Drogen nahm. Er benutzte sie danach auf alle möglichen Arten. Meine Vermutung war, dass sie irgendwie in eine Schmuggelaffäre verwickelt war. Zum Glück konnte man ihr jedoch nie etwas nachweisen. Dann, eines Nachts, hatten Paula und Lengaard einen schrecklichen Streit. Sie kam zu mir, heulte und sagte, dass sie Lengaard getötet habe.«

»Und hatte sie das tatsächlich?«

»Ich habe nie Genaueres herausgefunden. Zufällig bekam ich kürzlich ein Angebot für eine kleine Rolle in einem britischen Film, also nahm ich das nächste Flugzeug nach England und brachte sie mit hierher.«

»Hattest du immer schon vor, sie nach England zu bringen, oder war es eine plötzliche Entscheidung wegen dem, was passiert war?«

»Es war eine plötzliche Entscheidung«, antwortete Carel. »Ich konnte sie einfach nicht zurück lassen.«

»Hast du nichts mehr von Lengaard gehört?«, fragte Michael.

»Er war nicht die Art von Mann, um den die Polizei viel Aufhebens macht. Wir haben nie etwas von ihm in den Zeitungen gelesen. Vielleicht war die Polizei froh, ihn losgeworden zu sein. Oder vielleicht hatte Paula ihn gar nicht wirklich getötet. Wir haben nie darüber gesprochen.«

»Hatte sie denn keine Angst, dass die Polizei versuchen würde, sie zu finden?«

»Nicht so sehr, dass die Polizei sie findet...«

»Wer dann?«

»Lengaards Freunde. Er hatte Kontakte in ganz Europa.«

Michael leerte sein Glas und stellte es auf den Kaminsims. Dieser Fall wurde noch verwickelter, als er es sich jemals gedacht hatte. Dennoch, wenn er einigen dieser Fakten nachgehen würde, hätte er sicherlich eine sehr gute Geschichte für seine Zeitung.

»Was geschah, nachdem du nach England gekommen warst?«, fragte er.

»Wir sind eine Zeit lang untergetaucht. Ich habe meine Arbeit in den Studios erledigt und bin danach immer direkt zu Paula zurück. Zwei oder drei Wochen lang verließ sie die Wohnung fast nicht. Wir bestellten die meisten Dinge telefonisch, und ihr schien es zu gefallen, einfach nur zu kochen und den Haushalt zu führen. Sie konnte das ziemlich gut, wenn sie wollte. Dann begann sie jedoch plötzlich unstet zu werden. Ich erkannte die Gefahr sofort und bekam Angst.«

»Du meinst, sie hielt sich nicht mehr zu Hause auf, während du in den Studios warst?«

»Sie war manchmal nicht da, wenn ich abends zurückkam. Sie erhielt mysteriöse Anrufe, und ich vermutete, dass sie begonnen hatte, sich mit der gleichen Art von Leuten abzugeben wie in Schweden. Es war noch besorgniserregender, weil wir uns im Aussehen so ähnlich waren und sie gelegentlich mit mir verwechselt wurde. Das hatte vorher oft schon Missverständnissen geführt.«

»Das war es also!«, rief Michael plötzlich. Ihm war der Vorfall in der Theaterbar eingefallen. Das Mädchen, das ihn damals ignoriert hatte, musste Paula gewesen sein. Er erzählte Carel von dem Vorfall, und sie erinnerte sich, dass Paula an jenem Abend einen Anruf von einem Mann erhalten hatte, der sie ins Theater einlud.

»Ich erinnere mich deshalb, weil ich mir damals Sorgen machte. Ich ging ans Telefon und glaubte, die Stimme erkannt zu haben. Sie klang wie jene eines Mannes, mit dem Paula in Stockholm befreundet gewesen war. Ich belauschte das Gespräch, aber sie sprach ihn nicht mit Namen an, und sie sagte auch nichts über ihn. Ich vermutete, dass da irgendetwas im Busch war, aber ich konnte sie nicht dazu bringen, zu Hause zu bleiben.«

Carel Helvin hatte Tränen in den Augen, als Michael ihr Glas nahm und ihr noch einen Drink einschenkte.

»Bist du jemals einem Mann namens Victor Vorse begegnet?«, fragte er.

Carel schüttelte den Kopf. »Ich kenne niemanden, der so heißt.«

Er gab ihr eine kurze Beschreibung von Vorse, aber sie schien ihn nicht zu kennen. »Kann es denn sein, dass dieser Mann deine Schwester vom Theater nach Hause gebracht hat?«

176

»Wenn er das hat, dann hat sie ihn nicht hereingebeten«, antwortete Carel. »Genau das hat mich auch sehr misstrauisch gemacht. Normalerweise war es so, dass sie ihre Freunde immer noch auf einen Drink hereinbat, nachdem sie den Abend unterwegs gewesen waren.«

»Ist dir an jenem Abend etwas Ungewöhnliches an ihr aufgefallen?«

»Sie wirkte sehr aufgeregt. Ihre Augen funkelten unnatürlich und sie war extrem fröhlich. Natürlich kann sie einfach nur etwas zu viel getrunken haben.«

Michael runzelte die Stirn. »Ich bin immer noch ziemlich ratlos darüber, was Vorse betrifft«, gab er zu. »Vielleicht erkennst du ihn, wenn du ein Bild von ihm siehst. Ich denke, ich kann eines im Büro kriegen, wenn du...«

Das Klingeln des Telefons unterbrach ihn. Er ging hinüber und hob den Hörer ab.

»Jack Gaylord hier«, sagte eine Stimme.

»Was für ein Zufall«, sagte Michael. »Ich wollte dich gerade anrufen. Es gibt eine erstaunliche Entwicklung im Fall Bayswater.«

»*Mir* brauchst du das nicht zu erzählen«, unterbrach Gaylord. »Ich weiß genau, was du sagen willst.«

»Aber du kannst unmöglich...«

»Du willst mir sagen, dass Carel Helvin noch am Leben ist.«

»Ja, aber wie um alles in der Welt...?«

»Du willst mir auch sagen, dass sie jetzt bei dir in der Wohnung ist.«

»Hör mal, Gaylord...«

»Keine Zeit für Diskussionen«, unterbrach ihn Gaylord mit dringlichem Ton. »Du befindest dich in einer schwierigen Lage, Michael, und du musst jetzt schnell handeln, sonst wirst du in etwas wirklich Ernstes verwickelt. Hör mir jetzt gut zu. Entschuldige dich bei

Carel Helvin und verlasse die Wohnung so schnell wie möglich. Wir treffen uns gleich vor dem Postamt am Sloane Square.«

Er hörte ein Klicken, als der Hörer eingehängt wurde und Michael wandte sich an Carel.

»Ich fürchte, ich muss sofort ins Büro fahren«, sagte er leise und fragte sich gleichzeitig, ob sie das Gespräch wohl mithören hatte können. Aber Carel schien in Gedanken versunken zu sein und starrte ins Feuer.

»Tut mir wirklich leid«, fuhr er fort. »Wartest du hier auf mich? Fühl dich ganz wie zu Hause. Im Kühlschrank ist genug zum Essen da, wenn du hungrig bist.«

Er griff nach seinem Hut. »Es dauert nicht länger als eine Stunde.«

Etwas mehr als zehn Minuten nach Gaylords Anruf kam Michael am Sloane Square an. Er war überrascht, dass nichts vom Inspektor zu sehen war. Nachdem er fast eine Viertelstunde gewartet hatte, ging er in eine Telefonzelle und wählte die Nummer von New Scotland Yard. Er wurde sofort mit Gaylords Büro verbunden. Zu seinem Erstaunen ging der Inspektor selbst ans Telefon.

»Was ist los?«, fragte Michael. »Warum bist du nicht hier am Sloane Square, um mich zu treffen?«

»Warum um alles in der Welt sollte ich?«

»Aber du hast mich doch angewiesen, hierher zu kommen...«

»Mein lieber Freund, ich habe seit gestern nicht mehr mit dir gesprochen... «

»Willst du damit sagen, dass du mich nicht vor einer halben Stunde angerufen hast, um mir zu sagen, dass Carel Helvin noch am Leben ist und...«

»Das habe ich ganz sicher nicht!«, rief Gaylord.

»Wie wär's, wenn du mir zur Abwechslung alles erzählen würdest?«

Michael gab ihm schnell das Telefongespräch wieder.

»Klingt für mich alles wie ein Trick, um dich aus der Wohnung zu kriegen«, folgerte der Inspektor. »Irgendetwas geschieht dort gerade. Ich komme sofort. Fahre so rasch wie möglich zurück in die Wohnung.« Michael erkannte die Gefahr und stürzte aus der Telefonzelle, um ein vorbeifahrendes Taxi anzuhalten.

Er wartete nicht auf den Aufzug, sondern hastete drei Stufen auf einmal nehmend die Treppe hinauf. Er griff nach seinem Schlüssel, als er seine Etage erreichte.

Als er jedoch vor der Tür stand, zögerte er plötzlich. Wenn Gaylords Schlussfolgerung richtig war, dann würde außer Carel noch jemand in der Wohnung sein – jemand, der ihm keinesfalls freundlich gesinnt und der möglicherweise bewaffnet war.

Sollte er auf Gaylord warten? Der Gedanke daran, dass Carel Helvin etwas passieren konnte, brachte ihn dazu, zu handeln. Er steckte den Schlüssel so leise wie möglich in das Schloss, öffnete vorsichtig die Tür und stand leise da und lauschte. Er ging ein oder zwei Schritte leise in den Flur und sah, dass die Tür zum Wohnzimmer halboffen war. Mit einer plötzlichen Bewegung schleuderte er sie auf und trat zurück. Alles war still. Er steckte seinen Kopf in den Raum und sah sich um.

Das Zimmer war leer.

5

Michael ging schnell durch die anderen Räume der Wohnung. Von Carel Helvin fehlte jede Spur. Er kehrte ins Wohnzimmer zurück und stand einige Augenblicke komplett ratlos da. Es war fast so, als hätte er die Sache mit Carel nur geträumt.

Ein stetes Summen der Haustürklingel brachte ihn zurück in die Realität. Er ging zur Tür und fand Gaylord davor. »Alles in Ordnung, Michael?« Michael nickte und gab ihm ein Zeichen einzutreten. »Was ist los?«, fragte der Ermittler.

»Wenn ich das nur wüsste. Ich bin rasch zurück in die Wohnung gefahren, fand sie jedoch leer vor.«

»Du meinst, dieses Mädchen – Carel Helvin – ist weg?«

»Genau. Sie hatte mir zwar versprochen zu warten um mir dann den Rest ihrer Geschichte zu erzählen, aber es sieht ganz so aus, als ob jemand anrief, während ich weg war und sie aus der Wohnung lockte.«

Gaylord sah sich rasch in der Wohnung um. Er blieb am Kamin stehen. Dort roch es schwach nach Parfüm. »Du hättest mir von dieser Nachricht erzählen sollen, Michael«, sagte er plötzlich. »Dann hätten wir eine Überwachung organisieren können. Du musst noch viel lernen.«

Michael lächelte etwas reumütig. »Das nächste Mal werde ich daran denken«, versprach er. Tief in Gedanken versunken sank er auf den Arm des Stuhls. Das Leben eines Kriminalreporters unterschied sich sehr von dem, was er sich vorgestellt hatte. Er hätte jedoch nie gedacht, dass er so tief in einen Mordfall verwickelt sein würde. Schon gar nicht in diesem, seinem ersten Fall.

Jetzt sprach Gaylord wieder. »Hast du die Nachricht noch, die sie dir geschickt hat?«

Michael nahm sie aus seiner Innentasche und Gaylord glättete sie. »Sie hat keine Adresse angegeben«, sagte er schließlich.

»Guter Gott, da fällt mir aber etwas ein… Sie hat mir gesagt, wo sie wohnt! Irgendwo in St. John's Wood – Canterbury Road, das war's! Sie hat sich dort ein Zimmer genommen, nach dem…«

»Nach dem Mord. Das ist auch der Grund warum wir in ihrer Wohnung niemanden angetroffen haben.«

»Das hast du doch wohl kaum erwartet, wo sie doch anscheinend ermordet wurde?«

»Ganz im Gegenteil. Es war uns bekannt, dass sie die Wohnung mit einem anderen Mädchen teilte, aber wir konnten nicht herausfinden, wer diese junge Frau war. Offensichtlich hat Miss Helvin alle Spuren verwischt, als sie ihre Sachen packte.«

»Ich bin mir sicher, dass sie Canterbury Road gesagt hat«, sagte Michael nachdenklich.

»Die Canterbury Road ist aber mehr als eine halbe Meile lang. Und sie benutzt wahrscheinlich einen falschen Namen.«

»Du kannst ein Bild von ihr aus meinem Büro haben. Damit könnte ihre Vermieterin sie identifizieren.«

Gaylord lächelte. »Gar nicht schlecht, Mr. Lance.«

Michael ignorierte seine Bemerkungen und schnippte plötzlich mit den Fingern. »Moment, da gibt es noch etwas. Sie sagte, dass sie von ihrem Zimmer aus auf eine Kapelle blicke. Daran erinnere ich mich deutlich.«

„Hm, damit wird's einfach. Dann können wir die Wohnung leicht finden. Aber wir holen zur Sicherheit das Foto aus dem Büro, für den Fall, dass es doch nicht so einfach ist.«

Eine halbe Stunde später klopften sie an die Eingangstür der Canterbury Road Nummer 83. Eine untersetzte Frau mittleren Alters, die mit auffälligem ländlichen Akzent sprach, öffnete.

Sie erkannte Carel Helvin auf dem Foto sofort. »Nun, das ist Miss Sterne – sie hat meine beiden Zimmer in der obersten Etage gemietet. Schöne kleine Wohnung, alles da: eigenes Bad, eigene Küche, eigener Eingang. Sie fühlt sich dort oben sehr wohl und lebt sehr zurückgezogen.«

»Könnte ich mit ihr sprechen?«, fragte Gaylord.

»Sie ging heute Morgen kurz nach zehn Uhr fort. Ich wüsste nicht, dass sie seither zurück gekommen ist.«

»Hätte sie das Haus denn nicht betreten können, ohne dass Sie es bemerkt hätten?«

»Doch, das hätte sie können«, räumte Mrs. Prothero ein.

»Können wir hochgehen und nachsehen? Es ist sehr dringend!«

Die Vermieterin zögerte einen Moment, drehte sich um und führte sie dann in den vierten Stock hinauf. Vor der Wohnung hielt sie an, um Luft zu holen. Gleichzeitig bemerkte sie, dass die Eingangstür zur Wohnung offen stand. »Ist ja seltsam«, murmelte sie. »Normalerweise hat Miss Sterne diese Tür immer geschlossen.«

Das erste Zimmer, das sie betraten, war als Wohnküche eingerichtet, mit Gasherd und Spüle in einer separaten Ecke. Es war etwas unordentlich und es roch leicht nach Parfüm. Michael ging zum Fenster. Dort befand sich tatsächlich die Kapelle, von der Carel ihm erzählt hatte.

Plötzlich erstarrte er. Jemand hatte sich im Schlafzimmer bewegt. Er blickte zu Gaylord, der es auch gehört hatte. Sie schlichen leise zur Schlafzimmertür.

Gaylord bat Michael, aus dem Weg zu gehen, und stieß sie dann mit einer plötzlichen Handbewegung auf.

Eine junge Frau, die offensichtlich den Schreibtisch vor dem gegenüberliegenden Fenster durchsucht hatte, drehte sich um und blickte sie an. »Connie Halliday!«, rief Michael.

Gaylord wandte sich an Mrs. Prothero, die direkt hinter ihnen stand. »Wussten Sie, dass sie hier ist?«, fragte er.

»Nein, Sir, sie muss hereingekommen sein, während ich unten beschäftigt war.«

»Haben Sie sie schon einmal gesehen?«

»Nein, noch nie.«

Gaylord nickte Michael zu, das Schlafzimmer zu betreten. Als sie drinnen waren, schloss er vorsichtig die Tür. »Kennst du diese Dame?«, fragte er Michael.

»Ja, natürlich. Das ist Miss Halliday von der Tanzschule. Ich habe dir von ihr erzählt.«

»Würden Sie uns wohl erklären, was Sie hier suchen, Miss Halliday?«, fragte Gaylord höflich.

»Ich bin einfach nur eine Freundin von Miss Helvin, das ist alles«, antwortete sie in selbstbeherrschtem Tonfall.

»Ich fürchte, ich muss dem widersprechen«, warf Michael ein. »Vor ein paar Stunden sagte mir Carel Helvin, dass sie noch nie von Ihnen gehört habe.«

»Vielleicht hatte sie einen bestimmten Grund dafür, das zu sagen.«

Gaylord saß am Ende des Sofas und betrachtete Miss Halliday nachdenklich. »Wenn Sie eine Freundin von Miss Helvin sind, dann können Sie uns vielleicht auch sagen, wo sie sich gerade befindet«, warf er ein.

»Woher soll ich das wissen?« Connie sah die beiden Männer etwas unsicher an, dann änderte sich ihr Ton. »Soll das heißen, dass sie verschwunden ist?«

»Das habe ich nicht gesagt«, antwortete Gaylord neutral. »Wie auch immer, lassen wir dieses Thema für eine Minute. Erzählen Sie uns doch etwas mehr über sich. Warum das Tanzen?«

»Ich verstehe nicht?«

»Das denke ich schon, Miss *Wilding*.«

Ein paar Sekunden lang herrschte angespanntes Schweigen, dann fragte Michael: »Was soll das alles?« Er wandte sich an das Mädchen. »Heißen Sie tatsächlich Wilding?«

Sie zuckte mit den Schultern, antwortete aber nicht.

»Pech gehabt, Miss Wilding«, sagte Gaylord. »Ich habe ein gutes Gedächtnis was Gesichter betrifft. Und letztes Jahr war ich dabei, als sie für eine Versicherungsgesellschaft ausgesagt haben.«

»Soll das heißen, sie ist Privatdetektivin?«, stammelte Michael.

»Kein Grund, so überrascht zu schauen, Michael – im kriminellen Milieu gibt es alles.« Er wandte sich wieder an das Mädchen. »Nun, Miss Wilding, denken Sie nicht, dass Sie uns besser von Ihrem Auftrag erzählen sollten?«

Julia Wilding, alias Connie Halliday, zuckte erneut mit den Schultern.

»Es ist eine Straftat, das Zimmer eines Fremden zu betreten und es zu durchsuchen«, erinnerte sie Gaylord.

Sie ging zur Tür und öffnete sie, um zu überprüfen, ob niemand zuhörte, dann kam sie zurück und setzte sich auf den einzigen Stuhl. »Ich arbeite immer noch für *Staten Investigations*«, sagte sie dann.

»Die amerikanische Firma? Weshalb interessiert sie sich für Miss Helvin?«

»Wir wurden von einer schwedischen Versicherungsgesellschaft beauftragt, die in den letzten ein oder zwei Jahren für gestohlenen Schmuck viel Geld als Entschädigung bezahlen musste. Die Leute dort sagten, dass ein paar Beutestücke hier aufgetaucht sind und denken, dass man von hier aus den Fall aufrollen kann.«

»Was hat das alles mit der Tanzschule zu tun?«, fragte Michael.

Sie ignorierte den Satz und sagte leise: »Lange Zeit tappte ich im Dunkeln und war dann kurz davor, den Fall aufzugeben. Das berichtete ich meinem alten Freund Ben Dickens, dem Kriminalreporter – Ihrem Vorgänger –, der mir erzählte, dass er von einem seiner Kumpel in der Unterwelt darauf hingewiesen worden war, dass ein gewisser Victor Vorse heißen Schmuck aus dem Ausland hatte. Ben dachte, es könnte sich lohnen, dieser Spur nachzugehen. Ich suchte also die Tanzschule auf, die Vorse nur zur Tarnung und Ablenkung leitete. Ich hatte ein Vorstellungsgespräch und Vorse übernahm mich als Tanzlehrerin. Zufälligerweise tanze ich ganz gut – ich habe ein paar Amateurmeisterschaften gewonnen – das war also eine gute Ausgangslage.«

»Und haben Sie irgendwelche Beweise gefunden?«, fragte Gaylord.

»Nichts wirklich Handfestes. Aber ich bin ziemlich davon überzeugt, dass Vorse der Verbindungsmann der schwedischen Bande ist.«

»Was macht Sie dessen so sicher?«

»Ich habe ein oder zwei Gespräche mit angehört. Eine Tanzschule ist eine ideale Tarnung für einen solchen Ganoven, denn es gibt ständig fremde Leute, die ein und aus gehen, ohne Verdacht zu erregen. Gerade als ich der Sache genauer auf die Spur kam, fand Vorse heraus, wer ich bin.«

»Warum haben Sie mich angerufen und darum gebeten, mich in der Melkin Street zu treffen?«, fragte Michael.

»Ich wollte Ihnen alles über Vorse berichten, aber er

muss mich belauscht haben, als ich Sie anrief.«

»Aber er wird Sie doch nicht davon abgehalten haben, den Termin einzuhalten?«

»Doch, genau das hat er getan. Er sperrte mich in einen Raum in der Tanzschule, der nur ein vergittertes Fenster hat. Er dachte natürlich, dass Sie eine Art Komplize von mir sind. Er wusste ja nicht, dass wir uns gerade erst kennengelernt hatten.«

»Dann wussten Sie auch, dass es nicht Carel Helvin gewesen ist, die ermordet wurde?«, fragte Gaylord.

»Ich habe es vermutet. Ich wusste, dass ihre Schwester Paula mit einem Mann namens Lengaard in Verbindung stand, der die Sache in Schweden leitete. Aus verschiedenen Berichten wusste ich, dass er einen Grund dafür hatte, sich Paulas zu entledigen.«

»Das stimmt mit dem überein, was Carel mir erzählte«, nickte Michael. »Nur dass sie mir auch sagte, Paula behauptete, Lengaard ermordet zu haben und dass sie deshalb das Land verlassen musste. Es gibt aber keinen Beweis für diesen Mord. Jetzt frage ich mich ob…«

Er brach den Satz ab, weil ihm etwas in den Sinn kam.

»Was ist?«, fragte Gaylord, aber bevor Michael antworten konnte, klopfte es an der Tür.

»Wer ist da?«, rief Gaylord in scharfem Ton.

»Ich bin es, Sir, Mrs. Prothero.«

Gaylord öffnete die Tür. »Tut mir leid, Sie zu stören, Sir, aber unten fragt ein ausländischer Herr nach einer Miss Helvin. Er sagt, er wisse, dass sie hier wohne und dass er sich nicht abwimmeln lasse.«

»Hat er seinen Namen genannt?«

»Ja, Sir«, sagte Mrs. Prothero. »Ein sehr komischer Name – klang für mich wie Lengaard.«

6

Kriminalinspektor Gaylord ging zur Tür, zögerte einen Moment und wandte sich dann an Julia Wilding. »Wussten Sie, dass Lengaard im Land ist?«, fragte er.

»Nein, das ist für mich neu«, sagte sie.

»Sind Sie sicher, dass Sie diesen Mann noch nie gesehen haben?«, fragte er Mrs. Prothero.

»Ganz sicher«, sagte die Vermieterin. »Er war noch nie hier.«

Mit der Hand an der Türklinke sagte Gaylord: »In Ordnung, ich gehe mit Mrs. Prothero hinunter und will sehen, dass er mit hoch kommt.« Er nickte der Vermieterin zu, dass sie ihn nach unten begleiten sollte.

Michael Lance und Julia hörten, wie sich ihre Schritte entfernten, dann sagte Julia mit leiser Stimme: »Wenn es wirklich Lengaard ist, könnte er gefährlich sein. Ich nehme an, keiner von Ihnen hat eine Waffe dabei, oder?«

»Keine Sorge, wir werden die Situation schon meistern, wenn es brisant wird«, versicherte ihr Michael.

Über die Treppe konnten Sie Schritte hören, die sich näherten, dann vernahmen sie den Klang einer Männerstimme. Julia und Michael warfen sich einen kurzen Blick zu, als sich die Tür öffnete. Es konnte keinen Zweifel darüber geben, wem diese Stimme gehörte.

»Kommen Sie herein, Mr. Lengaard«, sagte Gaylord.

Julia Wilding machte einen unfreiwilligen Schritt nach vorne, als sie den Besucher erblickte. »Aber das ist nicht Lengaard«, sagte sie in einem schrillen Flüsterton.

»Natürlich nicht! Das ist Victor Vorse, der Mann,

der das Quiz gewann«, sagte Michael freundlich.

Vorse fuhr herum und sah sich um, so als ob er einen Fluchtweg suchte, aber Gaylord stand mit dem Rücken zur geschlossenen Tür. Einen Moment lang war es still, dann sagte Vorse: »Ich bin hier um Miss Helvin zu sehen. Wo ist sie?«

Michael schob einen Stuhl gegen Vorses Beine, so dass dieser sich abrupt hinsetzte. »Miss Helvin wird bald hier sein«, antwortete er. »In der Zwischenzeit können Sie uns helfen, die eine oder andere Kleinigkeit zu klären, Mr. Vorse.«

Vorse sah sich in der Gruppe um und fühlte sich sichtlich unwohl. »Hat sie Lügen über mich erzählt?«, fragte er mürrisch und deutete auf Julia.

»Wenn sie es getan hat, dann ist dies Ihre Chance, die Dinge ins Lot zu bringen. Vielleicht können Sie uns dann auch erklären, weshalb Sie sich den Namen Lengaard gegeben haben.«

»Das geht Sie nichts an.«

Michael stand bedrohlich vor ihm. »Es geht mich sehr wohl etwas an, Mr. Vorse, spätestens seitdem Sie kaltblütig versucht haben, mich zu ermorden. Eine jener Sachen, die Ihnen weniger gut gelungen ist.«

Vorse erhob sich halb, aber Michael stieß ihn zurück auf seinen Stuhl. »Ich habe die Nacht in der Melkin Street nicht vergessen, also reizen Sie mich nicht.«, sagte er leise. »Sagen Sie mir also jetzt, warum Sie den Namen Lengaard benutzt haben.«

Vorse fuhr sich mit der Zunge nervös über die Lippen. »Ich musste Carel Helvin sehen und ich dachte, dass sie gerne Lengaard treffen würde.«

»Weil sie glaubte, dass ihre Schwester Paula diesen Mann getötet hatte?«

»Genau.«

»Warum wollten Sie Carel Helvin unbedingt sehen?

Waren Sie es, der die Stimme von Inspektor Gaylord am Telefon nachgeahmt hat, um mich wegzulocken, als Carel Helvin in meiner Wohnung war?«

»Ich musste mich mit ihr geschäftlich unterhalten«, war die mürrische Antwort.

»Und diese geschäftliche Unterhaltung stand nicht zufällig in Verbindung mit einer wertvollen Halskette?«, schlug Michael leise vor.

»Was zum Teufel soll ich denn über Halsketten wissen?«

Michael stand da und blickte auf ihn herab, seine Hände tief in seine Hosentaschen gesteckt. »Sie wissen mehr darüber als die meisten Menschen«, antwortete er leise. »Sie sind hochqualifiziert darin, Schmuck aufzutreiben und ihn den richtigen Leuten zu vermitteln. Außerdem hatten Sie von Lengaard den Tipp erhalten, dass Paula ihre Schwester dazu gebracht hat, die Halskette von Schweden herüberzubringen. Als Sie sie deshalb kontaktierten, mussten Sie feststellen, dass sie den Schmuck nicht übergeben wollte. Da entschlossen Sie sich dazu, sie in dieser Wohnung, die angeblich einem Mr. Shroeman gehörte, zu ermorden. Sie hatte Bert Howard, den Portier, bestochen. Dieser sollte sagen, dass der Besitzer der Wohnung ein Holländer sei. Aber Sie haben sich nicht täuschen lassen, Vorse. Sie haben die Wohnung durchsucht, nachdem Sie das Mädchen ermordet hatten und kamen ein paar Tage später nochmals hierher, um sie erneut zu durchforsten. Als Bert Howard versuchte, Sie davon abzuhalten, kam es zu einem weiteren Mord.«

Vorse drehte sich um und sah Gaylord an.

»Er kann nichts davon beweisen!«, stammelte er.

»Sie werden überrascht sein, was ich Ihnen alles beweisen kann, Mr. Vorse«, sagte Michael sanft. »Ich habe in Ihrer Vergangenheit etwas herumgeforscht. Übrigens haben Sie auch das Quizteam in der Fernsehshow belogen. Sie wurden viel nämlich bei Krakau geboren und nicht in Fowey.«

»Ich bleibe keine Sekunde weiter hier, um mir noch mehr von diesem Schwachsinn anzuhören«, schnappte Vorse und sprang auf.

Gaylord legte eine Hand um Vorses Arm und hielt ihn fest.

»Ich denke, es wäre eine noch bessere Idee, wenn Sie mit zum Yard kämen und uns dort verraten würden, was Sie alles über diese Sache wissen«, schlug er vor.

Vorse sprang plötzlich auf und stieß Gaylord zur Seite. Er lief in Richtung Haupteingang und eilte die Treppe hinunter, die von der kleinen Wohnung wegführte. Michael folgte ihm jedoch sehr dicht auf. Als Vorse den Treppenabsatz erreichte, hastete er mit einem Sprung nach vorne und packte ihn an seinem Knöchel. Vorse verlor das Gleichgewicht und stürzte mit enormer Geschwindigkeit hart gegen das hölzerne Treppengeländer.

Man hörte Holz splittern und Vorses Bein entglitt gewaltsam Michaels Hand, als der Tanzlehrer das Treppenhaus ganz hinunter stürzte. Die anderen rannten auch hinab und erreichten Vorse im selben Moment, als Mrs. Prothero von unten dazukam.

»Besser, wir bewegen ihn nicht«, riet Gaylord und deutete auf die verkrümmte und verdrehte Position, in der Vorse lag. Er schien bewusstlos zu sein, öffnete aber für einen Moment die Augen und murmelte ein paar Worte. Michael dachte, er hätte das Wort ›Halskette‹ vernommen, war sich jedoch nicht sicher.

»Ich werde den Streifenwagen zum Krankenhaus schicken«, sagte Gaylord entschieden, als er die Haustür öffnete.

Als er das Polizeiauto erreichte, sagte der Fahrer: »Eben kam über Funk eine Nachricht, Sir. Eine Miss

190

Carel Helvin«, er blickte in sein Notizbuch, in das er den Namen geschrieben hatte, »wartet darauf, Sie im Yard zu treffen. Sie sollen sofort hinkommen.«

Gaylord zögerte einen Moment und sagte dann: »Bitte gehen Sie ins Haus und bleiben Sie bei dem Mann, der im Flur liegt. Ich schicke dann einen Krankenwagen. Und richten Sie Mr. Lance aus, dass er mit mir zum Yard fahren soll.«

Der Fahrer stieg aus und Gaylord setzte sich hinter das Steuer. Eine Minute später stieg Michael neben ihm ein. Der Inspektor dachte, dass es schneller sei, einen Krankenwagen zu rufen, als selbst zum Krankenhaus zu fahren. Deshalb hielten sie an der ersten Telefonzelle und fuhren dann erst weiter zum Yard.

Carel Helvin saß in Gaylords Büro, hatte die Hände um ihre Handtasche gelegt, und machte einen ziemlich selbstbeherrschten Eindruck. Michael ging rasch zu ihr.

»Ich bin froh, dass es dir gut geht«, sagte er herzlich. »Wieso bist du einfach so verschwunden?«

Sie zuckte mit den Schultern. »Nachdem du weg warst, habe ich angefangen, nachzudenken«, murmelte sie. »Alle möglichen Dinge kamen mir in den Sinn – ich dachte dann, dass das Telefonat eventuell ein Trick gewesen war, um dich aus der Wohnung zu locken. Je mehr ich darüber nachdachte, desto wahrscheinlicher schien es mir. Also dachte ich mir selbst auch einen Trick aus und beschloss, den Hinterausgang zu nehmen und ging über die Feuertreppe hinunter.«

»Das war ziemlich schlau«, sagte Michael und lächelte sie an.

»Aber das ist noch nicht alles. Ich näherte mich der Wohnung wieder und versteckte mich im Eingang eines Ladens, von wo aus ich ein Auge auf deine Wohnung werfen konnte. Bald schon kam ein Mann und ich erkannte ihn. Ich hatte ihn zuvor schon zwei Mal mit meiner Schwester Paula gesehen, und er sah genauso aus wie jener Mann, den du mir von dem Abend im Theater beschrieben hattest. Ich war unschlüssig darüber, was ich tun sollte und so wartete ich ein wenig ab. Nach einer Weile kam der Mann wieder aus dem Haus und ging weg. Dann sah ich, wie du zurückkamst. Ich wollte gerade über die Straße laufen, als ich sah, wie ein Streifenwagen vor den Wohnungen hielt. Ich bekam Angst. Ich änderte meinen Plan und sprang in den nächsten Bus. Ich bin sehr lange herumgefahren und versuchte mich zu entscheiden, was ich tun sollte. Dann beschloss ich, reinen Tisch zu machen und offen über alles zu reden. Deshalb kam ich direkt hierher und fragte nach deinem Freund Inspektor Gaylord.«

Jetzt, wo er Carel Helvins Geschichte gehört hatte, beschloss der Inspektor, in die Wohnung, in der Paulas Leiche gefunden wurde, zurückzufahren. »Vielleicht entdecken Sie dort etwas, dass uns einen Hinweis auf die verschwundene Halskette geben könnte«, sagte er zu Carel. »Seit dem Mord ist dort nichts mehr angerührt worden. Der Vermieter ist schon etwas ungeduldig und wir müssen die Wohnung bald wieder freigeben.«

Zwanzig Minuten später standen die drei in Paula Helvins Schlafzimmer. Sie nahmen den Raum ausführlich unter die Lupe, jedoch ohne Erfolg. Michael, der einen Eckschrank durchsucht hatte, holte plötzlich eine hübsche kleine japanische Kiste hervor.

»Paulas Schminkkoffer! – Das war ein Geschenk von mir«, rief Carel. Michael hob den Deckel hoch und brachte einige Schminkstifte, zwei oder drei kleine Schachteln mit Karmin und Mascara sowie ein Sortiment an Augenbrauenstiften zum Vorschein. Er wollte gerade die Kiste wieder schließen, als Carel ihn davon abhielt.

»Einen Augenblick!«, rief sie. »Mir ist da eben etwas eingefallen.« Sie nahm die Kiste und drückte einen kleinen Metallkamm zwischen die beiden Scharniere. »Diese Kiste hatte früher ein Geheimfach. Ich frage mich, ob – seht mal! « Sie hob den oberen Teil mit dem gesamten Makeup heraus. Im Fach darunter lag eine Diamantenkette.

Michael ließ die glatten Steine durch seine Finger rutschen. »Mrs. Julia Wilding wird sehr erfreut sein, davon zu erfahren«, sagte er.

»Da ist sie aber nicht die einzige«, sagte Gaylord. »Das hier scheint der Schlüssel zu dem ganzen Fall zu sein.«

Als sie die Wohnung verließen, sagte Michael zu Carel: »Ich denke, wir müssen das feiern. Denkst du, du kannst es einrichten und heute Abend mit mir essen?«

»Aber natürlich!«, lächelte sie.

»Was ist mit dir, Jack?«, fragte Michael und wandte sich an Gaylord.

Der Inspektor schüttelte den Kopf. »Ich habe noch einiges aufzuklären. Und ich muss sofort ins Krankenhaus, falls Vorse das Bewusstsein wiedererlangt hat.«

Da das Krankenhaus in einer anderen Richtung lag, verabschiedete sich Gaylord von ihnen vor der Wohnung und sie riefen ein Taxi. Als das Taxi in die Bayswater Road abbog, wandte sich Michael an Carel. »Ich bin sehr froh darüber, dass du mich in dieser Sache um Hilfe gebeten hast«, sagte er.

»Du warst einfach der vertrauenswürdigste Mann, der mir in den Sinn kam«, antwortete sie schlicht.

Zwei Stunden später saß Carel Helvin in einem kleinen Büro in der Fleet Street und sah zu, wie Michael seinen Bericht fertigstellte.

Plötzlich klingelte das Telefon. Michael erkannte die Stimme des Anrufers sofort. Es war Geoffrey Frame, ein befreundeter Fernsehproduzent. »Michael, ich sitze etwas in der Klemme«, sagte die vertraute Stimme. »Kannst du herüber ins Studio kommen?«

»Was ist das Problem?«

»Es ist meine neue Sendung, *Der persönliche Auftritt*. Lewis Bailey machte die bis jetzt, aber er wurde wegen anderer Aufträge nach Paris geholt. Könntest du ihn ersetzen?«

»Aber ich habe gerade erst im Krimisektor angefangen.«

»Umso besser«, antwortete Frame eifrig. »Du kannst uns einen völlig neuen Blickwinkel geben – vom Showbusiness bis zum Krimisektor.«

»Nein, das glaube ich nicht, Geoff – warte eine Minute.« Er hielt den Hörer zu und wandte sich an Carel.

»Möchtest du gerne heute Abend ins Fernsehen?«, fragte er sie.

Ihre Augen weiteten sich. »Heute Abend?«

Michael grinste und nahm die Hand vom Hörer. »Alles klar, Geoff«, sagte er. »Abgemacht – aber unter einer Bedingung.«

»Und die wäre?«

»Meine zukünftige Frau bekommt den gleichen Vertrag.«

Michael Lance legte den Hörer auf, hob seinen Bericht über den Fall Vorse hoch und wandte sich an Carel. »Diese Sache hätten wir geklärt«, sagte er. »Genauso wie jene zwischen dir und mir.«

ENDE

Francis Durbridge
PAUL TEMPLE
UND
DIE VORSICHTIGE MISS HELVIN

Treatment für eine Fernsehepisode
aus dem Englischen übersetzt von
Dr. Georg Pagitz

Die handelnden Personen:

Paul Temple · Kriminalschriftsteller
Steve, seine Frau · Journalistin
Carel Helvin · Schauspielerin
Victor Vasco · Tanzschulbetreiber
Connie Halliday · Mr. Vascos Assistentin
Paula Helvin · Schwester von Carel
Bert Howard · Hausmeister
Mrs. Lovatt · Vermieterin
Len · Barkeeper
Sergeant Fox
Empfangsseargent
Sergeant der Flusspolizei
Polizeifahrer
Rezeptionist

Die Handlung spielt in London im Jahr 1967.

Szene 1:
Bar. Innen. Nacht.

In der kleinen Bar eines teuren Hotels im West End unterhält sich Paul Temple mit einem alten Bekannten: Len, dem Barkeeper. Temple erzählt ihm, dass er auf Steve warte, die den Filmstar Carel Helvin für ihre wöchentliche Kolumne interviewe. Len sagt, dass Miss Helvin etwas geheimnisvoll sei, denn sie besuche niemals die Bar. Außerdem habe er sie nie gesehen, nur wenn sie über den Korridor ging. Er hat irgendwo gelesen, dass sie die Rolle in dem neuen britischen Film aufgrund ihrer Darbietung in einer innovativen schwedischen Produktion erhalten habe, die international sehr erfolgreich war. Temple, der auf Steve wartet, um sie für eine Dinnerparty abzuholen, sagt, dass er nichts über Carel Helvin wisse. Er hofft, dass Steve ihm von ihr erzählen werde. Als seine Frau kommt, ist sie ziemlich betrübt, lehnt einen Drink ab, sagt, dass sie sich beeilen müssen und verlässt mit Temple die Bar. Len ist sichtlich enttäuscht.

Szene 2:
In einem Taxi. Nacht.

Steve ist immer noch sehr wortkarg, aber Temple kann ihr schließlich entlocken, dass das Interview ein schrecklicher Misserfolg war. Steve ist ziemlich enttäuscht – dies war die erste Filmschauspielerin, die sie getroffen hat, die kein Interesse an Publicity zeigte. Sie händigte Steve einfach eine vorgefertigte Presseinformation aus und zögerte bei allen weiteren Fragen. Steve versuchte, ihr etwas mehr zu entlocken, indem sie ihr gegenüber Bewunderung für einen sehr ungewöhnlichen Ring mit einem Falken ausdrückte, den Carel trug, aber das schien sie noch zurückhaltender als zuvor zu machen. Sie wollte offensichtlich nicht darüber sprechen. Temple denkt, dass das eine Strategie der Produktionsfirma sein könnte, aber Steve sagt, dass es der Pressesprecher der Firma gewesen sei, der das Interview anberaumt hatte. Temple versucht Steve zu trösten, indem er sagt, dass er diese Woche Tickets für die Premiere eines viel diskutierten neuen Stücks erhalten habe. Möglicherweise könne Steve bei dieser Gelegenheit etwas für ihre Kolumne finden.

Szene 3:
Londoner Wohnung der Temples. Arbeitszimmer. Tag.

Temple arbeitet fleißig, als das Telefon klingelt. Die Anruferin ist Carel Helvin, die mit Steve sprechen möchte. Temple sagt, dass Steve bis zur Mittagszeit unterwegs sei. Sie recherchiere für eine Geschichte, die sie anstatt des Interviews mit Carel bringen kann. Carel sagt, es tue ihr leid und sie habe angerufen, um zu sagen, dass sie sich für ihre ablehnende Haltung entschuldigen wolle. Es gäbe private Gründe dafür, aber sie wolle nicht mehr darüber sagen. Sie bittet Temple, Steve ihr diesbezügliches Bedauern auszudrücken.

Szene 4:
Theaterbar. Nacht.

Steve und Temple besuchen die Premiere des Theaterstücks. Die Bar ist sehr voll. Temple kämpft sich mit den Getränken zu Steve durch. Steve erblickt plötzlich Carel Helvin, wird von ihr jedoch ignoriert. Steve ist darüber sehr verwundert und meint, dass die Schauspielerin ihr wenigstens zunicken hätte können, wo sie sie doch auch angerufen habe. Steve weist Paul auf den Ring mit dem Falken hin, den Carel Helvin trägt. Beide mutmaßen darüber, wer der schlanke Begleiter der Schauspielerin sein könnte, mit dem sie sich so vertieft unterhält. Temple meint, dass das so innige Gespräch mit ihrem Begleiter möglicherweise Carels Ignoranz begründet. Außerdem bestehe die Möglichkeit, dass sie kurzsichtig und dass sie wie viele andere Schauspielerinnen auch zu eitel sei, eine Brille zu tragen.

Szene 5:
Londoner Wohnung der Temples. Wohnzimmer. Nacht.

Steve sagt zu Temple, dass ihr Carel Helvin nicht aus dem Kopf gehe. Sie findet, dass das Mädchen beunruhigt aussah und dass sie sie aus einem bestimmten Grund ignoriert habe. Auf Temples Vorschlag hin beschließt Steve, Carel in ihrem Hotel anzurufen. Dort sagt man ihr, dass Carel das Hotel am Vormittag verlassen und keine Adresse hinterlassen habe.

Szene 6:
Vospers Büro. Vormittag.

Vosper hat eines von Temples Manuskripten auf die korrekte Vorgehensweise der Interpol überprüft und gibt es ihm zurück. Der Inspektor gähnt und sagt, er sei die halbe Nacht wegen eines Mordfalls wach gewesen. Ein Mädchen wurde in einer Wohnung in Bayswater gefunden und ihr Gesicht bis zur Unkenntlichkeit entstellt. Auf seinem Schreibtisch liegt ein halb geöffneter Umschlag mit ihren persönlichen Gegenständen. Sofort fällt Temple einer davon ins Auge. Es ist der ungewöhnliche

Ring mit dem Falken. Er sagt Vosper, dass er vielleicht etwas über die Besitzerin wisse. Vosper sagt, der Hausmeister in den Wohnungen habe das Mädchen schreien hören und die Polizei angerufen, da er dachte, die Wohnung sei leer. Sie wurde an einen Mann namens Eric Shroeder vermietet, der in Amsterdam sei. Die Adresse sei 47 Malvern Court, Bayswater. Als die Polizei die Tür gewaltsam aufbrach, fand man das tote Mädchen. Außerdem gibt es Anzeichen dafür, dass die Wohnung durchsucht wurde. Temple ruft bei der Firma *Commodore Films* an und fragt, ob Carel Helvin zu sprechen sei. Man antwortet, dass sie für ein paar Tage nicht da sei. Dann fragt er nach ihrer Privatadresse. Man antwortet, dass sie aus ihrem Hotel ausgecheckt und nur eine vorübergehende Adresse hinterlassen habe: 47 Malvern Court, Bayswater. Temple sagt zu Vosper, dass er große Angst habe, dass das Mordopfer Carel Helvin ist.

Szene 7:
Londoner Wohnung der Temples. Wohnzimmer. Nacht.

Steve sitzt auf dem Sofa und schreibt etwas in ihr Notizbuch. Temple sitzt in einem Sessel, schlürft seinen Whisky und schaut müde auf den Fernseher mit sehr leisem Ton. Steve schlägt vor, den Apparat auszuschalten, aber etwas auf dem Bildschirm erregt plötzlich Temples Aufmerksamkeit. Ein neues Programm namens *Miss Terpsichore* hat gerade mit der Vorstellung der Jury begonnen. Temple sagt, er sei sich sicher, dass er eines der Gesichter kenne. Der Moderator stellt die Teammitglieder einzeln vor. Das bekannte Gesicht ist jenes von Victor Vasco, einem lateinamerikanischen Tanzexperten, der bei der Auswahl der Ballsaalkönigin des Jahres mitwirken wird. Steve erkennt ihn jetzt auch wieder – Vasco ist der Mann, der am Vorabend mit Carel Helvin im Theater war. Sie sagt, sie sei sich sicher, dass er irgendwo eine Tanzschule betreibe und irgendwo eine Werbung dafür gesehen habe. Mit Hilfe des Telefonbuchs findet sie die Adresse heraus. Die Tanzschule befindet sich in der Baltimore Road, Richmond. Steve meint, dass es verrückt sei, dass ein Mann, der einen Mord begangen hat, zehn Millionen Zuschauern sein Gesicht zeige. Temple sagt, dass Vasco sich auch von Carel Helvin nach dem Theater verabschiedet haben könnte und sie danach nicht wieder gesehen habe. Er ruft jedoch Vosper an. Dieser verspricht, dass er einen seiner Männer sofort ins Fernsehstudio schicken werde.

Szene 8:
Tanzschule. Innen. Tag.

Steve kommt in die Tanzschule und fragt nach Mr. Vasco. Sie lernt Connie Halliday kennen, eine affektierte Blondine, die seine Assistentin ist. Steve erzählt, dass sie gehört habe, dass Mr. Vasco gerade einen neuen Tanz namens Panchilla ins Programm genommen habe. Sie sei sehr daran interessiert, etwas darüber in ihrer Kolumne zu schreiben. Connie ist interessiert, bis Steve beiläufig erwähnt, dass sie von einem Filmstar namens Carel Helvin von dem neuen Tanz gehört hat. Daraufhin gibt sich Connie zurückhaltender und sagt, dass sie wegen eines Termins anrufen soll.

Szene 9:
In einem Polizeiwagen. Tag.

Vosper erzählt Temple, dass einer seiner Leute Vasco verhört habe. Dabei habe Vasco bestritten, mit Carel Helvin im Theater gewesen zu sein. Er wisse auch nichts über diese Frau. Man habe Vasco überprüft und er sei nicht vorbestraft. Vosper und Temple sind auf dem Weg in die Wohnung in Bayswater. Der Inspektor sagt, dass man nichts Neues über den Wohnungseigentümer Shroeder in Erfahrung gebracht habe, der angeblich in Holland sei. Dort konnte man ihn nicht finden. Der Wagen fährt vor Malvern Court vor.

Szene 10:
Malvern Court. Tag.

Bert Howard, der Hausmeister, öffnet die Haustür, um Temple und Vosper hineinzulassen. Sie befragen ihn erneut über die Nacht des Mordes. Howard sagt, er habe das Mädchen nie in die Wohnung kommen sehen. Temple zeigt Bert eine Broschüre von Victor Vascos Tanzschule. Auf der Vorderseite befindet sich ein großes Bild von Vasco. Howard sagt, er habe ihn noch nie in der Wohnung gesehen. Er könne sich bei so vielen Leuten, die kommen und gehen, jedoch an die Hälfte nicht erinnern. Vosper sagt, dass es eine Belohnung geben könnte, falls ihm noch etwas einfallen sollte. Er ergänzt, dass er von Howards Vorstrafe wisse und dass er nicht wolle, dass er wieder auf die schiefe Bahn komme, jetzt, wo er eine saubere Weste habe. Vosper und Temple gehen. Howard sieht sehr besorgt aus.

Szene 11:
In einem Polizeiwagen. Tag.

Vosper sagt Temple, dass er das Gefühl habe, dass Bert Howard mehr wisse, als er zugibt. Temple fragt sich, ob es nicht eine andere Möglichkeit gäbe, um ihn zum Reden zu bringen. Vosper sagt, er werde Howard etwa zwölf Stunden Zeit geben, um die Dinge zu überdenken, und danach noch mehr Druck ausüben.

Szene 12:
Londoner Wohnung der Temples. Wohnzimmer. Nacht.

Steve erzählt Temple von ihrem Besuch in der Tanzschule und von ihrem Verdacht gegenüber Connie Halliday. Temple sagt, er werde mit Vosper sprechen und sie überprüfen lassen. Als er ihn telefonisch erreicht, sagt Vosper, dass er Bert Howard treffen werde. Dieser habe darum gebeten, ihn in einer halben Stunde in einem Pub in Hammersmith zu sehen. Er schlägt Temple vor, ihnen ein wenig Zeit miteinander zu geben. Dann solle Temple nachkommen und einen Drink zu sich nehmen, bis Vosper sich ihm anschließe. Dann können sie ihr weiteres Vorgehen besprechen. Temple stimmt zu, legt auf, erzählt Steve von dem Inhalt des Gesprächs und sagt, dass er Vosper von Connie Halliday persönlich erzählen werde, da er ihn gleich treffe.

Szene 13:
Pub in Hammersmith. Außen. Nacht.

Ein Gasthaus, das sich am Wasser befindet. Als Temple sich dem Lokal nähert, kommt Vosper heraus. Er sagt, dass er fast eine halbe Stunde auf Howard gewartet habe, dass dieser jedoch nicht erschienen sei. Er bedauert, dass Temple umsonst gekommen sei. Da macht ihn Temple auf ein Polizeiboot aufmerksam, das sich dem Ufer nähert. Die Männer auf dem Boot geben Handzeichen und Vosper bemerkt, dass etwas nicht stimmt. Sie gehen zum Ufer hinunter.

Szene 14:
Anlegestelle. Nacht.

Vosper spricht mit dem leitenden Beamten auf dem

205

Polizeiboot. Dieser weist auf den reglosen Körper hin, der im Inneren des Bootes liegt. Der Sergeant von der Flusspolizei beauftragt einen seiner Männer, einen Krankenwagen zu rufen. Temple und Vosper gegenüber meint er jedoch, dass dem Mann nicht mehr zu helfen sei. Er leuchtet mit einer Taschenlampe auf das Gesicht der Leiche: Es ist Bert Howard.

Szene 15:
Tanzschule. Innen. Tag.

Vasco gibt gerade eine Unterrichtsstunde, als die Empfangsdame kommt und ihm etwas zuflüstert. Er unterbricht den Kurs und geht mit ihr in die Lobby, wo Steve wartet. Steve fragt, ob sie mit Connie Halliday sprechen könne. Vasco sagt, dass Miss Halliday nicht zu sprechen sei. Als Steve darauf besteht, antwortet er, dass Miss Halliday gar nicht da sei und er keine Ahnung habe, wo sie sich aufhalte. Er beendet das Gespräch mit einer unheilvollen Warnung, dass Steve sich nicht in Dinge einmischen solle, die sie nichts angehen.

Szene 16:
Londoner Wohnung der Temples. Wohnzimmer. Nacht.

Temple schreibt eifrig, als Steve, gerade aus Richmond zurückkommt. Sie kommt mit einem Zettel herein, den sie im Briefkasten gefunden hat. Sie sagt, dass sie und Connie Halliday sich anscheinend suchten und sich überkreuzt hätten. Temple liest den Zettel. Darauf steht: »Muss Sie dringend sprechen. Können wir uns morgen um elf Uhr am U-Bahneingang am Piccadilly Circus treffen? Sprechen Sie bitte mit niemandem darüber. Ich verlasse mich auf Sie. C. H.«

Temple und Steve mutmaßen darüber, ob sich Connie mit Vasco nicht zerstritten hat. Temple sagt, er werde Steve nicht erlauben, alleine dorthin zu gehen. Sie einigen sich schließlich darauf, dass Paul diskret die Situation überwachen werde. Steve will ihm dann signalisieren, näher zu kommen. Ein Anruf von Vosper bestätigt, dass es sich bei dem Toten um Howard handelt.

Szene 17:
U-Bahnstation Piccadilly. Innen. Tag.

Steve steigt die Stufen von der Shaftesbury Avenue zur Plattform hinunter. Die Uhr zeigt 10:55. Temple steht in einem anderen Eingang und lehnt an der Wand. Er tut so, als ob er in eine Zeitung vertieft ist. Steve geht die gesamte Plattform sehr langsam auf und ab und tauscht einen verwirrten Blick mit Temple aus, da es keine Spur von Connie Halliday gibt. Plötzlich bleibt sie vor einer Telefonzelle stehen, aus der ein Mädchen aufmerksam einen Passanten beobachtet. Es handelt sich dabei um Carel Helvin. Sie sagt Steve, dass sie unendlich froh über ihr Erscheinen sei. »Aber ich dachte –«, beginnt Steve. »Sie dachten, ich sei ermordet worden«, sagt der Filmstar. Sie zieht Steve halb in die Telefonzelle und sieht sich besorgt um. Steve sagt, dass sie dachte, die Nachricht käme von Connie Halliday. Carel hat anscheinend noch nie von ihr gehört. Sie fragt, ob sie nicht wo anders reden könnten. Steve antwortet, dass ihre Wohnung nur einen Katzensprung entfernt sei. Carel ist einverstanden, dorthin zu gehen. Steve gibt Temple ein beruhigendes Zeichen. Dieser mischt sich nicht ein und die beiden Frauen gehen die Treppe hoch.

Szene 18:
In einem Taxi. Tag.

Steve schließt die Gleisscheibe zwischen ihnen und

dem Fahrer, dreht sich zu Carel und sagt leise: »Die Polizei hat ein Mädchen mit einem Ring gefunden, der genauso aussah, wie Ihrer. Sie ist ermordet worden. Haben Sie eine Ahnung, wer die Tote ist?« Carel schaut sich vorsichtig um und flüstert, dass sie später alles erzählen werde. »Warum wollten Sie mich sprechen?«, fragt Steve. Carel sagt, sie sich beim Pressesprecher des Studios über die Temples erkundigt habe. Dieser habe ihr alles über die beiden erzählt und gesagt, sie seien absolut zuverlässig und diskret. Steve sagt, dass Carel schon längst zur Polizei hätte gehen sollen. Sie fragt sich, warum sie dies nicht getan hat. Die junge Frau antwortet erneut, dass sie ihr alles erklären und die ganze Geschichte erzählen wolle.

Szene 19:
Eine Londoner Straße. Tag.

Steve und Carel steigen vor dem Haus der Temples aus dem Taxi. Steve bezahlt das Taxi. Sie gehen ins Haus.

Szene 20:
Londoner Wohnung der Temples. Wohnzimmer. Tag.

Steve gibt Carel einen Drink und schenkt sich selbst auch einen ein. Carel sieht sich vorsichtig im Raum um und fragt, ob Steve sicher sei, dass niemand zuhören werde. Steve beruhigt sie. Carel sagt, dass sie in England niemanden wirklich gut kenne und sehr beunruhigt darüber sei, dass ihr etwas zustoße. Sie hat ihr Hotel verlassen und lebt jetzt in der Canterbury Road, St. John's Wood, gegenüber einer kleinen Kirche, die sie manchmal besucht, um in aller Ruhe über ihre Lage nachzudenken. Dann enthüllt sie zu Steves Erstaunen, dass das ermordete Mädchen ihre Schwester Paula war, die ihr ziemlich ähnlich sah und manchmal als Ersatz für sie in schwedischen Filmen eingesetzt wurde. Paula war unzuverlässig, hatte wenig Talent und genoss das leichte Leben, was oft Ärger mit sich brachte. Carel hatte immer versucht, auf sie aufzupassen, da sie keine Mutter mehr hatten und Paula die Jüngere war. Sie hatte es immer geschafft, Paula aus ernsthaften Schwierigkeiten herauszuhalten, bis ein Mann namens Lengaard in ihr Leben trat. Dieser setzte Paula auf Drogen und verwickelte sie in seine dunklen Geschäfte. Er verfügte über verschiedene internationale Kontakte. Carel hat Angst vor ihm. Eines Nachts kam Paula schluchzend in ihr Zimmer und sagte, dass sie Lengaard nach einem Streit mit einem Messer getötet habe. Am nächsten Tag sollte Carel Schweden verlassen, um in ihrem aktuellen Film in England zu spielen, deshalb beschloss sie, Paula mitzunehmen. Sie hörten nichts mehr von Lengaard und lasen nichts in den Zeitungen. Paula hatte jedoch Angst, dass einer von Lengaards Freunden sie finden würde. Sie verschwand für ein oder zwei Wochen von der Bildfläche und fing dann wieder an, ihre schlechten Kontakte zu pflegen. Mit einem von ihnen war sie ins Theater gegangen. Der Mann brachte sie jedoch nicht nach Hause und Carel hatte ihn deshalb nie kennengelernt. Steve sagt, dass es Paula gewesen sein muss, die sie bei der Premiere gesehen hat. Der Name Victor Vasco sagt Carel nichts.

Das Gespräch wird durch den Anruf eines Sergeant Fox unterbrochen. Dieser sagt, dass Mr. Temple ihm mit der Übermittlung einer wichtigen und eiligen Nachricht betraut habe. Steve solle sofort aufbrechen und ihn auf der Polizeistation Savile Row treffen. Es sei sehr wichtig. Steve bittet Carel zu warten.

Szene 21:
Polizeistation Savile Row. Empfang.

Steve kommt herein und fragt den diensthabenden Sergeant nach Sergeant Fox. Der Mann antwortet, dass es dort niemanden dieses Namens gebe.

Szene 22:
Straße. Tag.

Steve stürzt aus einem Taxi und eilt in das Haus, in dem sich ihre Wohnung befindet.

Szene 22:
Londoner Wohnung der Temples. Wohnzimmer. Tag.

Steve öffnet die Tür und sieht sich um. Der Raum ist leer.

Szene 23:
Londoner Wohnung der Temples. Arbeitszimmer. Tag.

Temple macht sich gerade irgendwelche Notizen. Steve kommt herein und fragt, ob er Carel Helvin gesehen hat und erzählt ihm von dem fingierten Telefonanruf. Temple sagt, dass er sich versichert habe, dass beide von der U-Bahnstation aus nicht verfolgt wurden, als sie nach Hause gingen. Er hat keine Ahnung, ob sich Carel Helvin im Wohnzimmer aufhielt, als er kam, aber er hat niemanden gehört, da das Arbeitszimmer etwas abgelegen ist. Er ruft Vosper sofort an. Sie wollen versuchen, die Wohnung in St. John's Wood zu finden, die Carel Helvin erwähnt hat.

Szene 24:
Canterbury Road, St. John's Wood. Tag.

Temple, Steve und Vosper steigen aus einem Polizeiwagen und entdecken die Kirche, die Carel Helvin erwähnt hatte. Sie finden auch das Haus, in dem sie eine Wohnung hat. Die Vermieterin, die die Tür öffnet, lässt sie widerwillig eintreten.

Szene 25:
Im Haus. Treppe. Tag.

Die Vermieterin Mrs. Lovatt, Steve, Vosper und Temple steigen die Treppe zu Carels Wohnung hinauf. Sie klopfen an, bekommen aber keine Antwort. Mrs. Lovatt öffnet die Tür mit einem Schlüssel und sie gehen hinein. Mrs. Lovatt ist Carel als Miss Carlsen bekannt, sie erkennt sie auf einem Foto, das ihr Vosper zeigt.

Szene 26:
In der Wohnung. Tag.

Das erste Zimmer ist ein Wohnzimmer mit einer Küchennische. Es ist leer, als sie eintreten. Steve geht zum Fenster und schaut auf die Kirche, die sie Temple zeigt, um zu beweisen, dass dies die Wohnung sein muss. Vosper nimmt eine leichte Bewegung im Schlafzimmer nebenan war. Er macht ein Zeichen, dass alle still sein sollen. Er geht zur Tür und schleudert sie plötzlich auf.

Szene 27:
Das Schlafzimmer. Tag.

Eine Frau durchwühlt fieberhaft die Schubladen eines Schreibtisches und sucht dort etwas. Sie dreht sich um, als sich die Tür öffnet und Steve ruft: »Connie Halliday!« Vosper fragt Mrs. Lovatt, ob sie sie hereingelassen habe. Die Vermieterin verneint und sagt, sie habe sie niemals gesehen. Vosper wirft ein, dass er die Dame kenne und daher keinen Zweifel darüber habe, dass sie einen Generalschlüssel oder einen Dietrich besitze. Er bittet Mrs. Lovatt, draußen zu warten und stellt Connie Halliday zur Rede. Er verrät, dass es sich bei ihr um Julia Wild handle, eine der bekanntesten Privatdetektivinnen. »Was fällt Ihnen ein, Miss Wild«, fragt er und erinnert sie daran, dass es eine Straftat ist, unbefugt in eine Privatwohnung einzudringen und diese zu durchsuchen. Steve fragt sich, wie Julia es fertig gebracht hat, eine Tanzschule zu leiten. Julia lächelt und erklärt, dass sie zufälligerweise Silbermedaillengewinnerin im Tanzen sei. Vosper hakt hartnäckig nach und schließlich bestätigt Connie Temples Verdacht, dass sie für eine Versicherung arbeitet. Sie erklärt, dass es sich um einen großen schwedischen Konzern handle, der in den letzten zwei Jahren erhebliche Verluste durch hohe Entschädigungszahlungen für gestohlenen Schmuck erlitten hat. Die Versicherungsgesellschaft habe sie gebeten, Victor Vasco aufzuspüren und in engem Kontakt mit ihm zu bleiben, da dieser verdächtigt wurde, einen Teil des gestohlenen Schmucks verkauft zu haben. Deshalb hat sie sich bei Vasco vorgestellt und bei ihm einen Job angenommen. Sie hat sogar bei einigen Wettbewerben und auf verschiedenen Ballveranstaltungen mit ihm getanzt. Bis jetzt hatte sie jedoch keine konkreten Beweise, obwohl sie überzeugt war, dass Vasco etwas vorhatte. Steves Besuch hatte ihn noch misstrauischer gemacht, zumal er wusste, dass Julia einige geheime Gespräche kurz vor Paulas Ermordung mit angehört hatte. Julia hatte Berichte über Paula und Lengaard, die damit ein Motiv hatten, sie loszuwerden. Temple sagt, dass Paula laut Carel Helvin zuerst zugestochen hatte. Es klopft an der Tür und Mrs. Lovatt kommt herein. Sie sagt, dass draußen ein Ausländer nach Carel Helvin frage. Er habe einen lustig klingenden Namen, so etwas wie Lengaard. Nach einer längeren Pause fragt Vosper Mrs. Lovatt, ob sie diesen Mann schon einmal gesehen habe. Sie verneint. Er fragt Julia, ob sie wisse, dass er im Land sei. Sie antwortet, dass es neu für sie sei, sie es jedoch angesichts dessen, was passiert ist, für mehr als möglich halte. Vosper sagt zu Mrs. Lovatt, dass er sie begleiten und mit Lengaard hochkommen werde.

Szene 28:
Im Haus. Treppe. Tag.

Mrs. Lovatt und Vosper kommen aus Carel Helvins Wohnung. Er wirft einen vorsichtigen Blick nach unten, dann gehen sie gemeinsam langsam hinunter.

Szene 29:
Das Wohnzimmer. Tag.

Julia Wild sagt: »Wenn es tatsächlich Lengaard ist, könnte es gefährlich werden. Sie haben nicht zufällig eine Pistole dabei, Mr. Temple?« Temple schüttelt den Kopf und versichert ihr, dass Vosper die Situation meistern wird. Schließlich öffnet sich die Tür und Vosper führt den Besucher herein. Er spricht ihn als Lengaard an. Steve ist erschrocken, dass es sich dabei um Victor Vasco handelt. Währenddessen hat Vosper die Tür geschlossen und steht mit dem Rücken zu ihr, so dass der Weg versperrt ist und es kein Entkommen gibt. Vasco erholt sich etwas und bittet darum, Carel Helvin sprechen zu können. Vosper sagt, dass sie bald zurück sein werde. In der Zwischenzeit solle Vasco so nett sein, ein paar Fragen zu beantworten. Vasco behauptet, dass Julia Lügen über ihn erzählt hat. Vosper sagt, dass er die Gelegenheit nutzen wolle, um die Dinge geradezubiegen. Zunächst möchte er erklären, weshalb er sich den Namen Lengaard gegeben hat. Er zögert, dann erklärt er, dass er hoffte, Carel Helvin würde Lengaard bereitwilliger Auskunft geben. »Weshalb wollten Sie sie sprechen?«, fragt Vosper. »Privatsache«, lautet die Antwort. »Hängt es vielleicht mit dem Diebstahl einer sehr wertvollen Halskette zusammen?«, fragt Temple. Vasco dreht sich um und beschuldigt Julia, über ihn gelogen zu haben. Vosper wiederholt die Frage, und Vasco bestreitet, etwas über die Halskette zu wissen.

Temple wendet sich an Vasco und sagt, dass dieser von Lengaard den Tipp erhalten hatte, dass Paula diese spezielle Halskette habe. Diese weigerte sich jedoch, sie ihm zu übergeben, sodass dieser die Beherrschung verlor und sie in ihrer Wohnung – die angeblich Eric Shroeder gehörte – ermordete. Nachdem er sich vergewissert hatte, dass die Leiche unkenntlich war, hatte er den Hausmeister Bert Howard bestochen, damit dieser der Polizei sagte, die Wohnung sei von einem gewissen Mr. Shroeder gemietet. Als Vasco die Wohnung erneut durchsuchen wollte, stellte ihn Bert Howard zur Rede. Er begriff, dass dieser in Panik geraten war und kurz davor war, mit Inspektor Vosper zu sprechen. Also ging er mit ihm zum Flussufer hinunter. Dort bot er Howard mehr Geld an und geriet mit ihm in Streit. Als Howard dies ablehnte und sich weigerte, stillzuhalten, stieß Vasco ihn in den Fluss.

Vasco sagt, Temple solle dies alles doch beweisen und droht, ihn wegen Verleumdung zu verklagen. Vosper antwortet darauf, dass zwei seiner Männer ihn seit einer Woche beschattet hätten und dass Vasco überrascht sein würde, was man ihm alles beweisen könne. Vasco sagt erneut, dass alles nicht stimme. Vosper schlägt daher vor, zum Yard zu fahren, wo er ihm die Beweise zeigen könne. Vasco erkennt, dass die Tür nun frei ist und nutzt eine Pause, um durch sie ins Treppenhaus zu gelangen. Temple, der ihm am engsten auf den Fersen ist, gelingt es, ihn am Knöchel zu fassen. Vasco stürzt über die Treppe. Er liegt bewusstlos da, als Mrs. Lovatt aus ihrer Wohnung kommt, um nachzusehen, was los ist.

Szene 30:
Der Flur. Tag.

Vosper ordnet an, Vasco nicht zu bewegen und geht zum Polizeiwagen, um nach einem Krankenwagen zu rufen. Der Fahrer sagt, dass eine Nachricht gekommen sei, dass Carel Helvin Vosper im Yard erwarte. Sie lassen den Fahrer vor Ort und Vosper und Temple fahren zurück zum Yard.

Szene 31:
Vospers Büro. Tag.

Carel Helvin wartet bereits, als Temple und Vosper eintreten. Sie sieht jetzt selbstsicherer aus. Sie dachte, dass der Telefonanruf für Steve eine Falle sei, um diese zu beseitigen. Sie vermutete, dass irgendetwas im Busch sei und verließ die Wohnung über die Feuertreppe. Dann lief sie Vasco fast in die Arme, als dieser aus dem Haus kam. Sie ging zurück zur U-Bahnstation und fuhr über zwei Stunden mit der Circle Line. Dann beschloss sie, zum Yard zu gehen, um alles zu erzählen, was sie weiß. Sie ist nun so weit, um den Raum betreten zu können, in dem ihre Schwester ermordet wurde.

Szene 32:
Das Schlafzimmer. Tag.

Das Zimmer in der Wohnung ist immer noch so, wie es war, als die Leiche entdeckt wurde. Durch Vascos zweite Durchsuchung des Raumes ist es noch unordentlicher. Die Schubladen sind offen und die Inhalte liegen verstreut. Temple fragt sich, ob es irgendwo ein Geheimfach geben könnte. Vosper tippt auf den Schreibtisch. Er sieht nach, ob dieser eine geheime Schublade hat. Aus einem Haufen herumliegender Kleinigkeiten hebt Carel eine Schminkschatulle auf. Sie sagt, dass diese ein Geschenk von ihr an ihre Schwester gewesen sei. Dann kommt ihr eine Idee. Sie drückt einen Metallkamm vor eines der Scharniere und hebt den oberen Teil mit Theaterschminke und Ähnlichem heraus. Darunter befindet sich die Halskette, die sie suchen. Vosper sagt Carel Helvin, dass er sie bitten muss, bei Vascos Prozess wegen des Mordes an ihrer Schwester auszusagen. Temple schlägt vor, dass sie in ihre Wohnung zurückkehren und die Angelegenheit besprechen.

Szene 33:
Londoner Wohnung der Temples. Wohnzimmer. Tag.

Steve, Temple, Carel und Vosper haben ihr Gespräch beendet und ihre Drinks ausgetrunken. Vosper bittet Carel, mit ihm zum Yard zu fahren und dort ihre Aussage zu wiederholen, um den Fall abzuschließen. Sie sagt, dass sie in etwa einer Stunde dabei sein werde. Zuerst möchte sie mit Mrs. Temple sprechen. Vosper ist etwas verdutzt darüber und geht. Es stellt sich dann heraus, dass Carel Helvin aus Dankbarkeit gegenüber den Temples Steve das exklusive Interview geben möchte, das sie zu Beginn abgelehnt hat.

Szene 34:
Eine Zeitungspresse. Nacht.

Ausgaben mit Steves Interview kommen aus der Presse und bilden den Hintergrund für den Abspann.

ENDE

Nomen est omen:
Namen, Titel und Orte bei
Francis Durbridge

NACHWORT von Dr. Georg Pagitz

Francis Durbridge war ein Perfektionist. Das zeigt sich in vielen Aspekten seiner Arbeit, beispielsweise an den bis ins kleinste Detail ausgeklügelten Plots, an den raffinierten Cliffhangern und Wendungen und nicht zuletzt auch an der Wahl der Namen für seine Figuren und an den Titeln für seine Werke.

Hier hat der Autor nichts dem Zufall überlassen. Wer sich etwas mit seinem Oeuvre auseinandersetzt, wird bemerken, dass die Namen der Charaktere kaum passender gewählt sein hätten können. Nicht umsonst führte Francis Durbridge ein kleines Notizbuch, in dem er Namen und Titel notierte, die ihm gefielen. Wenn er ein neues Werk anging, griff er darauf zurück. Innerhalb der eigenen Familie verriet er wenig über die aktuellen Plots, lotete jedoch häufig aus, was man von dem einen oder anderen Namen hielt.

Quer durch Francis Durbridges gesamte Schaffensperiode ist zu beobachten, wie oft er die Namen und Titel seiner Werke überdachte und veränderte. Dies manifestierte sich nicht nur dann, wenn seine Drehbücher in andere Sprachen übersetzt wurden und die Figuren wegen der Geheimhaltung umbenannt werden mussten, sondern auch in verschiedenen Stadien mancher Werke.

Es zeigt sich auch bereits bei seinem ersten großen

Erfolg: Der schreibende Detektiv, der Kriminalfälle löst, sollte ursprünglich Mark Conway heißen. Durbridge ließ diesen Namen dann bekanntermaßen zugunsten von Paul Temple fallen, verwendete ihn aber später 1940 und 1941 in anderen Radioproduktionen, in denen Temple nicht vorkam. Der Vorname Mark muss Durbridge lautlich besonders gut gefallen haben, denn er verwendet ihn später noch sehr oft für seine Figuren, so auch für den Protagonisten seines ersten Fernsehmehrteilers *The Broken Horseshoe* (1952), der erneut in *Operation Diplomat* (1952) auftaucht. Die Qual der Wahl für den Namen der Hauptfigur zeichnet sich übrigens später auch noch bei seinem zweiten sehr bekannten Ermittler ab, nämlich bei Tim Frazer. Dieser sollte ursprünglich David Marquand heißen. Man beachte, dass hier der Name Mark lautlich auch wieder enthalten ist. Nicht nötig zu erwähnen, dass sowohl Marquand als auch Frazer (wenn auch in anderer Orthographie) in vielen anderen Werken vorkamen.

Wie sehr Francis Durbridge die Namen seiner Söhne Stephen und Nicholas gefielen, zeigt der Autor auch dadurch, dass er diese beiden Vornamen in seinen Werken besonders oft verwendet, und zwar nicht nur für Figuren, sondern auch für Orte und Häuser: St. Stephen oder St. Nic(h)olas. Der Namen Stephen taucht verkürzt auch in ‚Steve‘ auf und es ist sicherlich kein Zufall, dass Durbridge für manche Werke das Pseudonym Nicholas Vane wählte. Der Höhepunkt dieser Spielerei wird in der Erzählung *Paul Temple und der Langfinger/Lightfingers* erreicht, in der Paul Temple bei einem gewissen Sir Stephen eingeladen ist, der in Nicholas-Hall wohnt. Um so interessanter ist es, dass in seinen Geschichten sein eigener Vorname Francis und jener seiner Ehefrau Norah nie vorkommen.

Ob eine Figur gut oder böse ist, kann man bei Durbridge oft recht rasch am Namen erkennen. In fast all seinen Geschichten gibt es die Figur des Informanten aus der Unterwelt oder die des eiskalten Handlangers, der die Befehle des großen Unbekannten ausführt. Diese Charaktere haben niemals normale Namen. Wer Snipey Jackson, Lefty Rogers, Snooker Riley, Cliff Fletcher, Snow Williams oder Clutch Brompton hieß, hatte bestimmt etwas auf dem Kerbholz und überlebte die Geschichte meist nicht.

Es ist hinlänglich bekannt, dass Edgar Wallace ein großes Vorbild für Francis Durbridge war. Sein erstes Werk, *Paul Temple und der Fall Max Lorraine/Send for Paul Temple* (1938), ist wie kein späteres voller Anspielungen auf den 1932 verstorbenen Schriftsteller. So ist es auch nicht verwunderlich, dass Durbridge darin zwei Figuren gleich benennt, wie die Hauptcharaktere aus den zwei bekanntesten Werken von Edgar Wallace: Milton hieß der Protagonist in *Der Hexer/The Ringer*, Trent (der Mädchenname Steves) war der Nachname der weiblichen Hauptfigur in *Der Zinker/The Squeaker.* Weitere Anspielungen auf Edgar Wallace sind zweifellos die Existenz eines geheimnisvollen Zimmers 7 (bei Wallace war es *Zimmer 13*), die Bezeichnung ‚Der grüne Finger' (es gab einen Wallace-Titel namens *Die blaue Hand*) und die Benennung des Hintermanns mit *Knave of Diamonds*, schließlich gab es einen Wallace-Roman, in dem ein *Knave of Clubs* eine Rolle spielte (*Treffbube ist Trumpf/Jack O'Judgement*). Die Anspielungen auf den King of Crime sind nirgends so stark wie in Durbridges erstem Werk, allerdings betreibt er diese liebevolle Spielerei später auch immer wieder einmal, etwa wenn er einem seiner Fernsehmehrteiler den Titel *The Desperate People* gibt und damit an Wallaces *The Terrible People* erinnert oder wenn er in der deutschen Version von *Bat out of Hell,* dem Dreiteiler *Wie ein Blitz* (1970), einer seiner Figuren den Namen Gordon Stewart gibt, der lautlich beinah identisch mit Gordon Stuart ist, einer Figur aus dem bekannten Wallace-Roman *Die toten Augen von London/The Dark Eyes of London*. Der Arbeitstitel für die deutsche Version von *A Game of Murder* war schließlich *The Circle*. Auch hier könnte man wieder einen Bezug zu Wallaces *The Crimson Circle* herstellen. Der Höhepunkt dieser liebevollen Spielerei wird erreicht, als Francis Durbridge *A Man Called Harry Brent* verfasst. Hier nennt er den Ermittler Milton, wie die Hauptfigur aus Wallace' *Der Hexer/The Ringer*. Als er das Drehbuch für die deutsche Übersetzung überarbeitet und die Figuren umbenennt, macht er aus Inspektor Milton Inspektor Wallace und ändert den Namen der Hexer-Hauptfigur damit auf den Namen des Hexer-Autors.[1]

Es ist auch interessant zu beobachten, dass viele Charaktere Nachnamen von berühmten Schriftstellern erhielten: so gibt es zahlreiche Hemingways (wie Ernest), Zolas (wie Émile) und Wallaces (wie Edgar) in den verschiedenen Geschichten. Auch der Nachname des von Durbridge bewunderten Schriftstellers John O'Hara taucht mehrfach auf. Collins ist zwar ein recht geläufiger Name, aber Francis Durbridge kannte mit Sicherheit auch Wilkie Collins' bekanntes Werk *Die Frau in Weiß/The Woman in White*, das den Grundstein für die moderne Kriminalliteratur legte. Es ist sicherlich kein Zufall, dass in *Tim Frazer und der Fall Salinger/Tim*

---

[1] Grund für die Umbenennung war nicht die übliche Geheimhaltung, sondern der Umstand, dass der WDR Francis Durbridge ersuchte, das Ende im positiven Sinne abzuändern. Durbridge war nicht erfreut darüber, ging aber darauf ein und schlug gleichzeitig vor, sämtliche Figuren umzubenennen und den Titel zu ändern. Er sandte dem WDR eine Liste mit neuen Rollennamen zu. Diese wurden großteils übernommen, allerdings hielt man an dem Titel *Ein Mann namens Harry Brent* fest und ging damit nicht auf Durbridges Vorschlag ein, den Titelhelden in Martin Lewis umzubenennen.

Frazer and the Salinger Affair zwei Charaktere die Namen von zwei Figuren aus diesem Meilenstein tragen: Fairlie und Gilmore.

Durbridge liebte es zu reisen und so ist es auch kein Wunder, dass er von seinen Ausflügen auf den Kontinent auch Namen für seine Figuren mitbrachte. So zum Beispiel geschehen mit der Figur Dr. Linderhof in *Die Schlüssel/The Desperate People* (1963), die er mit Sicherheit nach dem gleichnamigen bayerischen Schloss benannt hat, das er Anfang der 1960er-Jahre mit seiner Familie besucht hatte.

Ein weiterer Name, Timothy, ist ganz stark mit Durbridge verbunden. Heute ist nicht mehr nachvollziehbar, wie der Autor ausgerechnet auf diesen Namen kam. Mit Sicherheit wurde er verwendet, weil man in den 1930ern kein Schimpfworte oder Flüche verwenden konnte. Lautlich gesehen kommt Timothy natürlich später noch in seiner Kurzform Tim häufig bei Durbridge vor. Interessant ist aber auch – und das sei nur nebenbei bemerkt –, dass Timothy auch zum Leben erweckt wurde. So ist Steve am Ende von *Send for Paul Temple Again!* (1945) schwanger, das gemeinsame Kind – ein Junge – taucht in *A Case for Paul Temple* (1946) in einem Nebensatz auf (hier erfahren wir, dass es mit dem Kindermädchen auf Bramley Lodge ist). In *Paul Temple and the Curzon Case* (1948) wird auch der Name von Temples Sprössling genannt: Wenig überraschend lautet dieser Timothy!

Wer die verschiedenen Stadien von Francis Durbridges Werken untersucht, sieht, dass er Zeit seines Lebens an den Namen feilte. So schob er *Send for Paul Temple* (1938) das Romanremake *Beware of Johnny Washington* (1951) nach, dem ein fast identischer Text namens *One Man to Another* folgte, der sich von Johnny Washington nur durch die Figurennamen unterschied.

Folgende Tabelle soll exemplarisch zeigen, wie sehr Durbridge an den Namen und Orten feilte:

Send for Paul Temple (Paul Temple und der Fall Max Lorraine) (1938)	Beware of Johnny Washington (1951)	One Man to Another (kein Jahr bekannt)
Paul Temple	Johnny Washington	Harry Denver
Steve Trent	Verity Glyn	Diana Stone
Sir Graham Forbes	Sir Robert Hargreaves	Sir Richard McKendrick
Dr. Milton	Dr. Randall	Dr. Grant
Diana Thornley	Shelagh Hamilton	Sally Harrison
Amelia Parchment	Horatio Quince	Benjamin Dancey
Gerald Harvey	Gerald Locksley	Falconer
Chefinspektor Dale	Chefinsp. Kennard	Chefinspektor Rymer
Charles Merritt	Charles M. Dovey	Inspektor Bowen
Pryce	Winwood	Miles
Alec Rice	Eric Trevelyan	Eric Trevelyan
Skid Tyler	Slim Copley	Sam Crawford
Horace Daley	Harry Bache	George Bates
Snow Williams	Lew Paskin	Lew Paskin
Mrs. Neddy	Mrs. Todd	Mrs. Bentley
Dixie	Cosh Wilcox	Joe
Max Lorraine	Max Fulton	Carl Kranston
Der Diamantenfürst (The Knave of Diamonds)	Der graue Elch (Grey Moose)	Der graue Elch (Grey Moose)
The Little General	Kingfisher	Kingfisher
Evesham	Sevenoaks	Sevenoaks
Bramley Lodge	Caldicott Manor	Caldicott Manor

Neben der Namen war die Wahl der Werkbezeichnung auch essentiell. So berichtet der Autor, dass ihm der Titel für sein berühmtes Stück *Plötzlich und unerwartet/Suddenly at Home* einfiel, als er diesen Ausdruck als Überschrift einer Sterbeanzeige las. Der Werkname *Bat Out of Hell* wiederum soll auf die Aussage eines Regisseurs zurückgehen, der Durbridge mit dieser Wendung beschrieb, wie die Dreharbeiten zu seinem neuen Film verliefen.

Wie häufig Durbridge manche Titel und Bezeichnungen wiederverwertete, zeigt sich auch an der Bezeichnung ,Z.4'. Im dritten Paul-Temple-Abenteuer *News of Paul Temple* (1939) versteckte sich eine kriminelle Organisation hinter dieser Abkürzung. Viele Jahre später, in den 1980ern, schrieb Durbridge ein Theaterstück, dass auf einem Hörspiel aus dem Jahr 1946 beruhte, *The Caspary Affair*. 1993 wurde es als *Sweet Revenge* in Großbritannien uraufgeführt. Ein Herzmedikament namens Zarabell 4 (abgekürzt Z.4!) spielt darin eine entscheidende Rolle. Das Stück kam in einer früheren Version bereits 1988 in Deutschland zur Aufführung. Es hatte andere Rollennamen, aber auch das Medikament hieß anders: Zaradin 4 (was übrigens auch der deutsche Titel war)!

Dies ist nur ein weiteres Beispiel von vielen dafür, wie sehr der Autor an jedem Detail seiner Werke feilte, oft über Jahre und Jahrzehnte hinweg.

BEREITS
BEI WILLIAMS & WHITING ERSCHIENEN

Volume 1

Francis Durbridge
Stichtag für Harry
Kriminalroman

Vorwort, Nachwort und Übersetzung
von Dr. Georg Pagitz

Ein junger Mann namens Peter Gibson sucht Superintendent Max Christian in Scotland Yard auf. Er berichtet, dass er in einem Café in Hampstead arbeitet und ungewollt bei der Arbeit zwei Frauen belauscht hat. Diese sagten, dass ein gewisser Harry Sherwood den Sechzehnten des kommenden Monats nicht überleben würde. Christian geht der Sache nach, muss aber feststellen, dass nichts von dem, was Gibson erzählt hatte, stimmt. Es gibt weder das Café, noch einen Mann dieses Namens. Am Sechzehnten des darauffolgenden Monats wird jedoch in einem Wohnwagen eine Leiche gefunden. Der Täter hat sein Opfer erstochen. Als Superintendent Christian den Toten sieht, glaubt er seinen Augen nicht: Es handelt sich dabei um den angeblichen Peter Gibson, der in Wirklichkeit Harry Sherwood hieß...

Durbridge schrieb diese Geschichte als Fortsetzungsroman im Jahr 1960. Sie blieb jedoch unveröffentlicht und erscheint nun erstmals posthum.
Der Autor versuchte die Story auch als Filmtreatment deutschen Produzenten anzubieten und schrieb sie später zur Episode für eine *Paul-Temple*-TV-Folge um. Dieses Szenarium ist in dem Buch als *Paul Temple und der vorausgesagte Mord* enthalten, den Abschluss bildet eine Abhandlung über Durbridge und die Temple-TV-Serie.

ERSTMALS AUF DEUTSCH!

Volume 2   Francis Durbridge
              Schritt ins Dunkel
              Drehbuch für einen Kinofilm

          Vorwort, Nachwort und Übersetzung
                 von Dr. Georg Pagitz

In Soho geht ein gefährlicher Mörder um, der Barmädchen
mit einem Messer tötet. Scotland Yard steht vor einem Rätsel.
Zur gleichen Zeit befindet sich der wohlhabende Immobilien-
makler Makler Mike Hilton in einer existentiellen Krise: Nach
dem Tod seiner Tochter und schwierigen Phasen in seiner Ehe
verlässt ihn seine Ehefrau Ruth. Nach einer Reifenpanne nahe
eines berüchtigten Pubs in Soho lernt er die attraktive Selby
Brooks kennen und verliebt sich in sie. Als er die junge Dame
wenig später auf einem Hausboot besuchen will, findet er ihre
Leiche. Mike Hilton gerät unter Mordverdacht. Zur Tatzeit
half er einem kleinen Jungen dabei, dessen Papierdrachen aus
einem Baum zu befreien. Doch dieses Alibi ist nichts wert,
denn der Junge scheint spurlos verschwunden zu sein und gar
nicht zu existieren. Gleichzeitig erfährt Mike von Scotland
Yard, dass nichts von dem, was Selby ihm erzählt hatte,
stimmte. Kann er sich aus dem Teufelskreis, in dem er sich
befindet, befreien und den wahren Täter finden?

Die Hintergrundgeschichte zu diesem verschollenen Drehbuch ist ebenso spannend wie die Kriminalgeschichte selbst.
Francis Durbridge verfasste das Skript 1961 und verkaufte es
1962 an einen deutschen Filmproduzenten. Letztlich wurde
daraus der Spielfilm *Piccadilly null Uhr zwölf,* der bis auf vier
Namen nichts mehr mit der Originalstory zu tun hatte.
Im Vor- und Nachwort werden die Hintergründe analysiert
und dank erst kürzlich aufgefundener Originalkorrespondenz
von Francis Durbridge auch die Umstände und Gründe der
Änderungen rekonstruiert.

             ERSTMALS AUF DEUTSCH!

Francis Durbridge
Paul Temple muss her!
ein Kriminalstück
Vorwort, Nachwort und Übersetzung
von Dr. Georg Pagitz

Scotland Yard steht vor einem Rätsel. Eine gefährliche Verbrecherbande verunsichert London durch Kindesentführungen, Lösegelderpressungen und andererseits durch spektakuläre Juwelenraube. Die Ganoven operieren unter dem Namen »Die Schlagzeilenmänner«. Dies ist gleichzeitig der Titel des Romans einer unbekannten Autorin, deren Identität niemand kennt. Nachdem Sir Graham und seine Ermittler nicht weiter kommen, fordern die Zeitungen nach Unterstützung und titeln: »Paul Temple muss her!« Der erfolgreiche Kriminalschriftsteller und Privatermittler schaltet sich daraufhin ein und weiß bald, dass der große Hintermann ein Superverbrecher namens Max Lorraine ist. Aber wer der Verdächtigen versteckt sich hinter diesem Namen? Wer ist der gefährliche Schlagzeilenmann Nummer 1?

Dieses im Jahr 1943 in Birmingham uraufgeführte Theaterstück wurde seither nie mehr gespielt. Der Autor zeigt darin sein ganzes Können und liefert Drehungen, Wendungen und atemberaubende Cliffhanger im Minutentakt. Vier Personen sterben auf der Bühne, ebenso viele Leichen gibt es aus Erzählungen. Die *Birmingham Post* schrieb damals zur Uraufführung: »Leichen fallen aus Aufzügen, Schreie hallen durch die Nacht, aus einem unverdächtig aussehenden Grammophon kommen Schüsse und Blausäure findet ihren Weg in harmlose Whiskyfläschchen. Eigentlich haben wir A oder B als Täter verdächtigt, aber dann war es plötzlich X.«

Bei dem Stück handelt es sich um eine geschickte Mischung aus Paul Temples ersten beiden Hörspielabenteuern.

ERSTMALS AUF DEUTSCH!

Volume 4

Francis Durbridge
Schöne Grüße von Mister Brix
Kriminalroman

mit einem ausführlichen Vor- und Nachwort
von Dr. Georg Pagitz

Geheimnisvolle und höchst mysteriöse Umstände haben den
Ex-Inspektor Richard Grant und seine Frau Margret dazu
veranlasst, vorübergehend wieder in den Dienst von Scotland
Yard zu treten. In einem Fischerdorf namens Shorecombe war
zuvor die Leiche einer gewissen Barbara Willis, Tochter eines
feinen Londoner Hauses, aus dem Meer gezogen worden.
Kurz darauf bekam ihr Verlobter Robert Brown eine Dia-
mantenbrosche zugeschickt. Darauf stand: »Schöne Grüße
von Mister Brix«. Wenig später finden die Grants in ihrer
Garage eine weitere Leiche. Peggy Gillow, die in dem Fall
undercover ermittelte, wurde erdrosselt. Auch ihr Vater bekam eine mysteriöse Karte von Mister Brix mit der gleichen
sarkastischen Botschaft. Steckt hinter diesem Pseudonym
jener gefährliche Ariman, dessen Fall Grant einst bearbeitete?
Und wenn ja, wer von den zahllosen Verdäc-htigen ist dieser
unheimliche Verbrecher?

Durbridge schrieb diesen Kriminalroman 1962 für den deutschen Markt. Er basiert auf dem legendären Hörspiel *Paul
Temple und die Affäre Gregory* und erzählt dieses sehr werk-
getreu nach, allerdings wurden die Charaktere umbenannt.
Wer schon immer wissen wollte, worum es in diesem Fall
geht und ihn in voller Länge erleben wollte, kann dies nun
endlich tun.

ERSTMALS ALS DEUTSCHES BUCH!

Francis Durbridge
Die gelbe Windmühle
Kriminalroman

mit einem ausführlichen Vor- und Nachwort
von Dr. Georg Pagitz

Susan Kelford, die vierjährige Tochter des reichen Sir Cedric
Kelford, dem Präsidenten der Londoner Central Bank, wird
entführt. Das Mädchen war gerade in einem Londoner Park,
als eine kleine gelbe Spielzeugwindmühle ihre Aufmerksamkeit erregte und sie in die Hand ihres Entführers lockte. Dieser
zerrte das Kind in seinen Wagen und suchte daraufhin rasch
mit seinem Komplizen das Weite. Man fordert 10.000 Pfund
Lösegeld von dem Multimillionär Kelford. Inspektor Houston
von Scotland Yard macht drei Tage später eine grausige Ent-
deckung: Sein Sohn Dennis, der in Sir Cedrics Bank arbeitet,
sitzt erschossen vor dem Fernsehgerät. In den Bildschirm ist
eine gelbe Windmühle eingeritzt. Nobbler Williams, ein
wichtiger Zeuge in dem Entführungsfall, wird am selben
Abend von einem Auto überfahren. Der Besitzer des Wagens
ist ein italienischer Arzt namens Dr. Spedro. Als Inspektor
Houston und seine Tochter Rona, eine junge Schauspielerin,
zu ihm fahren wollen, wird gerade eine Leichenbahre aus
dessen Haus getragen. Es ist ein äußerst schwieriger und
komplexer Kriminalfall, den der persönlich involvierte Kriminalinspektor Houston da zu klären hat...

Die gelbe Windmühle erschien 1954 als Fortsetzungsroman in
England. Im Jahr 1965 verfasste Francis Durbridge eine eige-
ne Fassung für den deutschen Markt, die hier erstmals als
Buch vorliegt.

ERSTMALS ALS DEUTSCHES BUCH!

DEMNÄCHST BEI WILLIAMS & WHITING

Volume 7

Francis Durbridge

Sie wussten zu viel

Kriminalroman

mit einem ausführlichen Vor- und Nachwort
von Dr. Georg Pagitz

Victor Merton, der Geschäftsführer der Absteige *High Dive* in Belhampton, zieht beim morgendlichen Schwimmsport die Leiche eines jungen Mädchens aus dem Hotelpool. Julia Nagy, eine aus Ungarn stammende Angestellte und Mister Cooper, ein Privatgelehrter, werden Augenzeugen des Vorgangs. Ein Notizbuch der Toten führt zu einer gewissen Carol West. Außerdem findet sich darin die Telefonnummer von Scotland-Yard-Superintendent Christian Stiller, der die Tote allerdings nicht kannte. Stiller übernimmt die Ermittlungen. Immer wieder wird er in deren Verlauf von einem Anrufer mit sanfter Stimme gewarnt. Wenig später wird auf den Superintendent ein Überfall verübt, kurz darauf ein Anschlag in Scotland Yard. Was weiß das mysteriöse Ehepaar Beckworth? Und welche Rolle spielt der konservative Privatgelehrte Robin Long? Alle Spuren führen erneut in die zwielichtige Absteige *High Dive...*

Francis Durbridge hatte diesen Roman 1959 als Fortsetzungsgeschichte für die Zeitschrift *News of the World* geschrieben. 1963 überarbeitete er die Geschichte für den deutschen Markt. Durch erst kürzlich aufgefundene Originalunterlagen des Autors wurde ersichtlich, dass er die Geschichte unter dem Originaltitel *The Face of Carol West* auch als Filmsujet einigen deutschen Filmproduzenten anbot. Diese lehnten sie jedoch mit der Begründung ab, dass sie die Story besser als Mehrteiler für das Fernsehen geeignet hielten.

ERSTMALS ALS DEUTSCHES BUCH!

231

Volume 8

Francis Durbridge
Paul Temple und der Fall Valentine
Skript für ein achtteiliges Hörspiel

Vorwort, Nachwort und Übersetzung
von Dr. Georg Pagitz

London, 1946: Seit einigen Wochen wird das Westend von einer geheimnisvollen Selbstmordserie junger Frauen erschüttert. Scotland Yard ist ratlos und kann nur herausfinden, dass es wohl um Drogen und einen geheimnisvollen Hintermann namens »Valentine« geht. Für Sir Graham Forbes ist eines klar: Das ist ein Fall für Paul Temple! Der bekannte Detektiv und Schriftsteller ist zunächst jedoch gar nicht daran interessiert. Erst als eine junge Frau spurlos aus seinem Wagen verschwindet, lässt er sich doch überreden. Dann geht alles blitzschnell: Auf die Temples wird im eigenen Schlafzimmer ein Mordanschlag verübt, eine geheimnisvolle Botschaft führt Paul und Steve zu einem mysteriösen Kapitän in eine Kneipe am Fluss und schließlich findet sich eine deutliche Warnung von Valentine bei einer Leiche in einer Zahnarztpraxis. Es gibt zahllose Verdächtige und undurchsichtige Gestalten und der gefährliche Unbekannte schlägt immer wieder zu...

Das Originalskript zur neuen achtteiligen Hörspielproduktion von Pidax (2022) mit vielen Hintergrundinformationen.
In der Originalreihenfolge handelt es sich hierbei um den sechsten Paul-Temple-Fall.

ERSTMALS AUF DEUTSCH!

Francis Durbridge
Paul Temple und der Fall McRoy
Paul Temple und der Fall Westfield
Skripten für zwei einteilige Hörspiele

Vorwort, Nachwort und Übersetzung
von Dr. Georg Pagitz

Der Fall McRoy: Paul Temple und Steve haben ein paar erholsame Tage in Italien verbracht. Sie befinden sich gerade auf der Weiterreise in die Schweiz, als sie auf dem Mailänder Bahnhof zufällig den Ex-Ermittler Harry McRoy treffen. Gemeinsam tritt man die Weiterfahrt an. Im Zug erzählt Harry von einem rätselhaften Auftrag und bittet Paul, einen Koffer mit geheimnisvollem Inhalt an Sir Graham Forbes zu überbringen, wenn ihm etwas zustoßen sollte. Ehe man Basel erreicht, überschlagen sich die Ereignisse und es gibt Tote. Im weiteren Verlauf spielen eine geheimnisvolle Brosche und Aufnahmen eines Boots namens »Corina« eine wichtige Rolle. Ein brenzliger Fall für Paul Temple...

Der Fall Westfield: Vor Jahren wurde aus dem Hause des Herzogs von Westfield Schmuck im Werte einer Dreiviertelmillion Pfund gestohlen. Es gab keine Spuren und Scotland Yard legte den Fall damals auf Eis. Paul Temple interessiert sich für die Sache, zumal es bald auch eine neue Spur zu geben scheint. Diese ergibt sich aus einem mysteriösen Leichenfund in einem Londoner Hotel. Bei dem Toten handelt es sich um einen Franzosen, der mit gestohlenen Steinen handelte. Bei seinen Sachen werden ein Fahrschein für eine Fähre und ein Rezept eines gewissen Dr. Schumann gefunden. Temple geht der Sache nach. Die Ermittlungen führen ihn schließlich nach Cornwall, wo es bald eine weitere Leiche gibt...

Die beiden Originalskripten zu den neuproduzierten Pidax-Hörspielen (2022). ERSTMALS AUF DEUTSCH!

Francis Durbridge
Paul Temple und der Fall Dr. Belasco

Skript für ein achtteiliges Hörspiel

Vorwort, Nachwort und Übersetzung
von Dr. Georg Pagitz

Als Paul und Steve nach einem Tanzabend anlässlich Steves Geburtstag nach Hause kommen, werden sie schon von Sir Graham erwartet. Dieser hat Philip Kaufmann von der Kopenhagener Polizei mitgebracht. Sie erklären, dass der berüchtigte Dr. Belasco seine Aktivitäten vom Kontinent nach England verlegt hat. Niemand kennt das Gesicht dieses gefährlichen Mannes, der das Verbrechen organisiert und für Schutzgelerpressungen aber auch Mord verantwortlich ist. Sir Graham und Kaufmann bitten Temple um Hilfe. Bald schon soll der Kanadier Ross Morgan in England ankommen. Er ist ein Handlanger Dr. Belascos. Temple soll ihn im Auge behalten, doch dann gibt es einen unerwarteten Zwischenfall: Bei der Zugfahrt nach London kommt es zu einem Unfall und Morgan stirbt. Der Kanadier kann Temple jedoch noch einen wichtigen Hinweis geben. Bei seinen Sachen findet Temple ein Feuerzeug. Dieses ähnelt jenem, das Steve an ihrem Geburtstag irrtümlich von einem Mr. Nelson eingesteckt hat.

Francis Durbridge verfasste *Paul Temple and Steve,* so der Originaltitel dieses in der Chronologie gesehenen achten Falls, im Jahr 1947.
Mit umfassenden Hintergrundinformationen.

ERSTMALS AUF DEUTSCH!